국어사전 앞에서는 모든 말이 평등해야 한다.

equality before the language dictionary

국어사전이 품지 못한 말들

박일환 지음

equality before the language dictionary

달아실

차례

5부

국어사전이
품지 못한
말들

책을 내며

그동안 우리말과 국어사전을 다룬 몇 권의 책을 썼다. 그러다보니 웬만한 사람보다 국어사전을 들여다보는 시간이 많았고, 지금도 국어사전을 들여다보는 일이 취미가 되다시피 했다. 그러는 동안 우리나라 국어사전에 대한 신뢰가 많이 무너졌고, 이번 책 작업도 국어사전의 문제점을 짚어보는 쪽으로 방향을 잡았다.

국어사전은 기본적으로 낱말 모음집이다. 수록 기준과 체계를 잡아 어떤 말들을 넣을 것인지를 정한 다음 충실한 풀이와 출처, 활용 가능한 예문을 제시하면 되는 일이다. 그 외에도 품사를 확정하는 일이나 활용형 제시 등 문법 요소에 대한 설명, 분류 항목을 정하는 일 등 신경 써야 할 일들이 더 있긴 하다. 그중에서 가장 첫 번째가 어떤 낱말들을 모아서 실을 것인가 하는 점이겠다. 그래서 조선어학회가 국어사전을 만들기로 한 다음 가장 먼저 낱말 모으기에 심혈을 기울였던 것 아니겠는가.

국립국어원이 『표준국어대사전』을 기획하고 출간하면서 자랑삼아 내세웠던 것 중의 하나가 최대의 표제어를 수록했다는 거였다. 하지만 내가 보기에는 있어야 할 낱말이 없기로 첫손에 꼽히는 사전이 『표준국어대사전』이다. 국어사전에 실리지 말아야 할 수많은 한자어 및 외래어와 전문어로 표제어 숫자를 채우면서 정작 우리가 일상생활에서 사용하는 말들은 너무 많이 누락시켰다. 반면 『고려대한국어대사전』은 몇 년 전에 대폭 개정 작업을 통해 적잖은 수의 표제어를 추가했다. 그럼에도 여전히 그곳에서도 자리 잡지 못하고 떠도는 말들이 많다.

　『표준국어대사전』의 편찬 주체는 국립국어원이다. 그동안 『표준국어대사전』의 부실함에 대한 비판이 꾸준히 이어지자 국립국어원이 대안으로 만든 게 〈우리말샘〉이다. 〈우리말샘〉이 가진 장점이 분명히 있다. 시민들이 직접 참여해서 만든다는 취지를 살려 온라인으로 낱말을 올리면 그걸 심의해서 꾸준히 표제어 수를 늘리고 있기 때문이다. 쌍방향 소통의 웹사전이라는 측면에서만 보면 시대의 흐름에 맞는 국어사전이라고 할 수 있다. 그렇지만 나는 〈우리말샘〉을 정식 국어사전이라고 인정하기 힘들다. 그냥 말로 이루어진 온갖 것들을 모아 놓은 임시 창고라고나 할까?
　〈우리말샘〉은 『표준국어대사전』에 실려 있던 낱말과 새로 추가한 낱말로 이루어져 있다. 그러다보니 『표준국어대사전』에 실린 수많은 오류가 전혀 시정되지 않은 채 여전히 부끄러운 모습으로 담겨 있다. 새로 추가한 낱말들 역시 아무런 기준 없이 마구잡이로 끌어모아 거대한 산더미를 이루고 있다. 전국에 있는 모든 행정 지명(OO동, OO리)에 전국에 있는 모든 학교명까지 끌어모으는 중이다. 거기다 전국에 있는 모든 기관과 시설, 축제 이름 같은 것들까지 욱여넣느라 바쁘다. 국어사전을 통해 구미시에 상장리가 있고, 수원에 광교초등학교와 서울에 목동중학교가 있다는 걸 알아야 할 이유가 뭘까? 게다가 '창원 지방법원 진주지원', '강릉 상공회의소', '금융안정위원회 아시아 지역 자문그룹', '괴산고추축제' 같은 게 국어사전 표제어에 어울릴까? 그뿐이 아니다. 온갖 유행어에 이른바 청소년들이 웹상에서 주고받는 외계어에 가까운 신조어, 이상한 줄임말까지 다 끌어모으고 있다. '뷁', '즐', '뭥미'는 기본이고, 다음과 같은 말들도 실려 있다.

¶ 센터^미모(center美貌): 주로 아이돌 그룹 내에서 미모가 가장 빼어난 멤버를 이르는 말.

¶ 츤데레남(tsundere男): 쌀쌀맞고 인정이 없어 보이나, 실제로는 따뜻하고 다정한 남자를 이르는 말. ⇒규범 표기는 미확정이다.

¶ 뷰알못: '뷰티를 알지 못하다'라는 뜻으로, 화장이나 머리 손질, 몸매 관리 따위와 같이 외모를 꾸미는 일에 대한 지식이 없는 사람을 이르는 말.

¶ 별다줄: '별것을 다 줄인다'를 줄여 이르는 말.

이뿐만 아니라 '무개념녀'나 '민폐녀'처럼 차별과 혐오에 바탕을 둔 말들도 있다. 외래어로 가면 문제는 더 심각하다. '아이오 패리티 인터럽트(I/O parity interrupt)', '스프링보드^코르크스크루^레그^드롭(springboard corkscrew leg drop)', '로크리안^내추럴^식스^스케일(Locrian natural six scale)' 같은 게 과연 우리 국어사전에 어울리는 말들일까? 이런 걸 모아놓은 사이트 이름이 〈우리말샘〉인데 말이다. 이런 말들이 전문가 감수를 거쳤다며 실려 있는 걸 보면서 과연 〈우리말샘)을 국어사전이라고 부를 수 있는 사람이 얼마나 될까?

〈우리말샘〉의 역할이 있다면 일단 세상에 존재하는 모든 말들을 모으는 것이겠고, 그런 수집 노력을 바탕으로 잘 추리고 정리해서 제대로 된 국어사전을 만드는 밑거름으로 삼는다면 더 이상 비판할 마음이 없기는 하다. 하지만 국립국어원에서 그런 계획을 갖고 있다는 얘기를 들어보지 못했다.

이 책에는 〈우리말샘〉에도 실리지 않은 말들을 포함해서 기존의 국어사전에서 만날 수 없는 말들을 담았다. 나름대로 찾아서 정리한다고 했지만 여전히 국어사전의 호명을 기다리고 있는 말들이 많을 거라고 생각한다. 내게 바람이 있다면 제대로 된 국어사전을 만들기 위한 고민을 만나고 싶다는 것이다. 그래서 이 책이 국어사전의 어휘 목록을 늘리는 데 작은 도움이 되기를 바란다.

참고로 이 책에 실린 낱말들은 2021년 10월 31일까지 확인한 것들이다. 지금도 〈우리말샘〉에는 꾸준히 낱말들이 올라오고 있으므로, 내 작업 이후에 새로 등재된 낱말들이 있을 수 있음을 밝혀둔다.

2021년 가을
박일환 씀

1부

돼지찰이 대체 뭔가요?

도시 농업을 한다는 지인 때문에 우연히 들어가본 인터넷 사이트에서 사진들을 둘러보다가 낯선 말들을 만났다. 토종 벼를 구해서 심어놓은 걸 찍은 사진들이라는데, 거기 적힌 벼 이름들이 무척 생소하면서도 재미있었다. 어떤 것들이 있나 싶어 토종 벼 이름을 인터넷에서 검색해보니 다음과 같은 낯선 말들이 나온다. 모두 국어사전에는 나오지 않는 말들이다.

돼지찰(돈나), 옥천돼지찰, 대추찰, 자치나, 족제비찰, 괴산찰, 원자벼, 버들벼, 각시나(각씨나), 쥐잎파리벼, 졸장벼(졸짱벼, 쫄장벼), 깨벼, 흑저도, 흑갱, 강릉도, 가위찰, 용정찰, 다다조, 북흑조…….

대신 『표준국어대사전』에는 다음과 같은 말들이 나온다.

¶다다기: 늦게 익는 찰벼의 하나.
¶자채벼(紫彩벼): 올벼의 하나. 빛이 누렇고 가시랭이가 있다. 질이 우수하여 상품(上品)의 쌀로 유명하다. 경기도 이천, 여주에

서 생산한다.

¶은방주(銀坊主): 벼 품종의 하나. 품질이 좋고 수확이 많으며 도열병에 강하다.

¶풍옥(豐玉): 벼 품종의 하나.

¶통일벼(統一벼): 벼 품종의 하나. 1965년부터 1971년까지 여러 차례 실험 재배를 통하여 농촌 진흥청에서 개발한 품종으로, 단위당 수확량이 많다.

이와 함께 보리산도, 고새사노리, 고쇠뭇, 고새눈거미 같은 말들을 실었다가 지금은 〈우리말샘〉으로 옮겼는데, 모두 '옛말'이라는 표시와 함께 '벼의 하나'라는 짤막한 설명만 달아놓았다. 『고려대한국어대사전』에는 아래 낱말들이 더 실려 있기도 하다.

¶다마금(多摩錦): 벼의 품종 가운데 하나. 10월 중순께 익는 비교적 좋은 품종으로, 경기도나 전라남도 등지에서 재배한다.

¶추청벼: 일본에서 수입한 벼 품종. 키는 약 84센티미터이고 포기당 이삭수가 많은 편이다. 쌀의 모양은 단원형이고, 투명도가 높아 겉모양이 좋다. 아밀로오스 함량, 호화 온도가 낮아 찰기가 있고 밥맛이 좋다. 〈유의어〉 아키바레(akibare), 추청미(秋靑米).

토종 벼들은 외래종이나 개량종에 밀려 자취를 감추다시피 했으며, 자연스레 토종 벼 이름들도 하나둘씩 사라지기 시작했다. 그런 가운데도 사라진 토종 볍씨를 찾아 헤매고, 자신의 논에다 직접 기르기 위해 애쓰는 이들이 있다. 하지만 그 이름들을 기억하고자 하는 국어사전

국어사전 앞에서는 모든 말이 평등해야 한다.

편찬자들은 없다는 사실을 생각하면 씁쓸한 일이기도 하다.

벼 이름에 대해 잠시 추적을 해보는 것도 나쁘지 않을 듯하다. 왜 그런 이름이 붙게 됐는지, 어디서 왔고 언제부터 불린 이름인지 등에 대한 정보를 알면 국어사전 편찬에 도움이 될 터이므로.

게다가 그가 가꾸던 벼는 이미 몇 천 년 동안에 걸쳐서 이어 내려오던 조선 벼가 아니었다. 할아버지 때에 가꾸던 조선 시대의 베틀벼, 쌀벼, 청충벼, 파싹벼, 중벼, 다드레기, 깃벼, 조선 산도들은 이미 일정 시대에 일본 종자인 조신력, 중신력, 만신력, 다마금, 곡량도에 자리를 내주고 멸종됐으며, 그 뒤로 사오십년대에는 새 일본 종자인 농림 팔호, 농림 육호, 행청도, 일본산도 같은 것이 널리 보급되었다. 이런 벼 종자는 그 뒤로도 또 바뀌었으니, 육십년대에는 은방주가 널리 보급되었고, 칠십년대 초반에는 통일벼, 유신벼 같은 것들이, 칠십년대 중반에는 밀양 이십팔호, 수원 삼십이호 같은 것들이 퍼졌다.
— 『뿌리 깊은 나무의 생각』(한창기, 휴머니스트, 2007), 140쪽.

이 글과 다른 자료들을 함께 검토한 바에 따르면 『표준국어대사전』에 나오는 '은방주'와 『고려대한국어대사전』에 나오는 '다마금'은 일본에서 건너온 품종이다. 이러한 사실을 뜻풀이에 반영할 필요가 있다.

벼 이름 끝에 '도'가 붙은 건 한자어에 '벼 도(稻)'가 있기 때문임을 쉽게 알 수 있다. 국어사전에 '산도(山稻)'를 표제어로 올리고 '밭벼'라는 풀이를 달아놓은 것도 참고할 만하다. 특이하다 싶은 것은 토종 벼이름 끝에 '-찰'이 붙는 경우가 많다는 점이다. 이 '-찰'을 어떻게 이해해야 할까? '돼지찰'을 '돈나'라고도 부른다는 데서 실마리를 찾을 수 있다. '돼지'와 '돈(豚)'은 어렵지 않게 연결된다. '찰'과 '나'도 같은 의미를 가진 말일 거라고 추론해서 찾아보니, '찰벼 나(稬)'라는 한자가 나온다. 그렇다면 돼지찰(돈나)은 찹쌀을 얻는 찰벼의 한 종류임이 분명하며, '돼지찰벼'를 줄여서 '돼지찰'이라고 불렀을 것이다. 이런 식으로 따져 들어가면 '자채벼'와 '자치나'가 같은 품종을 가리키는 말일 거라는 결론에도 도달할 수 있다.

국어사전을 편찬한다는 건 무척 품이 많이 드는 일이고, 지금까지 이룬 국어학의 성과를 그대로 담아내야 한다. 토종 벼를 살려서 보급하는 일 못지않게 토종 벼 이름들이 국어사전의 품에 안기도록 하면 좋겠다.

신문기사를 통해 토종 벼 이름 몇 가지를 살펴보도록 하자.

> ▶남과 북의 쌀을 더해 남북이 하나 되는 그런 의미를 담자고 역제안을 했다. 그때 올라간 쌀이 북한의 북흑조, 흑갱, 남한은 자광도, 충북흑미 등 총 4종이다. 그 속에 그런 의미를 담아냈다는 걸 당시에는 아무에게도 알리지 않았다. 트럼프 대통령도 그런 의미를 모르고 밥을 먹었을 거다.(한국일보, 2019.5.9.)

한미 정상회담 당시 남과 북의 토종 벼로 지은 돌솥밥을 만찬 때 사용했다는 내용을 전하는 기사다. 기사에 나오는 '자광도'는 김포평야가 있는 통진 쪽에서 재배하는 토종 벼 이름으로, 역시 국어사전에는 나오지 않는다. 대신 『표준국어대사전』에 아래 낱말이 보인다.

> ¶통진미(通津米): 예전에, 경기도 김포시 서쪽 통진 일대에서 나는 쌀을 이르던 말.

이 통진미가 바로 자광도를 가리키는 것으로 보인다. 요즘 우리가 좋은 쌀이라고 하는 경기도 이천 쌀이나 철원 오대 쌀을 가리키는 말은 없는데, 왜 하필 '통진미'가 국어사전에 오르게 됐을까? 예전에는 자광도가 임금에게 진상할 만큼 좋은 쌀로 유명했다고 하며, 『조선왕조실록』에도 '통진미'라는 말이 등장한다.

▶공주 향토 종자인 버들벼가 국제슬로푸드협회 '맛의 방주'에 등재되는 쾌거를 이뤘다.(대전일보, 2019.9.30.)
▶이번 행사를 통해 직접 수확한 토종 벼 조동지 쌀을 비롯하여 홍성의 다양한 친환경 농산물을 활용한 다양한 요리가 선보일 예정이라….(충남일보, 2016.10.19.)

'버들벼'는 이삭이 버들처럼 늘어진다고 해서 붙인 말이라고 하는데, 이름이 참 정겹다. 이런 말들을 국어사전이 버리지 않기를 바란다.

우리 밀 이름들

1991년에 <우리밀살리기운동본부>라는 단체가 생겼다. 수입 밀에 밀려 자취를 감추다시피 한 토종밀 종자를 찾아서 보급하고 식량 자급률을 높이기 위해 설립한 단체다. 이 단체의 노력으로 우리 밀을 재배하는 농가와 생산량이 늘어나면서 국수와 과자 등 우리 밀을 이용한 식품 개발도 이루어졌다. 하지만 값싼 수입 밀에 밀려 여전히 우리 밀의 생산과 소비량은 미미한 편이다.

우리 밀의 종자가 다양하다는 걸 알게 된 건 한상준 소설가의 소설집 『푸른농약사는 푸르다』(2019년)를 통해서였다. 소설집 맨 앞에 실린 단편소설 「농민」은 2015년에 광화문에서 시위 중 경찰 살수차에서 직격으로 쏜 물대포를 맞고 숨진 백남기 농민의 삶을 다룬 작품이다. 백남기 농민은 <우리밀살리기운동본부> 열성 회원이기도 했다. 그래서 사망하기 전까지 밀농사를 지었는데, 소설 속에 다음과 같은 구절이 나온다.

그동안 여러 밀 종자를 심어 봤다. 국수용으로 나가는 그루밀, 은파밀, 백중밀과 제빵용인 금강밀을 재배해 봤다. 수확량과 특성을 파악했다. 국수용으로는 백중밀이 그중 나았다. 문제는 국수용 우리 밀 소비량이 늘지 않는다는 점이었다.(위의 책, 30쪽.)

소설 속에 '그루밀', '은파밀', '백중밀', '금강밀'이 등장한다. 신문기사를 검색하니 그밖에도 꽤 많은 밀 종자 이름이 나온다.

▶우리 땅에서 재배해온 우리 밀은 그루밀, 올밀, 은파밀, 조광밀 할 것 없이 한결같이 키가 작고 도복이 덜 되는 매우 우량한 품종이었다.(굿모닝충청, 2016.4.14.)

이 기사에는 '올밀'과 '조광밀'이 더 나온다. 토종밀 품종 이름은 국어사전에서 찾기 힘들고, 〈우리말샘〉에 '청계밀', '은파밀', '다홍밀' 정도가 실려 있을 뿐이다. 그래도 『표준국어대사전』에 '봄밀', '가을밀', '논밀', '통밀'이 있고, 『고려대한국어대사전』에 '토종밀'이 있어 다행이다. 〈우리말샘〉에는 '우리 밀'이 실려 있기도 하다.

국어사전에 밀로 만드는 떡인 '밀전병' 같은 말이 실려 있어 우리도 오랜 옛날부터 밀농사를 지어왔다는 사실을 확인할 수 있다. 다만 토종밀의 종자 이름을 국어사전 안에서 만나기 힘들다는 점에서 아쉬움이 남는다. 아쉬움이 남는 이유는 『표준국어대사전』에 다음과 같은 낱말들이 실려 있기 때문이다.

❡듀럼밀(durum밀): 〈식물〉 볏과의 한해살이풀. 종자의 가루는 점성이 강하여 스파게티나 마카로니를 만든다. ≒마카로니밀.
❡폴란드밀(Poland밀): 〈식물〉 지중해 연안의 온난한 지역에서 재배하는 밀. 17세기경 폴란드 지방에서 다른 재배종으로부터

생겨났으며, 낱알의 길이가 2cm 정도로 맥류 가운데 가장 크다.

밀농사를 짓지 않는 사람이야 토종밀의 종자 이름까지 알 리 없고, 꼭 알아야 한다는 법은 없기도 하다. 그렇게 따지면 '듀럼밀'이나 '폴란드밀'이라는 말을 알아야 할 이유가 없기는 마찬가지다. 우리말을 앞세워야 할 국어사전이 제 역할을 못 하고 있는 게 아닌가 싶은 마음을 떨쳐낼 수 없다.

보리농사를 잘 지으려면 보리를 파종한 다음 겨울에 밭에 나가 흙을 밟아주어야 한다. 그래야 보리의 뿌리가 잘 내리게 된다. 이걸 '보리밟기'라고 하며, 국어사전 표제어에 있다. 밀농사도 마찬가지여서 밀밟기를 해주어야 한다. 하지만 '밀밟기'라는 말은 국어사전에 없다. '벼농사'와 '보리농사'는 물론 밤나무를 심어 가꾸는 '밤농사', 누에를 치는 '누에농사'라는 말까지 『표준국어대사전』에 있지만 '밀농사'라는 말은 없다는 사실을 생각하면 우리 밀농사를 짓는 분들의 처지가 안쓰럽기도 하다. 우리 밀 재배와 소비량이 늘어나 언젠가는 이런 말들이 국어사전에 오르게 되면 좋겠다.

병아리콩과 호랑이콩

진은영 시인이 자신의 시에 대해 쓴 글을 읽다가 '병아리콩'을 만났다.

짧은 휴식시간에는 병아리콩 튀긴 냄새를 풀풀 풍기며 비트시인
들의 시집을 뒤적이거나 그들을 통해 알게 된 불교 사찰의 저녁 풍
경 소리를 상상하지 않았을까?(한겨레신문, 2016.2.5.)

병아리콩? 나로서는 낯선 콩 이름이었는데, 어감이 참 귀엽다는 생
각을 했다. 글 내용을 보니 시인이 잠시 프랑스 파리에 머물 때 병아
리콩을 만났던 모양이다. 병아리콩은 다른 말로 '이집트콩' 혹은 '칙피
(chickpea)'라고 부른다. 칙피의 'chick'은 병아리라는 뜻으로, 생김새
가 꼭 병아리의 얼굴 모양을 닮았다고 해서 붙인 이름이다. '병아리콩'
은 서양 말을 그대로 직역한 셈인데, 동글동글한 모양의 콩과는 퍽 다
른 생김새를 하고 있다.

병아리콩은 중동 지역이 원산지로 인도와 지중해, 중앙아메리카 등
에서 널리 재배하고 있다. 그래서 병아리콩은 주로 수입해서 들여오지
만 최근에는 우리나라 일부 농가에서도 재배를 시작했다. 병아리콩이

널리 알려진 건 변비와 다이어트에 좋다는 방송이 나오면서부터다. 병아리콩이 건강식품으로 떠오르면서 찾는 이들이 많아지고 있다고 하니 '병아리콩'이라는 말도 더 이상 낯선 말 취급을 받지 않게 될 모양이다.『표준국어대사전』에 이미 '커피콩'이 표제어로 자리 잡고 있으며 '라이머콩(lima콩)'과 '바닐라콩(vanilla콩)'처럼 더 낯선 말도 올라 있는데, '병아리콩'이나 '이집트콩'은〈우리말샘〉에서만 찾을 수 있다.

'병아리콩'이 귀여운 느낌을 준다면 이번에는 좀 무서운(?) 느낌을 주는 '호랑이콩'에 대한 이야기를 해보자. 국어사전에는 나오지 않는 콩 이름이지만 호랑이콩을 모르는 이는 별로 없으리라 믿는다. 콩의 무늬가 마치 호랑이 가죽처럼 얼룩덜룩하다고 해서 그런 이름을 얻었는데, 정확한 말로는 '호랑이강낭콩'이란다. 물론 이 말도 국어사전에는 없다. 강낭콩보다 알이 굵고 커서 무늬뿐만 아니라 크기에서도 호랑이라는 말이 붙은 이름값을 제대로 해내고 있는 셈이다. 밥을 할 때 호랑이콩을 함께 넣어서 지으면 부드럽고 폭신한 식감을 준다. 게다가 아미노산과 단백질이 풍부하고 레시틴이라는 물질이 들어 있어 콜레스테롤을 낮추는 효능을 지니고 있단다. 이런 이유들로 인해 호랑이콩을 찾는 사람들이 많아지면서 덩달아 재배 농가도 늘고 있다.

강낭콩은 줄기가 곧게 자라는 것과 덩굴을 이루어 뻗어나가는 것이 있다. 이런 사실을『고려대한국어대사전』에서는 정확히 밝히고 있으나『표준국어대사전』은 덩굴 식물로만 풀이해놓았다.

> ◗덩굴강낭콩:〈식물〉콩과의 한해살이풀. 강낭콩과 비슷하게 생겼으나 덩굴지고 흰색 또는 붉은색 꽃이 핀다.

덩굴강낭콩은 강낭콩의 하위 개념이고, 덩굴강낭콩에는 또 여러 종

국어사전 앞에서는 모든 말이 평등해야 한다.

류가 있다. 위에 말한 호랑이콩이 덩굴강낭콩에 속하는 종자이며, 다른 종류로는 울타리콩과 제비콩이 있다. '울타리콩'은 줄기가 쑥쑥 잘 자라서 울타리를 덮는다고 하여 붙은 이름이고, 색깔과 맛이 밤을 닮아서 '밤콩'이라고도 부른다. '밤콩'은 국어사전에 있지만 '울타리콩'은 국어사전에서 찾을 수 없다. '울타리콩'이라는 친근한 이름을 왜 버렸는지 모르겠다. '제비콩'은 '까치콩'이라고도 하며 한자어로는 '편두(扁豆)' 혹은 '작두(鵲豆)'라고 한다. 다행히 이 말들은 모두 국어사전에 이름을 올렸다. 제비콩의 색깔은 흰 것과 검은 것 두 종류가 있는데, 흰 제비콩은 『동의보감』에서 소화를 돕고 몸의 독소를 풀어주는 약효가 있다고 소개하기도 했다.

식물이나 곡식은 변이종이나 개량종이 많다보니 같은 범주에 속한다 해도 종류가 여럿이다. 경우에 따라 같은 품종을 지역별로 달리 부르기도 한다. 그래서 사람들이 부르고 쓰는 모든 이름을 국어사전에 빠짐없이 담아내기는 어렵다. 그럼에도 짚어야 할 건 짚어야 하므로 잠시 신문기사 하나를 보자.

> ▶농촌진흥청은 예로부터 우리나라에서 콩나물콩으로 재배되어 온 토종콩 특이 유망자원(오리알태, 수박태)을 복원하여 지역 특산화를 추진한다고 밝혔다. …… 토종자원 중 '오리알태와 수박태'는 콩나물용으로는 최고의 품질과 저장성을 갖고 있지만 수확량이 적고 바이러스병과 쓰러짐에 취약하여 우리의 곁에서 사라질 위기에 처해 있다.(영주신문, 2011.5.22.)

위 기사에 나오는 '오리알태'는 〈우리말샘〉에 있지만 '수박태'는 어디에서도 찾을 수 없다. 『표준국어대사전』에 '청태(靑太)', '청대콩', '푸르대콩'이라는 표제어가 있는데, 셋은 같은 말이다. 콩알 색깔이 푸르다고 해서 그렇게 부르는데, 오리알태와 수박태도 색깔이 푸르므로 넓게 보면 청태에 속한다. 하지만 같은 청태라 해도 빛깔만 같을 뿐 다른 특성을 가진 콩들이 있기 마련이다.

마지막으로 한 가지만 더 짚자. 위 기사에 보이는 '콩나물콩'이라는 말은 〈우리말샘〉으로 밀려나 있다. 콩나물을 길러 먹는 콩은 한 종류가 아니다. 청태 종류를 비롯해 우리가 '쥐눈이콩'이라고 부르는 콩도 콩나물을 기르는 데 사용한다. 잠시 〈우리말샘〉에서 '콩나물콩'을 어떻게 설명하고 있는지 보자.

¶콩나물콩: '기름콩'의 방언(경기, 경상, 충청, 평안, 중국 길림성, 중국 요령성, 중국 흑룡강성).

'콩나물콩'이라는 말이 왜 방언 취급을 받아야 하는지 모르겠다. 콩나물콩 말고 콩나물로 길러 먹는 콩을 통틀어 '나물콩'이라는 말도 사용한다. '나물콩'이라는 말을 인터넷에서 검색하면 많은 사람들이 쓰고 있는 걸 알 수 있지만 〈우리말샘〉에서 북한말로 소개하고 있다. 아무런 죄가 없는 말을 남북으로 갈라놓고 있으니 이 또한 분단의 폐해라고 하면 지나친 말일까?

콩 이야기가 나온 김에 잠시 옆길로 빠져서 '콩도장'이라는 말에 대해서도 생각해보자. 콩도장은 본래 일본말인 '마메인(まめいん, 豆印)'을 우리말로 번역해서 쓰던 말이다. 보통 성을 빼고 이름만 파서 작게 만든 도장으로, 크기가 콩알만 하다고 해서 붙인 명칭이다. 국어사전에서는 찾을 수 없는 말이기도 하다. 원말의 발생지가 일본이라 국어

사전 표제어에서 뺀 모양인데, 그렇다면 너무 좁은 생각이 아닐까? '마메인'이야 당연히 일본말이니 안 쓰는 게 맞지만 '콩도장'이라는 말은 번역어일지언정 분명 우리말로 이루어져 있다. '콩도장'처럼 외국어를 우리말을 번역하여 사용하는 말은 무척 많다. 그런 말을 다 찾아내서 버릴 게 아니라면 '콩도장' 역시 우리말의 품안으로 끌어들일 필요가 있다.

콩도장은 은행이나 회사, 학교 등에서 결재할 때 많이 사용한다. 그래서 요즘은 '결재인(決裁印)'이라는 말을 쓰기도 한다. 하지만 '결재인'도 국어사전에 오르지 못했다. 해당하는 물건은 현실에 분명히 존재하는데, 그걸 표현하는 말을 부정해버리면 어쩌란 말인가. 그리고 엄밀히 따지면 콩도장과 결재인은 다르다. 결재할 때 반드시 콩도장만을 사용하는 건 아니므로, '콩도장'을 표제어에 올리고, 일본말 '마메인'을 우리말으로 번역해서 사용하는 것이라는 설명을 달아주면 충분한 일이다. 따로 인주를 찍지 않아도 되는 '만년도장'도 있지만 이 말도 국어사전에는 없다.

감 이름들

경상북도 상주를 일러 흔히 삼백(三白)의 고장이라 일컫는다. 삼백(三白)은 그 고장에서 유명한 세 가지 하얀 것 즉 쌀, 누에, 곶감(정확히 하자면 곶감 겉에 생기는 분가루)을 이르는 말이다. 상주 곶감이 유명하다는 건 알아도 상주에 상주감 연구소가 있다는 걸 아는 사람은 드물다. 그리고 상주를 대표하는 감 이름이 '둥시'라고 하는 걸 아는 이도 많지 않을 듯하다. 모양이 둥글다고 해서 '둥시'라고 부르는 이 감을 깎아 말리면 상주 곶감이 된다. 하지만 '둥시'라는 말은 국어사전에 없다.

국어사전에 감을 가리키는 말은 무척 많다. 우리말로 된 '단감', '떫은감', '우린감'부터 '홍시(紅柹)', '연시(軟柹)'처럼 한자로 된 이름도 많다. 그밖에도 다음과 같은 감 이름들이 나온다.

¶고종시(高宗柹): 보통 감보다 잘고 씨가 없으며 맛이 단 감.

¶반시(盤柹): 모양이 동글납작한 감.=납작감.

¶수시(水柹): 감의 하나. 모양이 좀 길둥글며 물이 많고 맛이 달다. = 물감.

국어사전 앞에서는 모든 말이 평등해야 한다.

¶백시(白柹): 껍질을 벗기고 꼬챙이에 꿰어서 말린 감.=곶감.

¶조홍시(早紅柹): 다른 감보다 일찍 익는 홍시 종류. 빛깔이 몹시 붉다.

¶분시(盆柹): 감의 하나. 과실은 둥글거나 약간 길쭉하며, 조금 붉은빛을 띤 누런색이다.

¶준시(蹲柹): 꼬챙이에 꿰지 않고 납작하게 말린 감.

¶월화시(월화柹): <식물> 감의 하나. 열매가 작고 껍질이 얇으며 일찍 익는다. = 월화.

¶대접감: 매우 굵은 종류의 동글납작한 감.

반시는 경상북도 청도가 유명하다. 그래서 둘을 아울러 "청도 반시 상주 둥시"라는 말을 하는 이들도 있다. 둥시가 반시만큼 덜 유명한 것도 아닌데, 상주 사람들이 알면 서운하게 여길 일이다.

'대접감'이 있는 반면 '뾰족감'도 있다. 실제로 많이 쓰는 말이지만 '뾰족감'은 국어사전에 없다. 아래 낱말을 보자. 『표준국어대사전』에는 없고 『고려대한국어대사전』에 실린 말이다.

¶대봉감(大峯감): 감의 하나. 끝이 뾰족하고 길쭉하며 크다. 과육이 단단했을 때는 떫은맛이 강해 먹기가 힘들지만 완전히 익어서 물렁물렁한 홍시가 되면 무척이나 당도가 높고 맛이 좋다.=장두감, 대봉.

풀이에서 보듯 끝이 뾰족하게 생긴 감들이 분명히 있다. 그런 감들을 '뾰족감'이라고 부른다. '월화시(월화柹)'는 충북 영동과 충남 일부 지역에서 주로 생산한다. 이렇듯 지역마다 고유한 감 품종들이 있으며,

〈우리말샘〉에는 다른 감 이름들도 나온다.

❧사곡시(舍谷枾): 〈농업〉 떫은 감의 한 종류. 경북 의성군 사곡
면이 원산지로 10월 중순이 수확기이다. 과실은 편원형이며, 등
황색을 띤다. 무게가 200~230그램인데, 과육과 과즙이 많아서
품질이 우수하다. 단위 결실성이 강하여 씨가 없는 감으로 알려
져 있다.

'사곡시'가 의성을 대표하는 감이라면 다른 지역을 대표하는 감은
없을까? 감을 소개한 책이나 글들을 보면 산청의 '단성시(丹城枾)', 강
릉의 '동철감', 구례의 '장둥이', 장성의 '비단시' 같은 감 종류가 나온
다. 국어사전에는 없는 감 이름들이다.

그리고 『한국민족문화대백과사전』에는 볕에 말린 감을 이르는 '황
시(黃枾)', 불에 말린 감을 이르는 '오시(烏枾)'라는 말도 나오지만 역
시 국어사전에서는 찾을 수 없다. 여기서 잠시 『표준국어대사전』에 나
오는 다른 낱말 하나를 보자.

❧흑시(黑枾): 〈임업〉 오래된 감나무의 심재(心材). 단단하고 고
와 여러 가지 세공물의 재료로 쓰인다. = 먹감나무.

감 열매가 아니라 감나무 종류라고 풀이했다. 이게 맞는 걸까? 같은
낱말을 『고려대한국어대사전』에서는 "볕을 받는 쪽이 거멓게 된 감"이
라고 풀이했다. 어느 쪽에 맞는 걸까? '먹감'이라는 말이 두 사전에 모
두 실려 있는데, 풀이는 『고려대한국어대사전』의 '흑시' 풀이와 같다.

국어사전 앞에서는 모든 말이 평등해야 한다.

¶오시목(烏枾木): 〈임업〉 오래된 감나무의 심재(心材). 단단하고 고와 여러 가지 세공물의 재료로 쓰인다. = 먹감나무.

‘오시(烏枾)’는 표제어에 없으며, ‘오시목(烏枾木)’은 먹감나무를 가리킨다. 『표준국어대사전』의 ‘흑시’는 먹감나무가 아니라 먹감이라고 풀이했어야 한다.

청배와 딸배

백석은 1935년 조선일보에 「정주성(定州城)」을 발표하며 시인으로 등단한다. 시의 마지막 구절은 다음과 같다.

날이 밝으면 또 메기수염의 늙은이가 청배를 팔러 올 것이다.

시에 나오는 '청배'는 껍질에 푸른색이 도는 배를 가리키는 말일 터이다. 그래도 정확한 뜻을 확인하고 싶어 국어사전을 찾아보았으나 발견할 수 없었다. 일단 궁금증을 접고 백석의 다른 시 「여우난곬」을 읽다보니 거기도 배 이름들이 나온다.

어치라는 산새는 벌배 먹어 고흡다는 골에서 돌배 먹고 아픈 배를 아이들은 딸배 먹고 나았다고 하였다

'돌배'만 국어사전에 있고 '벌배'와 '딸배'는 이번에도 찾을 수 없었다. 백석의 시어를 연구한 사람들에 의하면 '벌배'는 벌레 먹은 배라고 한다. '딸배'에 대해서는 의견이 갈리는데, 산사나무 열매를 가리킨다

국어사전 앞에서는 모든 말이 평등해야 한다.

는 사람도 있고, '떨배'의 오식으로 아직 덜 익은 배를 가리킨다는 사람도 있다. 백석이 평안도 정주 출신이다보니 그쪽 방언을 자주 사용하여 해독이 쉽지 않은 경우가 많다. 여기서는 일단 '청배'라는 낱말을 중심으로 살펴보려고 한다. 『표준국어대사전』에 '청배'와 비슷한 말로 올라 있는 건 아래 낱말들이다.

¶청리(青梨): 배의 하나. 일찍 익으며 빛이 푸르고 물기가 많다.=청술레.

¶청술레(青술레): 배의 하나. 일찍 익으며 빛이 푸르고 물기가 많다.≒청리, 청실리.

¶청실리(青實梨): 배의 하나. 일찍 익으며 빛이 푸르고 물기가 많다.=청술레.

¶청실배(青實배): 〈식물〉 우리나라 재래종 배의 하나. 열매는 푸르지만 저장 중에 노란색을 띤 녹색으로 바뀐다.

'청술레'는 '청실리'가 변해서 된 말이 분명하고, '청실배'와 '청실리'는 같은 배를 가리키는 말로 보인다. 그런데 왜 '청실리'와 '청실배'의 뜻풀이에 차이가 있는지 이해하기 어렵다. 한자어 '리(梨)'를 우리말 '배'로 바꾼 것에 지나지 않고, 용례를 찾아봐도 두 낱말을 혼용해서 쓰고 있다. '청리'와 함께 '청배'라는 말도 일상에서 많이 쓰고 있으므로 함께 국어사전에 올렸으면 한다.

이번에는 '청실리'와 대비되는 배 이름을 알아보자.

¶황술레(黃술레): 배의 하나. 누렇고 크며 맛이 좋다.

¶황실리(黃實梨): 씨가 노란 배의 하나.

'황실리'의 풀이가 엉터리라는 게 금방 눈에 띈다. '황술레' 역시 '황실리'가 변해서 된 말로, 껍질이 누런 것이지 씨가 누런 것이 아니다.

이밖에 『표준국어대사전』에 오른 배 이름은 다음과 같다.

¶고살래: 배 품종의 하나. 모양이 기름하고 꼭지 달린 부분이 뾰족하다.≒고산리.

¶고산리(高山梨): 배 품종의 하나. 모양이 기름하고 꼭지 달린 부분이 뾰족하다.=고살래.

¶만삼길(晩三吉): 배 품종의 하나. 과실이 크며 많이 열리고 오래 저장할 수 있다.

¶이십세기(二十世紀): 배의 품종의 하나. 둥글고 엷은 초록색이며 9월 중순에 익는다.

¶장십랑(長十郞): 배 품종의 하나. 나무가 강건하여 가꾸기 쉽고 병충해에 대한 저항력도 강하다. 열매는 중간 크기 정도이며, 껍질은 붉은빛을 띤 황갈색이다. 1894년 무렵에 이 나무가 발견된 마당의 주인인 일본 사람의 이름을 딴 것이다.

¶병배(瓶배): 목이 잘록한 병 모양으로 생긴 배나무의 과실.

¶야아리: 배 품종의 하나. 열매는 병 모양이고 연한 노란색인데 단맛은 없으나 향기가 있고 품질이 좋다. 소출이 많고 이듬해 1~2월까지 저장할 수 있다.

¶홍리(紅梨): 중국이 원산지인 배의 하나. 익으면 열매가 붉어진다.

꽤 많은 배 이름이 실려 있지만 일반 사람들에게는 낯선 말들이다. '만삼길, 이십세기, 장십랑'은 일본에서 들여온 배 품종인데 굳이 표제

국어사전 앞에서는 모든 말이 평등해야 한다.

어에 올려야 했을까 싶다. 장십랑만 일본에서 왔다는 걸 밝히고 있는데, 다른 두 개도 일본 품종임을 밝혀주었어야 한다.

'고살래'와 '고산리'는 어디서 온 배일까? 흑룡강조선민족출판사에서 펴낸 『한중사전』에서 '고살래'를 찾으면 '압리(鴨梨)'라고 나온다. 압리(鴨梨)는 중국에서 가장 많이 생산되는 배 품종이며, '압(鴨)'의 중국어 발음은 '야'다. 영어로는 'Ya Pear'라고 한다. 따라서 표제어로 오른 '야아리'는 우리말이 아니라 중국말임을 알 수 있다. 결국 고살래, 고산리, 야아리는 같은 배라는 얘기가 된다. 표제어에 있는 '병배'가 우리말 표현에 맞는다.

이쯤 해서 우리가 잘 아는 '신고배'와 '먹골배'는 어디로 갔을까 하는 의문을 품을 수 있다. 두 낱말은 『표준국어대사전』에는 없고 『고려대한국어대사전』에 올라 있다. 신고배가 일본 품종이라는 건 많이 알려져 있는데, 풀이에 그런 설명이 없다. 대신 <우리말샘>에 '신고(新高)'라는 표제어와 함께 일본에서 들여왔다는 내용이 있다. 그리고 '먹골배'는 풀이가 너무 간략하다.

¶먹골배: 배 품종의 한 가지.

'먹골배'는 빛깔이 검어서 붙은 이름이 아니고 묵동(墨洞) 즉 먹골에서 재배하기 시작했다고 해서 붙은 이름이다. 품종으로는 황실배에 속한다.

허균이 조선 팔도의 토산품과 음식을 소개한 『도문대작(屠門大嚼)』이라는 책 속에 배 품종으로 '천사리(天賜梨)', '금색리(金色梨)', '현리(玄梨)', '대숙리(大熟梨)' 등이 나온다. 그리고 1920년대에 일제가 우리나라 농산물을 조사한 기록에는 '함흥배', '봉화배' 등 수십 종류의 배 이름이 등장한다. 그 이후에도 우리가 품종 개량한 '황금배', '추황배', '영산배', '화산배', '감천배', '원황', '만풍', '한아름' 같은 것들이 있다. 이것들은 다 어디로 숨어버린 걸까?

국어사전 앞에서는 모든 말이 평등해야 한다.

하지감자와 수미감자

모든 작물이 그렇듯 감자도 품종이나 모양, 빛깔에 따라 다양한 종류가 있다. 먼저 '자주감자'에 대해 알아보자.

¶자주감자(紫朱감자): 〈식물〉 감자 품종의 하나. 감자알은 기름한 모양이고 껍질은 푸른 자줏빛이다. 추위와 습기, 병충해에 강하고 식용한다. 충북에서 많이 재배한다.

풀이에 충북에서 많이 재배한다는 말이 보인다. 그래서일까? 충북 충주 출신의 동시인 권태응(1918~1951)의 대표작인 「감자꽃」 1연은 "자주꽃 핀 건 / 자주감자 / 파보나 마나 / 자주감자"로 되어 있다. '자주감자'는 껍질의 빛깔을 보고 붙인 이름이다.(경우에 따라 속살까지 자주색인 것도 있다.) 껍질이나 속살의 빛깔에 따라 부르는 이름 중에는 '흰감자', '분홍감자(粉紅감자)', '홍감자(紅감자)' 같은 것들이 있다. 하지만 이런 말들은 국어사전에 이름을 올리지 못했다. 자주감자에 비해 생산량이 많지 않아서 그랬으리라 짐작은 하지만 엄연히 실생활에서 쓰이고 있는 말들이라는 점에서 아쉬움이 남는다.

자주감자에 속하는 것으로, 국어사전에는 실리지 않았지만 '춘천재래'라는 게 있다. 병에 강하고 저장하기에 적당한 데다, 척박한 땅에서도 잘 적응하기 때문에 주로 산간 지대에서 재배한다고 한다. '춘천'은 지역명이 분명한데, 뒤에 붙은 '재래'는 어떻게 해서 붙었을까? 어디서도 어원 정보를 얻기 힘들지만 우리 땅에서 예전부터 자라던 걸 뜻하는 '재래종(在來種)'에서 온 말이 아닐까 싶다. '토종'과 같은 뜻으로 사용한 말이라고 보자는 얘기다. 감자가 우리나라에 들어온 건 1820년대 무렵이라고 알려져 있다. 200년 정도밖에 되지 않았으니 토종이라고 할 게 있느냐고 질문할 법도 있다. 그렇게 따지면 토종이라고 이름 붙일 작물이 어디 있겠는가. 외래종이라 해도 우리 토양에 적응해서 자라고, 어느 정도 시간이 지나면 자연스레 토종이 되는 걸로 보아야 한다.

일부 지역에서 자주감자를 '돼지감자'라고 부르기도 하는데, 돼지감자는 엄밀히 말하면 감자 종류가 아니다. '뚱딴지' 혹은 '뚝감자'라고 불리는 돼지감자는 국화과에 속하고 감자는 가짓과에 속한다. 돼지감자의 꽃은 노란색이라는 것도 자주감자와 다른 점이다. 위에서 인용한 권태응의 동시에도 자주감자에는 자주꽃이 핀다고 되어 있다.

특이한 이름의 감자들도 있다. '지게감자'라고 하면 그런 감자도 있느냐고 할 사람이 많겠다. 생김새가 지게처럼 길쭉하다고 해서 그런 이름을 붙였다고 한다. 울릉도에 가면 특별한 감자를 만날 수 있다. '울릉홍감자'와 '고무신감자'가 주인공이다. '울릉홍감자'는 말 그대로 울릉도에서 나는 홍감자라는 말이고, '고무신감자'는 '지게감자'와 마찬가지로 고무신만큼 크고 길쭉하다고 해서 붙인 이름이다. '울릉재래'라는 이름으로 부르기도 한다. 참고로, 재배 지역에 따라 '홍천재래', '강화재래'라는 이름의 감자들도 인터넷 검색을 하면 찾을 수 있다.

같은 감자라도 지역별로 토양과 재배 방법에 따라 다른 모양과 맛을 내기 마련이다. '춘천재래', '지게감자', '울릉홍감자', '고무신감자' 같은 이름은 현실에 존재하지만 국어사전에는 오르지 못했다. 그런 말들까지 어떻게 국어사전에 올릴 수 있겠느냐고 할 수도 있겠지만, 『표준국어대사전』 안에는 '울산무(蔚山무)', '양주밤(楊州밤)', '남원부채(南原부채)'처럼 지역명을 붙인 말들이 수두룩하다. 앞서 소개한 감자 종류 대신 낯선 감자 이름이 『표준국어대사전』 안에 자리 잡고 있어 눈길을 끈다.

¶난곡(蘭谷): <식물> 감자 품종의 하나. 흰색 꽃이 피고 성숙이 약간 더딘 편이며 병에 견디는 힘이 강하다. 껍질이 희고 맛이 좋으며 강원, 경기, 전남, 충북 등지에 분포한다.

'난곡'은 1920년경에 강원도 난곡농장(蘭谷農場)에서 처음 재배했다고 해서 붙인 이름이다. 독일산 감자를 도입하여 난곡 1 . 2 . 3호라는 신품종을 개발했다고 하는데, 지금은 거의 찾아볼 수 없다. 난곡 도입 이후 1930년대 초반에 일본 북해도에서 '남작(男爵)'이라는 새 품종을 도입했다. 한때 수십만 톤을 생산했을 만큼 많이 재배했던 품종이다. 지금은 수미감자에 밀려 생산량이 많이 줄었지만, 여전히 재배하고 있는 농가들이 제법 있다. 쪄내면 분이 푸슬푸슬하게 일어나, 그 맛에 남작을 좋아하는 사람들도 많다. 그럼에도 '남작(男爵)'은 국어사전에 오르지 못했다.

그렇다면 방금 말한 '수미감자'는 어떨까? 정식 국어사전에는 없고 <우리말샘>에만 있다.

¶수미감자(秀美감자): <식물>미국 품종인 수페리어를 도입하여

1978년에 보급된 감자 품종. 조숙 다수성으로 괴경의 모양이 남작과 비슷하고, 눈이 얕아 감자칩용으로 적합한 품종이다. 우리나라 감자 생산량의 80%를 차지하고 있다.

풀이에 남작과 비슷하다고 해놓고 〈우리말샘〉에도 '남작'은 올리지 않았다. 80%에 달하는 수미감자에 밀려 많은 품종이 사라지거나 재배 면적이 줄었다. 〈우리말샘〉에 '대지(大地)'와 '대서(大西)'라는 감자 품종이 더 올라 있긴 하지만 국어사전마저 다수에 밀린 소수를 배려하지 않는 것 같아 씁쓸하다.

이쯤에서 우리가 많이 쓰는 말인 '하지감자'는 어떤 대우를 받고 있는지 알아보자.

¶하지감자: 〈방언〉 '감자'의 방언(경상, 전라, 충남).

'하지감자'는 하지 무렵에 캔다고 해서 붙은 이름이다. 그런데 이 말을 감자의 방언이라고만 처리해버리면 곤란하다. 일상적으로 하지감자가 아닌 것을 '가을감자' 혹은 '늦감자'라고 부르므로 그에 대응하는 말로 '하지감자'의 뜻을 풀어주어야 한다. '하지감자'라는 말을 특정 지역만이 아니라 전국에서 사용하고 있는 현실도 반영할 필요가 있으므로 '수미감자'와 함께 〈우리말샘〉이 아니라 정식 국어사전에 올려 제자리를 찾도록 해주어야 한다.

마지막으로 '늦감자'는 표준어로 인정하면서 '가을감자'는 '늦감자'의 북한어로 처리해놓은 것 역시 재고해주기를 바란다. 실제로 '가을감자'라는 말을 검색해보면 '늦감자' 못지않게 폭넓게 쓰고 있음을 확인할 수 있다.

국어사전 앞에서는 모든 말이 평등해야 한다

치마라는 이름을 가진 채소

'적치마'와 '청치마'라는 말을 들으면 붉은색 치마와 푸른색 치마를 가리키는 말이라고 이해할 사람이 많겠다. 하지만 채소 농사를 짓는 사람들이나 주부들은 대개 무슨 말일지 알아들을 수 있을 것이다. 여자들이 입는 치마가 아니라 상추의 종류를 이르는 말이기 때문이다.

고기 문화가 보편화하면서 쌈채소의 수요도 많아졌다.('쌈채소'라는 말은 『고려대한국어대사전』에만 있다.) 쌈채소 중에서 식탁에 가장 많이 오르는 게 상추다.

상추도 종류가 여러 가지인데, 잎의 색깔로 구분하자면 크게 '청상추'와 '적상추'로 구분할 수 있다.('흑상추'도 있긴 하다). 잎이 붉은색을 띠는 상추인 '적상추(赤上추)'는 『고려대한국어대사전』에, 푸른색을 띠는 '청상추(靑上추)'는 <우리말샘>에 있다.

'적상추'와 '청상추'는 들으면 금방 이해가 가는 말들이다. 그런데 채소 가게에 가면 간혹 '청치마'나 '적치마'라고 적어놓은 걸 볼 수 있다. 상추의 품종명인 셈인데, 상추 잎이 치마처럼 넓다고 해서 붙인 이름이다. '청치마', '적치마'보다 더 낯선 이름을 만날 수도 있는데, '청축면'과 '적축면'이라는 말이다. 이건 또 어떻게 해서 생긴 말일까?

상추는 모양에 따라 '잎상추'와 '결구상추'로 나누기도 한다. '결구 배추'라는 말이 『표준국어대사전』에 표제어로 올라 있다. 하지만 '잎상 추'와 '결구상추'라는 말은 <우리말샘>에만 있다.

¶잎상추: 〈식물〉 잎이 결구하지 않고 퍼져 나는 상추. 잎이 길게 갈라지며, 잎의 가장자리가 밋밋하다.
¶결구상추(結球상추): 〈식물〉 여러 겹의 잎들이 둥글게 겹쳐지면 서 속이 드는 상추.

'청축면'과 '적축면'은 <우리말샘>에서도 찾을 수 없다. 분명 한자로 이루어진 낱말일 텐데 짐작할 길이 없다. '축면'이라도 따로 표제어에 있으면 추론이 가능하겠지만 '축면' 항목에 나오는 낱말은 상추와 관 련지을 만한 게 없다. 아무래도 이상해서 <우리말샘>을 다시 살피던 중 '치마상추'라는 말과 함께 아래 낱말이 실려 있는 걸 발견했다.

¶축면상추(縮緬상추): 국화과의 여러해살이풀. 상추의 재배 품 종 가운데 하나로 잎은 가장자리에 주름이 많으며 결구(結球) 하지 않는다. 쌈 채소로 이용되며 주로 우리나라에서 재배된다.

'치마'가 들어간 상추와 '축면'이 들어간 상추는 모두 잎상추에 해당 한다. 그리고 결구상추에 해당하는 것이 바로 양상추다. '치마'와 '축면' 의 차이는 상추의 잎에 주름이 있느냐 없느냐에 달려 있다.

그런데 왜 '축면(縮緬)'이라는 어려운 한자를 끌어들여 이름을 지었 을까? 이럴 때 의심해볼 수 있는 게 바로 일본 사람들이 만들어 쓰는 한 자어가 아닐까 하는 점이다. 역시 일본어사전에 '축면(縮緬)'이 나온다.

국어사전 앞에서는 모든 말이 평등해야 한다.

¶ちりめん[縮緬]: 견직물의 일종, 바탕이 오글쪼글한 비단.

풀이에서 알 수 있듯이 직물과 관련한 용어다. 이 말을 우리나라 패션업계에서 들여와 많이 쓰고 있다. 그래서 다른 국어사전에는 없지만 〈우리말샘〉에 '당축면(唐縮緬)', '축면직(縮緬織)', '능축면(綾縮緬)', '축면사(縮緬絲)'와 같은 형태의 말이 무척 많이 실려 있다. 그리고 이걸 농업계에 있는 누군가가 가져와서 '축면상추(縮緬상추)'라는 말을 만들어냈을 것이다.

그래서 우리말을 이용해서 새로 만든 용어가 '오그라기'이다. 이 말은 농촌진흥청이 만든 『농업용어사전』에 '잎에 주름이 잔뜩 나 있는 상태나 모양을 이르는 말'이라는 뜻으로 실려 있다. '축면상추' 대신 '오그라기상추'라는 말을 쓰자는 건데, 아쉽게도 거의 쓰이지 않고 있는 실정이다.

상추의 품종 개량이 활발히 이루어지면서 현재 200개가 넘는 상추 품종이 나와 있다. 그만큼 상추의 종류를 가리키는 이름이 많아져서 전문가나 웬만큼 관심이 있는 사람이 아니면 이름을 알아듣고 종류를 구분하기 힘들다. 그중에는 요즘 각광받는 '로메인상추'도 있으며, 이 말은 〈우리말샘〉에서 만날 수 있다. 로메인상추는 제법 알려져 있지만 '담배상추'라는 게 있다는 걸 아는 사람은 얼마나 될까? 이 말은 〈우리말샘〉에도 없는데, 담배밭 옆에서 자란다고 해서 그런 이름을 붙였다는 설과 잎 모양이 담뱃잎을 닮아서 그랬다는 설이 있다. 전남 곡성 쪽에서 많이 재배한다.

끝으로, 〈우리말샘〉에 특이한 낱말 하나가 있어서 소개한다.

¶쌈추: 〈식물〉 배추와 양배추를 교잡하여 만든 품종.

꽃차와 꽃향

    꽃을 사랑하는 사람은 많아도 싫어하는 사람은 드물다. 꽃은 눈을 즐겁게 해주기도 하지만, 극히 일부를 제외한 대부분의 꽃들은 아름다운 향기로 사람들의 코 또한 행복하게 만들어준다. 그래서 꽃으로 차를 만들어 마시는 사람들이 많다. 국어사전에서 '꽃차'를 찾으면 아래 낱말이 나온다.

> ¶꽃차(꽃車): 꽃이나 여러 가지 장식으로 꾸민 자동차. 주로 기념행사나 경축 행사 때에 쓴다. = 꽃자동차.

    아무리 찾아도 다른 뜻의 '꽃차'는 보이지 않는다. 대신 다른 낱말을 만날 수 있었다.

> ¶화차(花차): 국화, 말리 따위의 꽃잎을 섞어 향기를 더한 차.
> ¶국화차(菊花차): 감국(甘菊)의 꽃을 말렸다가 끓인 물에 우려낸 차.

국어사전 앞에서는 모든 말이 평등해야 한다.

꽃차 중에서 대표적인 게 국화차이니 '국화차'가 표제어에 있는 건 당연한 일이다. 그런데 일상생활에서 '화차(花차)'라는 말을 쓰는 사람이 얼마나 될까? '꽃차'라는 말이 왜 '화차'라는 낯선 한자어에 밀려나야 했는지 모를 일이다.

> ▶찻잔에 담긴 꽃, 바로 꽃차다. 꽃향이 코를 한번 간지럽히고, 목으로 꿀꺽 넘어가면서 온몸에 꽃기운이 퍼진다.(전라일보, 2019.6.4.)

위 기사에 '꽃차', '꽃향', '꽃기운'이라는 낱말들이 나온다. 이 중에 '꽃기운'이라는 낱말만 국어사전에 아래의 뜻을 담고 올라 있다.

> ¶꽃기운: 사춘기에 솟아나는 기운을 비유적으로 이르는 말.

그런데 신문기사에 실린 '꽃기운'은 비유적 표현으로 사용된 게 아님이 분명하다. 그냥 꽃에서 전해오는 아름답고 상쾌한 기운 정도의 뜻을 담아 쓴 것으로 보이는데, 그렇다면 비유의 뜻 말고 말 자체의 뜻을 담아 풀이해주는 항목도 있어야 하지 않을까 싶다.

문제는 '꽃차'라는 말과 '꽃향'이라는 말이 국어사전에 없다는 사실이다. '향'과 '향기'는 같은 뜻을 가진 말로 나란히 국어사전에 실려 있다. 그런데 '꽃향기'와 '솔향기'는 표제어에 있지만 준말인 '꽃향'과 '솔향'은 보이지 않는다.

> ¶꽃향기(꽃香氣): 꽃에서 나는 향내.=꽃향내.
> ¶솔향기(솔香氣): 소나무에서 나는 향기.

'꽃향'과 '솔향'이라는 말을 안 쓰거나, 쓰더라도 쓰임새가 그리 많지 않다면 표제어로 올리지 않을 수는 있다. 하지만 저 두 낱말은 매우 폭넓게 쓰이고 있으며, '꽃향기'나 '솔향기'라는 말보다 어감이 더 좋다고 느낄 사람도 많을 것으로 짐작된다. 당연히 표제어로 올렸어야 할 말들이다. 뒤에 '향'만 붙인 말이 아예 없다면 모를 일이지만, 찾아보면 그렇지도 않다.

> ¶차향(차香): 차의 향내.
> ¶토향(土香): 흙에서 나는 냄새.=흙냄새.
> ¶묵향(墨香): 향기로운 먹 냄새.

이 말들은 한자어라서 그랬다고 할 수도 있겠다. 하지만 우리말에서 고유어와 한자어가 결합된 복합어는 무척 많다. 아래 낱말들을 보자.

> ¶향내(香내): 1. 향기로운 냄새. 2. 향의 냄새.
> ¶꽃향내(꽃香내): 꽃에서 나는 향내.

여기서 한 가지 더 짚어볼 건 '꽃내음'이나 '꽃내'는 어떨까 하는 점이다. '꽃내음'이라는 말은 『표준국어대사전』에는 없고 『고려대한국어대사전』에만 실려 있다. 그나마 다행이라고나 할까? 하지만 '꽃내'라는 말은 실생활에서 "꽃내가 물씬 풍긴다"와 같은 형태로 제법 많이 쓰이고 있다는 걸 감안할 필요가 있다.

> ¶술내: 술의 냄새.

국어사전 앞에서는 모든 말이 평등해야 한다.

국어사전에 실려 있는 말이다. '술내'는 되면서 '꽃내'는 안 된다고 하면 꽃이 서운해하거나 화를 내지 않을까? 그런데 정작 서운해할 존재는 풀이다. '풀내음'은 어디에도 없고 '풀내'만 『고려대한국어대사전』에 실려 있기 때문이다. 그래서였을까? 풀을 대우해준 낱말이 있긴 하다.

¶풀이름: 풀의 이름.

그런데 '꽃이름'이라는 낱말은 〈우리말샘〉에서만 보인다. '새이름' 같은 건 어디에도 보이지 않고. 한마디로 원칙과 기준도 없고 그냥 뒤죽박죽이라는 얘기다. '꽃차'와 '꽃향'이라는 말에서 출발해 풀까지 관련된 말들을 더듬어보았다. 마지막으로 '꽃밭', '풀밭', '잔디밭', '솔밭'은 있지만 '차밭'은 『고려대한국어대사전』에만 보인다는 말을 덧붙인다.

꽃 이름들

국어사전 안에는 수많은 꽃 이름이 담겨 있다. 꽃의 종류가 워낙 많으니 당연한 일이지만 국어사전 안에 들어가지 못한 꽃 이름도 많다. 『고려대한국어대사전』이 그런 한계를 넘어보려고 애쓴 결과 『표준국어대사전』이 싣지 못한 꽃 이름을 대거 올려두었다. 다음과 같은 꽃 이름들이 그렇다.

산수유꽃, 아카시아꽃, 유채꽃, 도라지꽃, 백도라지꽃, 목련꽃, 싸리꽃, 여뀌꽃, 버들꽃, 산벚꽃, 감자꽃, 치자꽃, 팬지꽃, 봉숭아꽃, 무궁화꽃, 샐비어꽃, 용담꽃, 탱자꽃, 수세미꽃, 달리아꽃, 민들레꽃, 마타리꽃, 산나리꽃, 구절초꽃, 질경이꽃, 원추리꽃, 카네이션꽃, 맨드라미꽃, 목화꽃, 클로버꽃

『고려대한국어대사전』에도 없는 꽃 이름으로 〈우리말샘〉에 다음과 같은 것들이 올라 있다.

대추꽃, 난초꽃, 참외꽃, 고구마꽃, 양배추꽃, 코스모스꽃

국어사전 앞에서는 모든 말이 평등해야 한다.

이 세상에 존재하는 모든 꽃 종류를 국어사전에 올리는 건 가능하지 않을 수도 있다. 그래도 몇 가지 짚어보고 싶은 말들이 있다.

『표준국어대사전』에 '국화꽃(菊花꽃)'이 표제어로 실려 있다. 국화(菊花)에 이미 '꽃 화(花)'가 들어 있으므로 국화꽃이라는 말은 같은 뜻이 중복된, 쓰지 말아야 할 겹말이라고 주장할 수도 있다. 하지만 초가집(草家집) 같은 말이 일상어로 쓰이고 있으며, 겹말이 꼭 나쁘거나 틀렸다고 할 수는 없다. 초가와 초가집이 주는 어감이 다르고, 국화와 국화꽃 역시 마찬가지다. 국화라는 말은 꽃 이름을 가리키기도 하지만 식물 자체를 가리키는 말로도 쓴다. 그러므로 국화꽃이라는 말이 국어사전 표제어에 있다고 해서 이상한 일은 아니다.

정작 내가 이상하게 여기는 건 '하국꽃(夏菊꽃)'이 표제어에 있다는 사실이다. 정확하게 이야기하자면 여름에 피는 하국(夏菊)보다 가을에 피는 추국(秋菊)이 더 흔한데도 정작 추국꽃이라는 말은 찾을 수 없으니, 표제어를 정하는 기준이 뭐냐는 거다. 하국꽃보다 감국꽃이나 수국꽃의 쓰임새가 더 많고, 인터넷에서 쉽게 검색이 되지만 둘 다 표제어에 없기는 마찬가지다.

이런 예를 들자면 꽤 많다. 벼꽃이 표제어에 있는 반면 보리꽃이나 밀꽃은 없다. 벼가 꽃을 피우듯 보리와 밀도 꽃을 피운다. 벼의 재배율이 훨씬 높다고는 해도 그게 차별의 이유가 될 수는 없는 일 아닌가. 배꽃과 살구꽃이 있는데 사과꽃과 자두꽃은 왜 없으며, 오이꽃은 있는데 가지꽃과 고추꽃이 없는 건 뭐라고 설명할 것인가? 그러고 보니 조팝꽃은 있어도 이팝꽃은 보이지 않는다.

소나무꽃이라는 말은 또 어떨까? 소나무의 꽃을 가리키는 말로 '송화(松花)'라는 한자어가 표제어에 있다. 한자어는 되고 우리말은 안 되는 이유라도 있는 걸까? 〈우리말샘〉에 '솔꽃'이라는 말이 있긴 하지만 북한어로 처리해놓고 있다. 선인장꽃이나 대꽃 혹은 대나무꽃도 찾을 수 없는데, 이 말들이 『표준국어대사전』에 있는 유자꽃(柚子꽃), 계화꽃(桂花꽃), 민복숭아꽃 같은 말보다 쓰임새가 적다고 할 수 있을까? 배롱나무꽃이라는 말이 『표준국어대사전』에 있지만 낱말이 길어서 사람들은 보통 배롱꽃이라고 한다. 아무리 생각해도 배롱꽃을 내칠 이유가 없다. 조팝나무에 핀 꽃을 조팝나무꽃이 아닌 조팝꽃으로 올린 걸 생각하면 더 그렇다.

국어사전에 매발톱꽃이라는 이름이 올라 있다. 이 꽃을 부를 때 흔히 뒤에 붙는 꽃을 뺀 채 매발톱이라고 한다. 여러 식물도감이나 식물원 안내판에서 매발톱꽃보다 매발톱이라고 표기한 걸 더 많이 볼 수 있다. 그런데도 희한하게 국어사전에는 매발톱이 없고 매발톱꽃만 있다.

마지막으로 『표준국어대사전』에 나오는 특이한 꽃 이름 하나만 살펴보자.

◀성탄꽃(聖誕꽃): 성탄절 때 피는 꽃.

정말로 저런 이름을 가진 꽃이 있을까? 크리스마스 장식용으로 사용하는 포인세티아(poinsettia)를 더러 성탄꽃으로 부르는 경우가 있긴 하지만 정식 용어라고 하기는 어렵다. 선인장 종류 중에 크리스마스선인장(Christmas仙人掌)이라는 이름을 가진 게 있고, 『표준국어대사전』에 올라 있기도 하다. 하지만 성탄꽃의 풀이를 볼 때 크리스마스선인장을 가리키는 것 같지는 않다. 다시 찾아보니 미나리아재비과의 다년생초인 크리스마스 로즈(Christmas rose)라는 꽃을 간혹 성탄꽃

국어사전 앞에서는 모든 말이 평등해야 한다.

으로 번역해서 사용하고 있기는 하다. 꼭 크리스마스 무렵에만 피는 건 아니고 늦가을부터 봄 사이에 피는데, 크리스마스 무렵에도 핀다고 해서 그런 이름을 붙였다고 한다.

어찌 되었건 성탄꽃을 표제어로 올렸으면 독자들이 어떤 종류의 꽃을 지칭하는 건지 제대로 이해할 수 있게끔 풀이를 해주었어야 한다.

유박비료라는 말

다음은 변남주 국민대 교수가 해남우리신문(2016.5.13.)에 실은 글의 일부다.

한 달 전이다. 지인에게서 자신의 반려견 두 마리가 유박비료를 먹고 죽었다는 소식을 들었다. 이를 계기로 알아본 유박비료(이하 유박)에 숨겨진 실상은 믿기 어려운 충격이었다.

유박(油粕:oil-cake)비료는 피마자(아주까리)나 유채 깻묵에 미강 등을 섞어 만든 미숙성 유기질비료를 말한다. 유박의 형태는 사료와 같은 펠릿이 일반적이고 둥그런 모양 등 여러 가지이다. 과수원, 밭농사에 주로 쓰이나 공원, 정원, 화분에도 많이 사용되고 있다.

농사를 짓는 사람이라면 '유박비료'를 모를 리 없을 것이다. 하지만 이 말은 국어사전에 없고 대신 아래 낱말만 실려 있다.

> ¶유박(油粕): 기름을 짜고 남은 깨의 찌꺼기. 흔히 낚시의 밑밥이나 논밭의 밑거름으로 쓰인다. = 깻묵.

국어사전 앞에서는 모든 말이 평등해야 한다.

'유박'이 표제어에 있으므로 불편하긴 해도 '유박비료'가 무언지 알 수는 있다. 『표준국어대사전』에는 '인산비료', '질산비료'를 비롯해 '골분비료(骨粉肥料)', '건혈비료(乾血肥料)', '슬래그비료(slag肥料)' 등 낯선 용어까지 비료의 종류를 나타내는 말들만 70개가 넘게 실려 있다. 하지만 그 많은 비료 종류 중에서 '유박비료'라는 말은 찾을 수 없다.

위 '유박'의 풀이에서 '깨의 찌꺼기'라고만 한 건 문제가 있다. 인용한 신문의 내용에는 피마자와 유채의 찌꺼기도 사용한다는 말이 나온다. 혹시 예전에는 깻묵만 사용하다 최근에 다른 식물의 찌꺼기도 사용하게 된 걸까? '유박'과 '유박비료'라는 말은 1920~1930년대 신문에도 자주 등장한다.

> ▶유박(油粕)은 운대(蕓薹), 대두(大豆), 초면(草綿), 호마(胡麻), 낙화생(落花生) 등의 종자와 열매로 기름을 착취하고 남은 잔재인데 그중에도 유박(油粕)으로 널리 사용하는 것은 전기(前記)한 운대박(蕓薹粕), 대두박(大豆粕) 등이다.(동아일보, 1929.11.21.)

운대(蕓薹)는 유채, 대두(大豆)는 콩, 초면(草綿)은 목화, 호마(胡麻)는 깨, 낙화생(落花生)은 땅콩을 말한다. 그러므로 옛날부터 유박이 깨의 찌꺼기만 가리키던 건 아니라는 사실을 알 수 있다. 국어사전에 있는 '유박'의 풀이에서 이런 점을 분명히 밝히는 동시에 거름으로 사용한다는 사실도 밝혀야 한다.

다음은 앞의 신문에 나오는 '펠릿'이라는 말에 대해 알아볼 차례다. 다행히 국어사전 표제어에 있다.

> ¶펠릿(pellet): 1. 〈공업〉 원자로에 쓰는 산화 우라늄이나 산화

플루토늄 가루를 원기둥 모양으로 만들어 고온에서 구워 굳힌 것. 이것을 헬륨 가스와 함께 피복관(被覆管)에 밀봉한 것을 '연료봉'이라고 한다. 2. 〈동물〉 동물이 토하여 내는 플루오린화물. 이것으로 그 동물의 식성을 알 수 있다. 3. 〈약학〉 피부밑이나 근육 내에 이식하기 위하여 무균으로 만든, 지름 2~3mm, 길이 5~8mm의 원기둥 모양의 압축 제제(製劑). 한 번의 이식으로 일정한 기간 동안 약효가 지속된다.

꽤 자세한 풀이와 함께 세 가지 분야에서 사용하는 전문 용어임을 밝히고 있다. 하지만 셋 중 어디에도 유박비료의 형태와 연결지을 수 있는 풀이는 없다. 펠릿은 어떤 물질을 압축하여 만든 작은 조각을 뜻하는 말로 다양한 분야에서 사용하고 있다. 전문 용어에 해당하는 풀이에 앞서 일반적인 의미를 가진 말로 먼저 풀이해주었어야 한다.

한 가지 더 짚을 건 펠릿의 풀이에 나오는 '피복관(被覆管)'이라는 낱말이 표제어에 없다는 사실이다. 이런 경우는 무척 많다. 피복관(被覆管)이란 특정한 물질로 겉을 둘러싼 관을 말한다.

끝으로 『표준국어대사전』에 실린 아래 낱말을 보자.

¶비료환(肥料環): 〈농업〉 도시에 가까운 농촌에서 도시의 인분을 가져다 거름으로 쓰고 대신에 채소를 도시에 공급하는 관계.

누가 이런 말을 만들었는지 모르겠으나 쓰임새 자체를 찾기 힘든 말이다. 조어법 자체도 이상하거니와 한자만 보아서는 낱말의 뜻을 짐작하기도 어렵다. 이런 엉터리 말을 빼버리고 그 자리에 대신 '유박비료'처럼 많이 쓰는 말을 넣어야 한다.

국어사전 앞에서는 모든 말이 평등해야 한다.

2부

산제비와 산모기

한겨레신문 2016년 2월 12일 자에 조영선 변호사가 자신의 형인 조영관 시인이 쓴 시에 대해 말하는 글이 실렸다. 조영관 시인은 대학 졸업 후 다니던 출판사를 그만두고 노동 현장에 들어가 평생을 노동자로 살며 시를 쓰다 '50살을 몇 달 남긴 2007년 2월 20일 간암으로' 세상을 떠났다. 사후 『먼지가 부르는 차돌맹이의 노래』라는 유고 시집이 나왔으니 세상 사람들에게 널리 알려진 시인은 아니다. 조영선 변호사가 그날 지면에 불러낸 시의 제목은 「산제비」였다.

조영관 시인의 「산제비」보다 널리 알려진 시는 박세영 시인의 「산제비」다. 박세영은 이 시에서 궁핍에 내몰린 일제 식민지 시기의 농민들을 위해 산제비로 하여금 비를 내리는 구름을 몰고 오라는 주문을 하고 있다. 박세영 시인이 산제비를 "주먹만 한 네 몸으로 화살같이 하늘을 꾀어 / 마술사의 채찍같이 가로세로 휘도는 산꼭대기 제비"라고 묘사했다면, 조영관 시인은 "자기 꼬리를 자를 듯 치솟는 새"이자 "귓속이 후끈하게 / 휘파람 소리를 내며 치솟는 새"라고 표현했다. 조영관 시인의 「산제비」와 박세영 시인의 「산제비」는 시의 호흡이나 주제 의식 면에서 많은 유사성이 있다.

조영관 시인을 생각하면 자동으로 떠오르다시피 하는 시인이 있는데, 바로 박영근이다. 두 사람은 젊은 시절부터 가까이 지냈는데, 박영근 시인이 마흔여덟의 나이로 일찍 세상을 떠나기 얼마 전에 '곡기를 끊고 며칠씩 술에 의지하면서 죽어가는 박영근에게 숟가락으로 밥을 떠먹이며, 함께 부둥켜안고 울'기도 했다. 그리고 박영근 시인이 세상을 뜬 지 9개월 만에 이번에는 조영관 시인이 세상 너머로 사라져버렸다.

박영근 시인은 술에 취하면 「봄날은 간다」라는 노래를 자주 부르곤 했다. 그 노래의 가사는 이렇다.

연분홍 치마가 봄바람에 휘날리더라.
오늘도 옷고름 씹어가며
산제비 넘나드는 성황당 길에
꽃이 피면 같이 웃고 꽃이 지면 같이 울던
알뜰한 그 맹세에 봄날은 간다.

이 노래에도 역시 '산제비'가 등장한다. 그런데 이 '산제비'가 국어사전에는 나오지 않는다. 대신 갈색제비(=개천제비), 한국갈색제비, 귀제비, 금빛제비, 바다제비, 바위제비 같은 종류들이 표제어로 올라 있다. 생물학의 분류 체계에 따른 제비 종류만 올라 있는 셈인데, '산제비'는 그런 분류에 속하지 않는, 사람들이 그냥 산에서 사는 제비라고 해서 붙인 이름이라 국어사전 편찬자들에게 선택을 당하지 않은 모양이다. 산제비 말고 집 처마 밑에 둥지를 튼 제비를 일러 '집제비'라고 부르는데, 이 말 역시 국어사전에서는 찾을 수 없다. 대신 집제비의 다른 이름인 '참제비'와 '복제비(福제비)'라는 말을 북한말이라며 〈우리말샘〉에서 소개하고 있을 뿐이다. '참제비'나 '복제비'는 몰라도 '집제비'라는 말은 많은 사람들이 즐겨 쓰고 있다. 사람들이 일상 속에서 엄연히 쓰고 있는 말들을 왜 국어사전 밖으로 추방하는 걸까?

환경 오염 탓인지 요즘은 제비 자체를 보는 일도 드물어졌다. 그러다 보니 '산제비'라는 말도 덩달아 듣기 힘들게 되었다. 하지만 옛날 노래에는 '산제비'가 자주 등장했다.

> 산제비 산에 날지 강제비 강에 날지
> 열일곱 정제비는 어데서 나나요
> 아라리 아라리 음 무슨 아라리
> 내 성화 내 푸념에 몸부림 아라리
> ― 「열일곱 낭낭」 (노래 이난영, 작사 김다인, 작곡 이봉룡)

산에서 사는 제비를 보기가 힘들어졌다고 해서 그런 제비를 이르는 말까지 사라진 건 아니다. '산제비'나 '집제비'는 그렇다 치고 '제비집' 이라는 말은 어떨까? 『표준국어대사전』에는 없고 『고려대한국어대사전』에는 표제어로 올라 있다. 반면 아래와 같이 어려운 한자어는 어김없이 『표준국어대사전』에 둥지를 틀고 있다.

¶ 모연(毛燕): 중국요리에 쓰는 제비 집의 하나. 털이 섞이고 피의 흔적이 있으며 빛깔이 검고 품질이 좋지 못하다.
¶ 연과(燕窠): 제비 집.
¶ 연와(燕窩): 해안의 바위틈에 사는 금사연의 둥지. 물고기나 바닷말을 물어다가 침을 발라서 만든 것으로 중국 요리의 상등 국거리이다.

¶연와탕(燕窩湯): 중국요리의 하나. 해안의 바위틈에 사는 금사연의 둥지로 만든다.

금사연은 칼샛과에 속하기는 하지만 '제비 연(燕)' 자를 쓰고 있어 제비의 한 종류로 치기도 한다. 한자어는 그렇다 치고 『표준국어대사전』은 심지어 중국말까지 친절하게 실어놓았다.

¶옌워([중국어]yanwo(燕窩)): 금사연의 둥지. 물고기나 해조(海藻)를 물어다가 만든 것으로 중국요리에서 고급 국거리로 쓴다.

〈우리말샘〉에 '옌워'를 뜻하는 우리말이 보인다.

¶제비집탕: 중국요리의 하나. 해안의 바위틈에 사는 금사연의 둥지로 만든다.

'옌워'는 정식 국어사전에 올리면서 우리말인 '제비집탕'은 〈우리말샘〉으로 밀어내는 이유를 납득하기 어렵다.

산제비만 그런 게 아니라 비슷한 경우가 더 있다. 산에 갔다가 산모기에 물려서 고생한 사람들이 많을 것이다. '산모기'라는 말 역시 국어사전 어디에서도 찾을 수 없다. 반면 '집모기'와 '뇌염모기'는 표제어에 있다. 그밖에도 『표준국어대사전』에 실린 모기 이름은 무척 많다. 다음과 같은 것들이다.

홍모기(紅모기), 좀홍모기, 학질모기(瘧疾모기), 진학질모기(眞瘧疾

국어사전 앞에서는 모든 말이 평등해야 한다.

모기), 조선학질모기(朝鮮瘧疾모기), 꾸정모기(=각다귀), 잠자리꾸정
모기, 말라깽이꾸정모기, 애잠자리꾸정모기, 금빛숲모기(金빛숲모기),
토고숲모기(Togo숲모기), 말라리아모기(malaria모기), 서울숲모기, 제
물포숲모기(濟物浦모기), 등줄숲모기, 알락다리모기, 한국얼룩날개모
기, 중국얼룩날개모기, 큘렉스모기(culex모기).

여기에 더해 『고려대한국어대사전』에는 '등줄모기'와 '동양모기(東
洋모기)'도 실려 있다. 보통 사람들은 생전 듣도 보도 못한 모기 이름
에, 심지어 '큘렉스모기(culex모기)'라는 외국명까지 실려 있는 국어사
전에 '산모기'가 끼어들 틈이 없다는 건 아무리 생각해도 균형에 어긋
나는 일이다. 산모기가 비록 생물학 분류 체계에 속하는 종류는 아니
라 하더라도 '산에서 서식하는 모기'라는 정도의 뜻을 담아서 표제어
로 올릴 수는 없었던 걸까?

은갈치와 먹갈치

▶흔히 제주에서 난 갈치를 은갈치, 남해에서 잡은 갈치를 먹갈
치로 부른다. 제주 갈치는 은빛을 띠고 남해 갈치는 거무튀튀
하다. 제주에서는 갈치를 낚싯대로 잡아 비늘이 온전하다. 대
형 선단이 근거지를 둔 통영이나 목포는 그물로 잡아 비늘이
벗겨진 갈치가 유통된다.(제주일보, 2017.6.8.)

갈치는 본래 온몸이 하얗게 빛나는 은분(銀粉)으로 덮여 있다. 그런
데 갈치를 낚시로 잡으면 은분이 그대로 남아 있어 은색을 띠고, 그물
로 잡으면 은분이 벗겨져서 거무스름한 살갗이 드러난다. 그러므로 은
갈치와 먹갈치는 같은 종류인데, 몸의 표면에 붙어 있는 은분이 그대
로 있느냐 아니냐에 따라 부르는 이름이 달라진 셈이다. 은갈치는 〈우
리말샘〉에만 있고, 먹갈치는 『표준국어대사전』에 있다. 그런데 먹갈치
에 대한 풀이가 우리가 머릿속으로 알고 있던 것과 다르다.

◀먹갈치: 등가시칫과의 바닷물고기. 몸의 길이는 30cm 정도이
고 가늘고 길며, 회색을 띤 갈색이다. 눈이 크고 등지느러미, 뒷

국어사전 앞에서는 모든 말이 평등해야 한다.

지느러미, 꼬리지느러미는 이어져 있으며 배지느러미는 짧고 작다. 한국, 일본 등지에 분포한다.

『표준국어대사전』과 『고려대한국어대사전』의 풀이가 비슷하다. 갈치는 갈칫과에 속하며 몸길이가 보통 1m를 훌쩍 넘긴다. 그러므로 국어사전에서 등가시칫과에 속하는 바닷물고기라고 설명한 먹갈치는 우리가 아는 갈치와는 다른 종류의 생선임이 분명하다. 우리가 흔히 '목포 먹갈치'처럼 부를 때의 '먹갈치'는 국어사전에 없는 셈이다.

'은갈치'와 '먹갈치'는 어류학자들이 붙인 정식 명칭은 아니다. 하지만 정식 명칭이 아니라고 해서 없는 말 취급하는 건 온당하지 않다. 보통 사람들이 쓰는 일상어도 얼마든지 국어사전에 오를 수 있어야 한다. 명태 이름만 해도 생태, 동태, 황태, 북어, 더덕북어 등 수십 개에 이르는 이름이 국어사전에 올라 있다. 그렇다면 '은갈치'나 '먹갈치'도 당당하게 국어사전에 오를 수 있어야 한다.

이런 식으로 편파적인 선별 방식에 따라 국어사전에 오르지 못한 낱말들이 많다. 신문기사 하나를 더 보자.

> ▶멸치는 우리나라 모든 연안에서 잡히는 한해살이 어류로 잡히는 시기에 따라 '봄멸'과 '가을멸'로 나뉜다. 3월 중순에서 5월 중순까지 알을 낳으려고 근해로 들어오는 봄멸은 지방질과 타우린이 풍부하고 살이 연해 회나 구이, 찌개, 젓갈 등 다양한 형태로 즐길 수 있다.(연합뉴스, 2011.3.31.)

기사에 나오는 '봄멸'과 '가을멸'은 국어사전 어디에도 보이지 않는다. 명태의 종류를 가리키는 말만 해도 『표준국어대사전』에 봄에 잡은 건 '춘태(春太)', 그물로 잡은 건 '망태(網太)', 강원도에서 잡은 건 '강태(江太)'라는 식으로 붙인 이름이 수두룩하게 나온다. '여름누에'와 '가을누에'는 물론 '여름냉면'과 '겨울냉면'도 표제어에 있는데 '봄멸'과 '가을멸'을 국어사전에 올리지 못할 이유가 있을까? <우리말샘>에는 멸치를 크기에 따라 '세멸', '자멸', '소멸', '중멸', '대멸'로 구분해서 올려놓고 있지만 거기서도 '봄멸'과 '가을멸'은 찾을 수 없다.

이번에는 바다에서 나는 해산물인 굴을 가리키는 말들을 찾아보자. 생굴은 알아도 '각굴'과 '알굴'이 있다는 걸 아는 사람은 드물다. 이번에도 신문기사를 인용해보기로 한다.

▶새벽 바다에서 건져 올린 수백kg의 각굴이 아지매들 손에서 거침없이 해체되고 있었다. 3~5초면 탱글탱글한 우윳빛 속살이 드러났다. 하루 약 12시간의 단순 노동. 보통 한 명이 하루 약 50kg의 알굴(깐 굴)을 생산한단다.(중앙일보, 2020.1.3.)

기사에 나오는 것처럼 껍데기를 까기 전의 굴을 '각굴', 까고 난 뒤에 얻은 알맹이 굴을 '알굴'이라고 한다. 하지만 이 말들 역시 국어사전에는 없다.

강에서 자라는 굴도 있다는 것을 아는 사람은 드물다. <우리말샘>에 아래 낱말이 실려 있다.

◀벚굴: 섬진강 하구 일대에서 자라는 굴. 서너 개가 한데 모여 자라는데, 그 모습이 물속에 핀 벚꽃과 비슷하게 보인다고 하여 붙은 이름이다. 벚꽃이 필 무렵에 맛이 가장 뛰어나서 붙은 이름이라는 견해도 있다. 2월 중순에서 4월 말까지가 제철이며,

국어사전 앞에서는 모든 말이 평등해야 한다.

일반 굴에 비하여 크기가 훨씬 크다.

강물과 바닷물이 만나는 지점인 기수 해역이라 굴이 자랄 수 있었던 것으로 보인다. 이 벚굴을 강에서 난다 하여 '강굴'이라고도 하는데, 이 말은 〈우리말샘〉에서도 찾을 수 없다.

¶나뭇가지식^양식법(나뭇가지式養殖法): 〈수산업〉 참굴 양식법의 하나. 물이 얕은 곳에 여러 종류의 나뭇가지를 설치하는 방법으로, 가장 오래된 양식법이다.

풀이에 '참굴'이라는 말이 보인다. 우리가 흔히 볼 수 있는 굴을 참굴이라고 하는데, 이 말이 다른 낱말의 풀이에는 나와도 표제어에는 올라 있지 않다.

제주도에 가면 '딱새우' 요리를 파는 곳이 많다. 등껍질이 딱딱하다고 해서 그런 이름이 붙었다. 예전에는 주로 국물을 내는 용도로 쓰였으나 요즘은 찜이나 회로도 많이 먹는다. '딱새우'의 정식 명칭은 '가시발새우'인데, 국어사전에는 '딱새우'도 '가시발새우'도 표제어로 올리지 않았다. 대신 '딱총새우'가 보이는데 딱새우와 딱총새우는 다르다. 딱총새우는 몸길이가 5cm 정도에 양쪽 집게발 크기가 서로 다르지만, 딱새우는 몸길이가 10cm~15cm 정도에 양쪽 집게발도 같은 모양을 하고 있다.

문어는 다리가 여덟 개여서 한자어로 '팔대어(八帶魚)', '팔초어(八梢魚)', '대팔초어(大八梢魚)'라고도 하며 표제어로 실려 있다. 이밖에 '피문어', '참문어', '돌문어' 같은 말을 들어본 사람들이 많을 텐데, '피문어'만 <우리말샘>에 있을 뿐이다. 정식으로 분류된 생물종을 이르는 말이 아니어서 그랬을 것이다. 하지만 문어의 크기나 색깔 등에 따라 사람들이 부르는 말이 따로 있으므로 이런 말들도 서로 구분하고 정리해서 국어사전에 싣는 게 좋겠다.

동해안에서 잡히는 문어는 남해안에서 잡히는 문어보다 대체로 몸체가 크고 다리가 길다. 이런 문어들을 보통 '대문어'라고 하는데, 앞에서 말한 '대팔초어(大八梢魚)'와 통하는 셈이다. '대팔초어'라는 말이 있으면 '대문어'라는 말도 성립해야 하는 것 아닐까? 대문어들은 몸체가 검붉은 빛을 띠고 있어서 '피문어'라는 이름으로도 불린다.

남해안에서 많이 잡히는 문어는 보통 '참문어'라고 한다. 얕은 바다의 돌 틈에서 많이 잡힌다고 해서 '돌문어'라고 부르거나 크기가 작다고 해서 '왜문어'라고도 부른다. 동해안 지역에서 '대문어'를 더러 '참문어'라고 부르기도 하는데, 이런 점은 풀이에서 충분히 설명해주면 될 일이다.

이밖에 '발문어'라 부르는 종류도 있다. 동해안에서 주로 잡히는데 생김새가 낙지를 닮았으며 다리가 얇고 길다. 그리고 대문어를 속칭으로 '대왕문어'라 부르기도 한다. 살아 있는 문어를 가리켜 '활문어'라는 말도 많이 쓰고 있지만 역시 국어사전에는 오르지 못했다.

이렇게 어류학자들이 분류하거나 어류도감에 실린 명칭이 아니면 국어사전 밖으로 밀려나는 경우가 많다.

양근과 화근

잘 익어 색깔이 붉은 고추를 '홍고추'라고 한다. 반대로 아직 붉게 익기 전의 고추는 '청고추'라고 부른다는 건 누구나 아는 사실이다. 그런데 어찌된 일인지 국어사전 표제어에 '홍고추'는 있는데 '청고추'는 없다.

> ▶건고추의 경우 600g 화근(기계로 말린 것) 기준으로 지난해 1만 5,330원에서 이날 8,330원으로 떨어졌다. 지난해 1만 7,000원에 거래됐던 양근(햇볕에 말린 것)도 이날 1만 600원에 판매되고 있다. 같은 기간 동안 깐마늘은 1kg 기준 6,500원에서 5,000원으로 하락했다.(충청투데이, 2013.10.23.)

기사에 나오는 대로 건고추의 종류에는 화근과 양근이 있다. 양근은 우리가 흔히 태양초라 부르는 것으로 건조기로 말린 화근에 비해 비싸다. '태양초'는 국어사전에 실려 있지만 '화근'과 '양근'이라는 말은 국어사전에 실려 있지 않다. 두 낱말은 어디에서 온 걸까?

¶화건(火乾): 불로 말림. 또는 그런 물건.

¶양건(陽乾): 〈농업〉 겨울 동안에 창고에 보관하였던 씨앗을 봄에 씨뿌리기 전에 꺼내어 펴서 볕에 말리는 일.=양달건조.

화건과 양건이 변해서 화근과 양근이 되지 않았을까 싶다. 이런 식으로 한자어가 변해서 된 말들이 더러 있다. 위에 인용한 기사 첫머리에 있는 '건고추'라는 말은 어떨까? 『고려대한국어대사전』에는 있지만 『표준국어대사전』에는 없다. '건고추'를 달리 부르는 '마른고추'는 어떨까? 이 말은 어디에도 실리지 않았다. '마른고추'는 '건고추'와 함께 실제 언어생활에서 활발하게 쓰이고 있는 말이다. 국어사전에 '건초(乾草)'와 '마른풀'을 동시에 표제어로 올려놓고 있다는 걸 생각하면 '마른고추'도 당연히 표제어에 올라야 한다고 생각한다. 충분히 자라지 않아 여린 고추를 '애동고추'라는 말로 부르지만 이 말도 국어사전에 오르지 못했다.

기사 뒷부분에 나오는 '깐마늘'은 또 어떨까? '통마늘'과 '쪽마늘'만 보일 뿐 '깐마늘'은 역시 아무 데서도 찾을 수 없다. '깐마늘'이 있으면 '다진마늘'도 있는 법! 둘 다 시장에서 판매하고 있다. 상품으로 취급되고 있다는 말인데, 그렇다면 둘 다 개별성을 가진 하나의 낱말로 인정해주어야 하지 않을까?

'깐마늘' 대신 국어사전에는 다음과 같은 말이 실려 있다.

¶마늘씨: 말끔히 깐 마늘쪽을 달리 이르는 말.

평소에 '마늘씨'라는 말을 사용하거나 들어본 사람이 얼마나 될까? '다진마늘'이라고 하니 자연스레 '다진양념'이라는 말이 떠오른다.

국어사전 앞에서는 모든 말이 평등해야 한다.

'다진양념'은 다른 사전에는 없고 〈우리말샘〉에만 실려 있다. 이런 식으로 꼬리를 물고 말을 찾아가면 한없이 이어갈 수 있을 듯하다. 가령 '다진양념'이 나왔으니, '양념갈비'라는 말은 어떨까 하는 식으로. 갈빗집에 가면 각자 취향대로 생갈비나 양념갈비를 시키면 된다. '생갈비'와 '양념갈비'라는 말도 〈우리말샘〉에서만 찾을 수 있다. 이뿐만 아니라 〈우리말샘〉에는 '왕갈비'도 올라 있다.

이쯤에서 정리하고 끝으로 '갈빗살'이라는 낱말만 보자. 『표준국어대사전』에서 갈빗살을 찾으면 다음과 같이 나온다.

¶갈빗살: 물건의 힘을 받치고 모양을 유지시키는 살의 하나. 갈비뼈처럼 여러 가닥으로 갈라진 것을 이른다.

기대했던 낱말의 뜻이 아니라 생소한 물건을 가리키는 뜻만 나온다. 『고려대한국어대사전』도 마찬가지인데, 갈비에 붙은 살을 뜻하는 '갈빗살'은 이번에도 〈우리말샘〉에만 실려 있다. 〈우리말샘〉에 가져다놓은 말 중에서 제대로 된 것들을 골라 『표준국어대사전』에도 실어야 하지 않을까? 그러지 않고 방치하는 까닭은 『표준국어대사전』을 어차피 버린 자식 취급해서 그러는 게 아닌가 싶은 마음이 들기도 한다.

보리굴비와 섞간

남도 사람들이 맛있다고 내세우는 음식 중에 보리굴비가 있다. 말린 조기를 뜻하는 굴비야 누구나 다 아는 생선이고, '보리굴비'라는 말도 들어본 사람들이 많을 것이다. 그런데 이 말이 국어사전에는 없고 〈우리말샘〉에만 실려 있다.

¶보리굴비: 통보리 속에 넣어 서늘한 장소에서 서너 달 동안 숙성시킨 굴비.

이 정도로는 보리굴비에 대한 설명이 충분하지 않다. 소금으로 염장을 한 다음 숙성시킨다는 내용이 빠졌기 때문이다. 염장하는 방법은 1년 넘게 보관해 간수를 충분히 뺀 천일염으로 입안과 아가미, 몸통까지 골고루 뿌려서 간이 잘 배도록 한다. 그런 다음 통보리를 넣은 항아리 속에 켜켜이 담아 숙성시키는 단계로 넘어간다. 이게 전통적인 방식이지만 요즘은 대폭 간소화하는 추세라고 한다. 이때 소금을 뿌려 간이 배도록 하는 걸 '섞간'(일부에서는 '섞장법'이라는 말도 쓴다)이라고 하는데, 이 말은 어디서도 찾을 수 없다. 염장하는 방법은 크게 소금을

국어사전 앞에서는 모든 말이 평등해야 한다

직접 뿌리는 방식과 소금물이나 바닷물에 담그는 방식이 있다.

¶ 물간법(물간法): 물고기 따위를 소금물에 담가 간을 하는 방법.

국어사전에 '섶간' 혹은 '섶간법'이라는 말은 없고 '물간법'이라는 말만 나온다. 보통 '물간을 한다'는 식으로 쓰는데, 그렇다면 '물간'도 표제어에 있어야 하지 않을까? 물간으로 염장을 하는 방법을 이르는 말이 '물간법'일 테니. 하지만 '물간'은 따로 표제어에 없다.

소금을 직접 뿌려서 저장하는 방법을 이르는 말이 분명히 있을 것이다. 그래서 찾아보니 다음 낱말이 보인다.

¶ 건염법(乾鹽法): 식품 저장법의 하나. 날식품에 직접 소금을 뿌려서 저장한다.

『표준국어대사전』의 풀이다. 풀이 중에 나오는 '날식품'이라는 말이 낯설어서 그런 말을 누가 쓰나 싶었는데 역시 국어사전 표제어에 나오지 않는다. 건염법에 대응하는 한자어가 따로 있지 않을까?

¶ 물침법(물沈法): 물고기를 일정한 농도의 소금물에 담가 간하는 방법.

『표준국어대사전』에만 나오는 말인데, 실제 용례를 찾기 힘들다. 국어사전이 아닌 다른 자료를 뒤지다보니 저마다 다른 용어를 사용하고 있었다. 소금을 직접 뿌린 뒤 저장하는 방법으로 '산염법(散鹽法)'과 '살염법(撒鹽法)', 소금물에 담가서 간이 배게 하는 방법으로 '염수법(鹽水法)'과 '입염법(立鹽法)'이라는 말이 쓰이고 있는 걸 확인했다. '산(散)'과 '살(撒)'은 둘 다 뿌린다는 뜻을 지니고 있으므로 어떤 말을 쓰든 큰 차이가 없다. '입염법(立鹽法)'이라는 말은 어색하게 다가오고 '염수법(鹽水法)'이라는 말이 이해하기에 쉽다. 한자어로 된 용어들이 통일이 안 되어 국어사전에 오르지 못한 게 아닌가 싶긴 하다. 그럼에도 국어사전 편찬자들이 용례와 사용 빈도수 등을 따져서 어느 정도 교통정리를 해주면 좋겠다.

조기를 말릴 때 줄줄이 엮어 걸대에 걸어 말리는 방법을 쓴다. 이런 방법으로 말리는 굴비를 현지에서는 '엮거리'라는 말도 쓰지만 이 말도 국어사전 안에 들지 못했다. 그리고 굴비를 크기와 무게에 따라 작은 것부터 '가사리', '장대'('장줄'이라고도 한다), '특대', '특장대', '오가'라고 부르는데, 이런 말 역시 국어사전에는 없다. '가사리'와 '장대'는 크기가 작아 보통 일반 가정에서 많이 사 먹고, '특장대'와 '오가'는 선물용으로 많이 사용한다.

건조하는 방법이 나온 김에 낱말 하나를 더 살펴보려고 한다.

¶훈연법(燻煙法): 〈농업〉 풀, 겨 따위를 태운 연기를 논밭 위에 끼게 하여 서리의 피해를 막는 방법.

『표준국어대사전』에 나오는 풀이다. 같은 말을 『고려대한국어대사전』은 이렇게 풀이하고 있다.

¶훈연법(燻煙法): 1. 〈식품〉 식품 저장 방법의 하나. 어류나 육류에 연기를 쐬면 그 연기 속에 있는 여러 성분이 식품 속으로 스며들어 미생물이 자랄 수 없게 된다. 냉훈법(冷燻法), 온훈법

(溫燻法), 열훈법(熱燻法) 등이 있다. 2. 〈농업〉 풀이나 겨 따위를 태워 그 연기가 논밭의 위쪽에 끼도록 하여 서리로 인한 피해를 막는 방법.

『표준국어대사전』에서는 왜 식품 저장 방법과 관련한 풀이를 빼놓았을까? 『고려대한국어대사전』에 나오는 '냉훈법', '온훈법', '열훈법'은 『표준국어대사전』에도 따로 표제어에 올라 있다. 이밖에 건조하는 방법을 다룬 낱말로 『표준국어대사전』에 다음과 같은 말들이 나온다.

¶소건법(燒乾法): 날것을 불로 가열하거나 햇볕을 쪼여 말리는 방법.
¶동건법(凍乾法): 겨울에 고기를 바깥에 널어 얼렸다 녹였다를 반복하면서 말리는 방법.
¶자건(煮乾): 삶아서 말림.
¶염건(鹽乾): 소금에 절여 말림.

'자건'과 '염건'은 왜 뒤에 '법'이 붙은 말이 없을까? 같은 계열의 낱말들이 분명한데 표제어 구성에 통일성이 없다는 느낌을 지울 수 없다. '염건법'은 앞에서 소개한 '건염법'과 같이 쓰는 말이다.

이 글을 '보리굴비'로 시작했으므로 '보리숭어'라는 말도 있다는 걸 밝히고 넘어가야겠다. '보리숭어'는 '보리굴비'와는 말이 생긴 까닭이 다르다. '보리숭어'는 보리가 패는 5~6월경에 잡히는 숭어라고 해서 붙인 이름이다. 이 말은 〈우리말샘〉에서도 찾을 수 없다. 봄에 우는 '봄매미'의 동의어로 '보리매미'는 『표준국어대사전』에 표제어로 올라 있다.

국어사전이 버린 게들

얼마 전에 지인들과 '곤드레밥집'이라는 간판을 내건 식당에 갔다. '곤드레'는 국어사전에 없지만 '곤드레나물'과 '곤드레나물밥'이 〈우리말샘〉에 있다. 그런데 풀이가 이상하다.

¶곤드레나물: 곤달비를 찌거나 볶은 다음 양념을 해서 무친 나물.

곤드레가 아닌 곤달비라고 했다. 곤달비는 『표준국어대사전』에 표제어로 올라 있는데, 전남과 일본 등지에 분포한다고 되어 있다. 곤드레나물과 곤달비는 명백히 다른 식물이다. 곤드레는 강원도 정선 지방에서 사용하는 방언으로 정식 이름은 고려엉겅퀴다. 정선 사람들이 곤드레나물을 넣어 밥을 해 먹던 게 지금은 전국 각지에 퍼져나갔다.

가끔 들르는 이 식당에서 나는 주로 쭈꾸미정식을 시켜 먹곤 했다. 곤드레나물밥에 쭈꾸미볶음이 찬으로 딸려 나오는 음식이다. '쭈꾸미' 역시 국어사전에서 홀대를 받고 있다. 주꾸미가 표준어이므로 잘못된 표현이라는 거다. 하지만 대부분의 사람들은 주꾸미보다 쭈꾸미를 사랑한다. 자장면과 짜장면이 복수 표준어가 되었듯 쭈꾸미도 주꾸미와

국어사전 앞에서는 모든 말이 평등해야 한다.

함께 당당하게 국어사전에 오르게 될 날을 고대한다.

그날은 함께 간 지인이 게를 좋아한다며 차림표에 있는 '황게정식'을 먹고 싶다고 했다. 황게는 생소한 이름이어서, 식당에 들르는 사람들이 무슨 종류의 게냐고 물어보는 일이 종종 있다고 했다. 나 역시 궁금해서 얼른 스마트폰을 열어 검색을 해보았다. 짐작한 대로 국어사전에는 그런 이름의 게가 보이지 않았다. 다만 여기저기 올라 있는 글들을 보니 주로 제주 음식점에서 많이 취급하고 있다는 걸 알 수 있었다. 더 자세한 걸 알고 싶어 찾아봤더니 누군가 해양수산부 국립수산원에 있는 수산자원연구센터에 질의해서 받은 답변이 있었다. 그대로 인용해본다.

제주산으로 "황게"나 동해산으로 "불게"로 판매되고 있는 게의 정식 명칭은 "깨다시꽃게"입니다. 깨다시꽃게는 동해의 깊은 바다를 제외한 전국의 연근해 수심 10~350m에서 어획되는 꽃게류에 속하는 게입니다. 껍질이 꽃게보다 딱딱하지 않고 가격도 꽃게보다 상당히 저렴해서 게장의 원료로 많이 쓰이고 있습니다.

궁금증은 풀렸으나 위 답변에 나온 '불게'라는 낱말 역시 국어사전에는 나오지 않는다. 답답한 마음이 밀려왔다. 국어사전은 왜 일상생활에서 사람들이 사용하는 말들을 무시하는 걸까? '황게'라는 표제어를 올리고, '깨다시꽃게를 제주도 사람들이 부르는 말' 정도로 풀이해주면 안 되는 걸까? '깨다시꽃게'가 정식 명칭이고 그래서 국어사전 표제어에도 올라가 있지만 부르고 기억하기에 편한 이름은 아니다. 오히려 '황게'라는 말이 쉽고 편안하게 다가온다.

황게 말고 다른 게들의 운명은 어떨까? 황게처럼 국어사전으로부터 버림받은 게들이 더 있지 않을까? 게는 종류가 참 많다. 등딱지 크기가 1cm 정도밖에 안 된다는 엽낭게부터 커다란 대게에 이르기까지 크기와 생김새도 다양하다. 대게를 더러 '큰 대(大)' 자를 써서 만든 이름이라고 알고 있는 사람들도 있으나 실은 다리가 대나무 마디처럼 곧고 길쭉하게 뻗었다고 해서 붙인 이름이다. 다른 이름으로 '바다참게'라고도 한다. 값이 비싼 게 흠이긴 하지만 워낙 맛이 좋아 많은 사람들이 대게 맛을 보러 울진이나 영덕을 찾기도 한다. 지금도 울진과 영덕이 서로 자기네가 대게의 원조라며 다툼을 하고 있을 정도라고 하니 대게의 인기를 짐작할 수 있다.

대게가 이렇게 융숭한(?) 대접을 받고 있는 동안 대게 사촌뻘이라고 할 수 있는 홍게와 청게는 어떤 대접을 받고 있을까? '홍게'와 '청게'는 국어사전에 이름을 올리지 못했다. 뭐가 부족해서 그랬을까? 국어사전에는 없지만 신문기사에는 많이 등장한다.

▶최근 진행된 녹화에는 게스트들의 마음을 설레게 하는 '속초 명물' 홍게찜과 함께 홍게라면, 게딱지 밥까지 등장해 눈길을 끌었다.(국제신문, 2017.4.28.)

▶뷔페에 찐 게 다리가 빠지지 않는다. 일반 소비자가 홍게와 대게를 구별하기 힘들다. 횟집에 나오는 방어와 이의 사촌 격인 부시리도 마찬가지다. 이런 점을 이용해 홍게를 대게로, 부시리를 방어로 속여 팔 수도 있다.(중앙일보, 2017.4.07.)

위 기사들에 나오는 홍게는 어떤 게를 말할까? 홍게는 대게와 비슷하게 생겼는데, 속초 인근의 동해바다 수심 수백 미터 이상의 깊은 곳에서 산다. 대게보다 크기가 좀 작은 편이지만 대게가 워낙 비싼 탓에

국어사전 앞에서는 모든 말이 평등해야 한다.

홍게를 찾는 이가 많으며, 겨울부터 봄까지가 제철이라고 한다.

홍게를 알아봤으니 이번에는 청게에 대해 알아볼 차례다. 대게와 홍게 사이에 난 게가 있다고 한다. 신기하긴 하지만 이종 교배를 통해 생겨난 게들도 있음을 알 수 있다. 이렇게 생겨난 게를 '너도대게'라는 재미있는 이름으로 부르기도 한다. '너도밤나무'와 같은 작명법에 따른 이름인 셈이다. 청게가 바로 이 너도대게를 가리키는 말이라고 한다. 청게의 등껍질이 약간 푸른색을 띠고 있기 때문이다.

국어사전에서는 '홍게'와 '청게'는 물론 '너도대게'라는 말도 찾아볼 수 없다. 속초 같은 곳에 가면 흔하게 만날 수 있는 게 이름들인데도 말이다. 대게와 홍게가 나온 김에 '박달대게'와 '박달홍게'라는 게 있다는 것도 알아 두자. 둘 다 '박달'이라는 말이 앞에 붙어 있는데, 박달나무처럼 속이 꽉 들어찼다고 해서 붙은 이름들이란다. 속이 꽉 찼다고 하니 이름만 들어도 먹음직스럽겠다는 생각이 든다.

어쨌거나 황게정식에 나온, 간장으로 담근 황게장은 맛이 좋았다. 부실하기 그지없는 국어사전에 비하면 제 몫을 훌륭하게 해준 셈이다. '깨다시꽃게'에 붙은 '깨다시'가 어디서 온 말인지, 엽낭게라는 말에 붙은 '엽낭'은 또 무얼 가리키는 말인지 궁금하지만 국어사전은 묵묵부답 말이 없다. '엽낭'이 한자어인가 해서 다시 들여다보았으나 한자 표기가 없다. 그러니 누가 무슨 뜻을 담아 만든 이름인지 알 길이 없다. 이참에 게들을 풀어 국어사전 편찬자들을 커다란 집게발로 물어버리라고 하고 싶다는 엉뚱한 생각까지 해보았다.

개맛과 조개사돈의 비밀

『표준국어대사전』에서 낱말을 찾다보면 뜻풀이에 나오는 낱말이
표제어에 올라 있지 않은 경우를 자주 볼 수 있다.

> ¶완족동물문(腕足動物門): 〈동물〉 (…) 입 주위의 촉수의 운동으
> 로 물이 드나드는데 항문은 없다. 개맛, 조개사돈 따위가 있다.
> ¶잔존생물(殘存生物): 〈생명〉 (…) 소수가 잔존하는 미국 들소,
> 좁은 지역에서만 생육하는 메타세쿼이아, 거의 진화하지 않은
> 채로 생존하고 있는 실러캔스, 개맛 따위가 있다.

위 풀이에 '개맛', '조개사돈', '실러캔스'라는 세 가지 생물 이름이 나
온다. 그런데 '개맛'과 '조개사돈'은 표제어에 없다. 대신 '실러캔스'라
는 낯선 외국말로 된 생물은 표제어에 떡하니 올라 있다.

그렇다면 '개맛'은 무엇일까? 〈우리말샘〉에 '개맛'이 있긴 하지만 갯
머리를 뜻하는 제주 방언이라고만 풀이했다. 『고려대한국어대사전』에
서는 위의 풀이 외에 '긴맛'의 방언이라는 풀이가 더 나온다. 그렇다면
개맛과 긴맛은 같은 종류를 가리키는 걸까? 일부 지역에서 긴맛을 개

국어사전 앞에서는 모든 말이 평등해야 한다.

맛으로 부르고 있기는 하지만, 긴맛과 개맛은 전혀 다른 생물이다. 우선 긴맛이 무엇인지부터 알아보자. 『표준국어대사전』에서 긴맛을 찾으면 맛조개와 동의어라고 나온다.

¶맛조개: 〈동물〉 죽합과의 연체동물. 껍데기의 길이는 12cm 정도이며, 몸은 누런 갈색에 매끈매끈한 각피가 덮여 있다. 좌우의 껍데기는 앞뒤의 양 끝에서 열려 앞쪽에는 큰 발을, 뒤쪽에는 짧은 수관을 낸다. 한국, 일본, 대만 등지에 분포한다.

이번에는 '개맛'이 무엇인지 알아볼 차례인데, 국어사전에는 나오지 않으니 백과사전의 힘을 빌릴 수밖에 없다. 개맛은 개맛과에 속하는 완족동물로 껍데기 길이가 4~5cm라고 되어 있다. 여러 자료에 따르면 개맛은 약 5억 년 전 캄브리아기에 출현하여 지금까지 형태가 변하지 않고 있어 살아 있는 화석으로 불린다. 이렇듯 개맛은 긴맛과 전혀 다른 생물임에도 두 국어사전 편찬자들은 개맛이 어떤 생물인지 전혀 모르고 있다. 살아 있는 화석인 개맛이 국어사전에서는 실종 상태로 있는 셈이다.

'조개사돈'은 또 어떤 걸까? '사돈'이라는 말이 붙은 데서 알 수 있듯이 조개와 비슷하게 생겼다. 서로 연결된 두 개의 껍데기를 지니고 있어 조개로 오해하기 쉬우나 조개와는 다른 생물이다. 여러 차이점이 있지만 대표적인 건 위아래 껍데기의 크기가 서로 다르다는 점이다. 작은 껍데기가 큰 껍데기 안에 들어가 있는 모양을 취하고 있으며, 크기는 3cm 정도다.

'개맛'이나 '조개사돈'을 국어사전에 싣지 않을 수는 있다. 지구상에 존재하는 생물의 수가 워낙 많으므로 백과사전이 아닌 이상 모든 생물을 다룰 수는 없는 일이다. 그래도 문제 제기를 하는 건 같은 성격을 지닌 '실러캔스'라는 생물 이름은 싣고 우리말로 된 생물 이름은 왜 뺐느냐는 것이다. 표제어 선정 기준이나 일관성이 부족해서 생긴 일일 텐데, 이보다 더 심각한 문제가 있다. 앞서 소개한 '완족동물문'의 『고려대한국어대사전』 풀이를 보자.

¶완족동물문(腕足動物門): 〈동물〉 후생동물을 분류한 문의 하나. 모두 바다에 살며, 긴맛 무리와 조개사돈 무리로 크게 나뉜다. 두 장의 껍데기와 껍데기의 밑동에서 나오는 육경(肉莖)이라고 하는 자루를 이용하여 해저의 모래 진흙 속으로 기어들거나 바위 따위에 붙어 산다. 껍데기 속에는 내장이 차 있는 연체부(軟體部), 껍데기를 분비하는 막 모양의 외투 및 촉수관이 들어 있다. 입 주위의 촉수의 운동으로 물이 드나들며, 소화관은 유자형(U字形)이고, 항문은 촉수관의 바깥쪽에 열리는데, 조개사돈 무리는 항문을 가지지 않는다. 혈관계는 폐쇄형이고 배설기와 생식수관을 겸한 한 쌍의 신관(腎管)을 가지며, 자웅 이체(雌雄異體)이다. 3만여 종의 화석종이 알려져 있다.

지나치다 싶을 만큼 자세히 설명하고 있는데, 풀이에 나오는 '육경(肉莖)', '연체부(軟體部)', '촉수관'이 표제어에 보이지 않는다. 『표준국어대사전』에서도 찾을 수 없는 낱말들이다. 왜 이런 일이 벌어진 걸까? 백과사전에 실린 내용을 베끼다 이런 사태를 빚은 것으로 보인다. '육경(肉莖)'이 뭘까 싶어 『두산백과』에 실린 '개맛' 항목을 보니 "육경(肉莖: pedicle, 육질부의 자루)의 길이는 4~5cm이다"라는 설명이 나온다. 이런 식으로 찾으면 나머지 낱말의 뜻도 알 수는 있겠으나 국어사전에 실린 말을 다른 사전에서 찾아야 하는 현실을 생각하면 안타까운 마음만 든다.

떡붕어, 짜장붕어, 희나리

붕어 중에는 오래전부터 우리 하천에 살던 토종 붕어가 있는가 하면 외래종도 있다. 『표준국어대사전』에 나오는 붕어 이름으로는 '참붕어'를 비롯해 '버들붕어', '각시붕어', '돌붕어', '수수붕어', '쌀붕어'가 있다.

낚시꾼들은 아무래도 토종 붕어를 선호하지만 전국에 있는 낚시터에는 토종 붕어보다 외래 붕어가 많다고 할 정도다. 그중에서 대표적인 게 '떡붕어'라는 종류다. '떡붕어'는 〈우리말샘〉에만 올라 있다.

> ¶떡붕어: 토종 붕어보다 머리에서 등지느러미까지의 경사가 급격한 외래 붕어. 1972년 일본에서 국내로 유입되었고, 왕성한 번식력으로 전국의 호수 및 저수지에 서식한다.

제법 자세하게 풀이했다. 떡붕어가 일본에서 들어왔다면 중국에서 들어온 붕어도 있다. '짜장붕어'라고 부르는 종류인데, 이 말은 국어사전 어디에도 실리지 못했다. 중국에서 건너와서 '짜장'이라는 말을 붙인 게 아닐까 싶기도 하겠지만, 그게 아니라 비늘 색깔이 검다고 해서 얻은 이름이라고 한다.

떡붕어와 짜장붕어는 양어장과 낚시터가 늘어나면서 수요를 감당하기 위해 들여온 것으로 알려져 있다. 특히 떡붕어는 토종 붕어보다 성장 속도가 빨라 급속히 퍼질 수 있었다. 외래종도 우리 땅에 들어와서 오랜 시간이 지나면 토종화하는 게 일반적이다. 고구마나 감자 같은 식물도 어차피 처음에는 모두 외국에서 들여왔듯이. 어류학자들에 따르면 토종 붕어와 외래 붕어 사이에 교배가 이루어져 다양한 교잡종이 생기는 중이라고 한다. 잉어와 붕어를 교배시켜 만든 잉붕어라는 게 있는데, 아직까지 '잉붕어'는 국어사전에 없다.

이스라엘에서 들어왔다고 해서 '이스라엘잉어' 혹은 '향어(香魚)'라고 부르는 어종이 있다. 두 낱말이 모두 『표준국어대사전』에 표제어로 올라 있는 상황에서 '떡붕어'와 '짜장붕어'를 표제어에 올리지 못할 이유가 있을까? 외래 어종이라고 하면 배스(bass)와 블루길(bluegill)을 먼저 떠올리는 사람들이 많을 줄 안다. 그중 '블루길'은 『표준국어대사전』에 있지만 '배스'는 어디에도 이름을 올리지 못했다. 이런 것도 일종의 차별이라고 하면 지나친 말이 될까?

특별한 이름을 가진 붕어 종류가 하나 더 있다. '희나리'라고 하는 붕어인데, 국어사전에서 '희나리'를 찾으면 '채 마르지 아니한 장작'이라는 뜻을 가진 낱말만 나온다. 희나리는 주로 경남과 부산 지역을 중심으로 널리 퍼져 있고, 중부 지역 일부에서도 발견된다고 한다. 희나리 붕어에 대해서는 전문가들 사이에서도 아직 충분한 연구와 합의가 이루어지지 않은 모양이다. 그래서 어떤 이들은 토종 붕어와 떡붕어의 교잡종이라고 하는가 하면, 어떤 이들은 토종 붕어에 속한다는 주장을 펴기도 한다. 어쨌거나 다른 붕어들과 구별되는 특징을 가지고 있는 종류임은 분명하다.

국어사전 앞에서는 모든 말이 평등해야 한다.

'희나리'도 아직 국어사전에 이름을 올리지 못했다. 어떻게 하는 게 옳을까? 이미 우리 땅에 존재하고 있는 생명체들이고, 우리가 그들에게 붙여준 이름도 있다. 그렇다면 마땅히 국어사전에 올려주는 게 타당하리라고 본다. 다만 풀이에서 자세하고 정확한 설명을 해주어야 함은 물론이다.

¶하포랑(荷包鯽): 큰 붕어를 이르는 말.

『표준국어대사전』에 나오는 낱말이다. 붕어를 한자어로 '부어(鮒魚)'라고 한다는 걸 아는 사람들은 있겠지만 '하포랑(荷包鯽)'처럼 어렵고 낯선 한자어를 누가 알고 사용할까? 필경 중국에서 건너온 말일 텐데 옛 기록에서도 찾기 힘들다. 저런 낱말을 싣느니 붕어 낚시꾼들이 일상적으로 사용하고 있는 붕어 이름들을 찾아서 싣는 게 국어사전의 취지에 맞지 않겠는가.

참고로 붕어찜 말고 기력 회복과 보양을 위해 붕어즙을 내서 먹기도 하는데, '붕어즙'이라는 말도 국어사전에 오르지 못했다. 『표준국어대사전』에 '고기즙', '처녑즙' 같은 말이 있고, 〈우리말샘〉에는 '장어즙'이 올라 있다. 붕어 낚시를 즐겨 하는 사람들을 '붕어꾼'이라는 말로 부르는데, 붕어즙이나 붕어꾼 같은 말들이 언제쯤에나 국어사전에 오르게 될까?

돼지를 위한 변명

곱창을 즐겨 먹는 사람이 많다. 그래서 음식점이 몰려 있는 골목에 가면 곱창집 하나쯤 없는 경우가 드물다. 이렇듯 곱창집은 우리 주변에 흔하지만 국어사전에는 그런 말이 없다. 『표준국어대사전』에 고깃집, 통닭집, 한식집, 호떡집, 팥죽집, 호프집이 나오고, 『고려대한국어대사전』에 갈빗집과 냉면집 등이 더 올라 있다. 그렇다면 '곱창집'도 표제어로 올리지 못할 이유가 없다고 본다.

나는 곱창집에 가서 주로 곱창을 먹지만 간혹 막창을 시킬 때도 있다. 그런데 '막창'을 『표준국어대사전』에서 찾으면 '몸을 함부로 파는 여자'를 뜻하는 '막창(막娼)'만 나온다. 다행히 『고려대한국어대사전』에는 다음과 같이 막창을 풀이해놓았다.

¶막창: 1. 소나 양(羊)같이 되새김질하는 동물의 네 번째 위(胃)를 속되게 이르는 말. 2. 양(胖), 벌집위(胃), 천엽에 이어 맨 마지막 위(胃)를 주로 고기로 이를 때 쓰는 말로 홍창이라고도 한다.

국어사전 앞에서는 모든 말이 평등해야 한다.

위 풀이를 보고 이상한 점 두 가지를 발견했다. 우선 돼지는 소나 양처럼 되새김질을 하지 않으니 '돼지 막창'이라고 하면 안 되는 걸까 하는 점이다. 다른 한 가지는 뜻풀이에 나오는 '홍창'이 표제어에 보이지 않더라는 사실이다. 다만 『표준국어대사전』에 다음과 같은 풀이를 가진 '홍창'이 등장한다.

> ¶ 홍창(紅창): 도토리나무나 박달나무 따위의 진액으로 가죽을 이겨서 만든 붉은 빛깔의 구두창. 누기를 잘 막으며 물에 젖어도 늘어나지 않는다.

구두와 관련한 말로 쓰는 '홍창'보다는 고기 부위인 막창을 뜻하는 '홍창'이 더 많이 쓰일 것이다. 인터넷 검색을 해보면 '막창'만큼은 아니지만 '홍창'도 제법 널리 쓰이고 있음을 알 수 있다. 색깔에 붉은 기운이 있어 그런 이름을 얻었다고 한다.

돼지고기 부위를 뜻하는 '막창'이나 '홍창'이 『표준국어대사전』에 없는 이유는 두 낱말이 정식 명칭이 아니라고 보아서 그런 듯싶다. 하지만 그런 구분은 일상어를 무시하는 태도이거나 국어사전 편찬의 소홀함을 증명하는 것밖에 안 된다. 곱창집에 가면 막창 말고 대창이라는 것도 있는데, 이 말은 또 국어사전에 버젓이 실려 있다.

> ¶ 대창(大腸▽): 소의 큰창자.(『표준국어대사전』)
> ¶ 대창(大腸▽): 소 따위 큰 짐승의 큰창자.(『고려대한국어대사전』)

뜻풀이에 약간의 차이가 있다. 그렇다면 '곱창'은 어떻게 풀이했을까? '곱창'은 『표준국어대사전』과 『고려대한국어대사전』이 똑같이 '소의 작은창자'라고 했다. 국어사전의 풀이대로 한다면 '돼지 곱창'이라는 말은 틀린 말이므로 사용하면 안 된다. '대창'이라는 말도 『표준국어대사전』의 풀이에 따르면 돼지에게는 적용할 수 없다. 다만 『고려대한국어대사전』에서는 '소 따위 큰 짐승'이라고 했으므로 해석의 폭을 열어둔 셈이라고 하겠다.

그렇다면 '돼지 곱창'이나 '돼지 막창', '돼지 대창'이라는 말을 어떻게 볼 것인가 하는 의아함이 생길 수 있다. 국어사전에 따르면 이런 말들은 모두 틀린 거지만, 그런 규정에 아랑곳하지 않고 수많은 사람이 일상생활에서 자연스럽게 쓰고 있다. 이런 현실을 인정한다면 국어사전의 풀이를 바꾸어주어야 하는 게 아닐까? 가령 '소의 부위를 가리키는 말이었으나 돼지 부위를 가리킬 때 사용하기도 한다'와 같은 식으로. 아니면 '소곱창'과 '돼지곱창'을 별도의 표제어로 삼아 각각 올려도 될 일이다. 말의 쓰임이라는 건 국어사전 편찬자들이 일방적으로 정해서 반드시 이렇게 사용하라고 강요할 성질이 아니다. 직접 말을 사용하는 사람들이 우선이고, 국어사전 편찬자들은 그런 현실을 받아안아 적절한 설명과 체계를 잡아주면 된다. 말을 사용하는 대중들은 국어학자나 국어사전 편찬자들 밑에 있는 계몽의 대상이 아니라는 말이다.

덧붙여 설명할 게 있다. 되새김질을 하는 소는 위가 네 개다. 제일 위에 해당하는 건 혹위, 제이 위는 벌집위, 제삼 위는 천엽 혹은 겹주름위, 막창을 뜻하는 제사 위는 주름위라고 한다. 따라서 소의 막창은 창자가 아니라 위의 한 종류라는 사실을 잊지 말았으면 한다.

돼지 이야기가 나온 김에 조금 더 짚어보기로 하자. 국어사전에 '소꼬리(쇠꼬리)'는 있지만 '돼지꼬리'는 없다. 곱창집에 가서 차림표를 보면 돼지곱창 말고도 돼지껍데기가 안주 목록에 올라 있기도 하다. 하

국어사전 앞에서는 모든 말이 평등해야 한다.

지만 '돼지껍데기'라는 말 역시 찾을 길이 없다. 같은 안주라도 아래처럼 고급스러운 낱말만 국어사전에 오를 지격을 깇춘 모양이나.

> ¶저피수정회(豬皮水晶膾): 돼지가죽을 얇게 썬 것을 파의 흰 뿌리와 함께 푹 끓여 체에 밭아서 묵처럼 굳혀 초장에 찍어 먹는 술안주.

풀이에서 '돼지가죽'이라고 한 표현이 적절할까? 국어사전에 '돼지가죽'이 따로 표제어에 있고 '돼지의 가죽'이라는 간단한 풀이가 달렸는데, 돼지껍데기와는 용도가 다르다. 용례로 '돼지가죽으로 만든 지갑'이 올라 있는 것에서 알 수 있듯, 주로 가죽 제품을 만드는 재료를 뜻하는 말이므로 둘은 구분해주는 게 좋다.

가여운 돼지들

돼지는 몸이 투실투실해서 복을 불러들이는 느낌을 준다. 그래서 '복스러운 돼지' 혹은 '복을 가져다주는 돼지'라는 뜻을 담아 '복돼지'라는 말을 쓰는 사람들이 많다. 하지만 국어사전에는 '복돼지'라는 낱말이 없다. 복이 들어간 동물 이름으로 『표준국어대사전』에 아래 낱말들이 실려 있다.

¶복구렁이(福구렁이): 〈민속〉 복을 가져다주는 구렁이라는 뜻으로, 집 안에 들어왔거나 집 안에서 사는 구렁이를 이르는 말.

¶복족제비(福족제비): 〈민속〉 복을 가져다주는 족제비라는 뜻으로, 집에 들어왔거나 집에 들어와 사는 족제비를 이르는 말.

〈우리말샘〉에는 아래 낱말도 실렸다.

¶복제비(福제비): 〈북한어〉 복을 가져다주는 제비라는 뜻으로, 집에 둥지를 튼 제비를 이르는 말.

국어사전 앞에서는 모든 말이 평등해야 한다.

소품 삼아 작은 복돼지 인형 몇 개쯤 거실 탁자나 진열장에 놓아둔 집이 많을 것이다. 부자라면 금으로 만든 복돼지도 가지고 있을 수 있겠고. 하지만 국어사전 편찬자들은 구렁이나 족제비만 복을 불러들이고 돼지는 복과 상관없다고 생각하는 모양이다.

복돼지는 그렇다 치고, 제주 특산종이라고 하는 '흑돼지'나 '똥돼지'는 어떨까? 『고려대한국어대사전』에는 둘 다 올라 있지만 『표준국어대사전』에는 빠져 있다. 그렇다면 '돼지저금통'이라는 낱말은 또 어떨까? 두 사전 모두 '벙어리저금통'은 실어놓았으나 '돼지저금통'이라는 말은 <우리말샘> 쪽으로 밀어놓았다. 저금통으로 가장 많은 형태를 띠고 있고, 저금통 하면 대부분 돼지저금통부터 떠올리는 사람이 많은데 왜 정식 국어사전에서는 대접을 안 해 주는 걸까?

'돼지코'라는 낱말도 홀대받기는 마찬가지다. 전압을 변환해줄 때 쓰는 플러그를 흔히 '돼지코'라는 말로 부른다. 생긴 모양을 흉내 낸 말로, 정식 명칭은 아니지만 일상생활에서 많이 쓰고 있다. 국어사전에 수많은 속어와 은어가 있는데, '돼지코'라는 말을 못 실을 이유가 없다고 본다. 가령 『표준국어대사전』에 실린 아래와 같은 낱말을 살펴보자.

¶돼지발톱: 은어로, '만년필'을 이르는 말.

아무리 은어라지만 만년필을 '돼지발톱'이라고 부르는 사람이 얼마나 될까? 오래전에 그런 은어가 있었던 모양이지만 지금은 거의 사어가 되다시피 했다. 그런 옛날 은어 대신 요즘 사람들이 많이 쓰는 '돼지코'라는 말을 찾아서 싣는 게 국어사전 편찬자들의 바람직한 자세가 아닐까 싶다.

이야기를 잠시 다른 방향으로 돌려보자. 우리나라 전체 돼지 사육 수는 2018년 현재 1,100만 마리가 넘는다고 한다. 그런데 양돈 농가 수는 2011년 6,347곳에서 2016년에 4,574곳으로 줄었다. 무얼 말하는 걸까? 그만큼 양돈업이 대규모 공장으로 바뀌고 있다는 사실을 알려주는 지표인 셈이다. 이렇게 한꺼번에 많은 수의 돼지를 기르는 곳을 무어라고 불러야 할까? 양돈장이나 축사라는 말로 설명할 수 있는 수준을 훌쩍 넘어섰다. 사육업자들은 보통 '돼지농장'이라는 말로 부르지만, 집단 사육의 실상을 알고 나면 농장이라는 말은 지나치게 낭만적인 명칭이라는 생각을 떨칠 수 없다. 그래서 일부에서는 '돼지공장'이라는 말을 쓰기도 한다. 소나 돼지, 닭 등을 지나치게 좁은 우리에 가둬놓고 기르는 방식에 대한 비판이 오래전부터 제기됐고, 그래서 '공장식 사육'이라는 말이 나온 지도 꽤 되었다.

그렇다면 '돼지농장', '돼지공장', '공장식 사육' 같은 말이 국어사전에 있을까? 이런 말을 쓰기 시작한 역사가 그리 오래되지 않아서 아직 표제어에 올리지 못했을 수는 있다. 그런데 특이하게도 〈우리말샘〉에 '돼지공장'이라는 말이 보인다.

¶돼지공장(돼지工場): [북한어] 〈농업〉 기계화된 현대적 설비를 갖추고 공업적 방법으로 돼지를 기르는 종합적인 기업체. 또는 그런 건물.

북한에서는 가축을 대량으로 기르는 곳을 공장이라고 부른다. 닭공장, 오리공장 하는 식으로. 북한이 사육 실상에 맞는 용어를 쓰고 있는 셈이다.

공장식 사육을 하게 되면 동물 한 마리가 차지하는 면적이 좁을 수

밖에 없다. 돼지를 감금해서 키우는 쇠로 된 틀을 스톨(stall)이라고 하는데, 폭이 60cm~75cm, 길이는 210cm 정도에 지나지 않는다. 큰 돼지가 몸을 움직일 수도 없는 좁은 공간 안에서 생활하게 되면 질병에 취약하리라는 건 쉽게 짐작할 수 있다. 그래서 구제역이 발생하면 죄 없는 돼지들이 한꺼번에 몰살당하곤 한다. 살아 있는 돼지마저 구덩이에 밀어 넣고 묻어버리는 야만적인 행위를 언제까지 되풀이할 것인가를 생각하면 인간의 죄가 참으로 크다.

돼지를 공장식으로 사육하는 곳에 가면 교배방, 임신방, 분만방, 육성방, 비육방으로 나누어서 관리하는데, 이런 낱말들이 국어사전에 없는 것은 물론이다. 돼지를 도축할 때 고통을 덜어주기 위해 전기충격기를 이용한다. 전기를 이용해 도살하는 걸 '전살(電殺)'이라 하고, 이에 사용되는 도구를 '전살기(電殺機)'라고 한다. 이 낱말들도 국어사전에서 찾을 수 없다.

그나마 '돼지꿈'이라는 말이 국어사전에 올라 있는 게 다행이다. 돼지꿈을 꾸는 것도 좋지만 제대로 된 국어사전 만드는 꿈을 꾸는 편찬자들이 많아지면 좋겠다.

고기를 나타내는 이름들

근고기라는 게 있다. 접해보지 않은 이들에겐 낯설 수도 있으나 그런 이름을 간판에 내걸고 장사하는 고깃집들이 있는 건 분명한 사실이다. '근고기'라는 말은 고기를 근으로 재서 판다고 해서 붙은 이름이라고 한다. 주로 제주도 지방의 식당에서 근고기를 팔기 시작했다고 하며, 이후에 다른 지역으로 퍼져 제주도가 아닌 곳에서도 근고기를 파는 식당들이 생겼다.

'근고기'를 제주 방언으로 봐야 할까? 제주 방언은 알다시피 독특한 형태의 어휘 구조를 가지고 있다. 하지만 '근고기'라는 말은 '근'과 '고기'를 합성한 말로, 둘 다 표준어다. 더구나 지금은 제주도 바깥에서도 사용하고 있으므로 방언으로 처리할 일은 아니라고 본다. '자리젓'이라는 게 있다. 자리돔으로 만든 것인데 주로 제주도에서 많이 접할 수 있다. 하지만 '자리젓'이라는 말을 제주 방언이라고 하는 사람은 없다. 그런 이유로 '자리돔젓'이 아닌 '자리젓'이 표준어로 인정받아 『표준국어대사전』에 올라 있다.

근고기는 대개 덩어리째 굽다가 익기 시작하면 먹기 좋게 자른다. 잘게 썬 고기가 아닌, 덩어리로 이루어진 고기를 무어라 불러야 할까?

국어사전 앞에서는 모든 말이 평등해야 한다.

'통고기'라고 부르면 적당하지 않을까? 실제로 그런 용법으로 많이 사용하고 있으며, '통고기'라는 말을 간판으로 내건 식당들이 있다. '통삼겹'이라는 말을 들어본 사람들도 많을 것으로 생각한다.

> ▶농장에서 통고기를 받아와 정육각 공장에서 가공해 바로 배송하는 식으로 유통 과정을 단순화했다.(이코노미조선, 2019.6.10.)

기사에 나오는 것처럼 '통고기'라는 말은 식당에서 덩어리째 내오는 고기가 아니라 소나 돼지를 잡아서 각을 뜨지 않은 상태의 고기를 이르는 말로도 쓰고 있다. 『표준국어대사전』에 '통돼지'가 표제어로 올라 있는데, 돼지만이 아니라 다른 짐승의 고기에게도 두루 적용할 수 있는 말이 '통고기'라는 말이 아닐까?

지금 말한 '근고기', '통고기', '통삼겹' 같은 말들은 국어사전에 오르지 못했다. 다만 〈우리말샘〉에 '통삼겹살'과 '통삼겹살구이'가 실려 있을 뿐이다.

이쯤에서 '뒷고기'라는 말에 대해서도 생각해보자. '근고기'와 마찬가지로 '뒷고기'라는 말을 간판에 내세운 고깃집들이 있는데, '뒷고기'라는 말을 쓰기 시작한 건 경남 김해 쪽이라고 알려져 있다. '뒷고기'는 사람들이 좋아하고 많이 찾는 부위가 아니라 상품성이 낮은 부위의 고기들을 모은 것을 말한다. 『표준국어대사전』에 '잡고기(雜고기)'라는 말이 "좋은 부위가 아니거나 잘라내고 남은 부스러기가 마구 섞인 잡스러운 고기"라는 뜻으로 올라 있다. 비슷한 의미를 담고 있는 말이라고 하겠다. 다만 '뒷고기'는 남은 부스러기가 아니라 좋은 부위가 아닌 것, 즉 사람들이 잘 찾지 않는 볼살이나 턱밑살, 콧등살, 머릿살 같은 것들을 이른다. '뒷고기'는 〈우리말샘〉에 실려 있다. '턱밑살'이나 '콧등살' 같은 말도 국어사전에서는 찾을 수 없다.

▶돼지 한 마리에서 150~200g 정도만 나온다는 '턱밑살'은 씹을 수록 입안에서 감칠맛이 터졌다.(경향신문, 2019.8.29.)

▶뒷고기에는 목살과 항정살, 볼살, 콧등살이 나오며 국내산임에 도 불구하고 저렴한 가격에 판매한다.(뉴스핌, 2016.4.4.)

이처럼 국어사전에 둥지를 틀지는 못 했지만 사람들 입에 오르내리 는 살아 있는 말들이 있다. 정식 국어사전에는 없지만 〈우리말샘〉에 올 라 있는 말 몇 개를 소개한다.

¶특수^부위(特殊部位): 돼지고기나 소고기 따위에서 적은 양만 얻을 수 있는 고기 부위.

¶직화^구이(直火구이): 재료를 불 위에 직접 놓아 굽는 일. 또는 그런 음식.

¶숙성육(熟成肉): 도축할 때 일어난 근육의 경직을 풀어 주는 과 정을 거친 고기. 일반적으로 산소와 미생물을 차단하기 위해 진 공 포장을 한 채로 3주 정도를 저온에서 보관한다.

¶다짐육(다짐肉): 여러 번 칼질하여 잘게 만든 고기.

¶콩고기: 곱게 간 콩에 글루텐을 넣어 고기처럼 굳힌 음식.

¶정육^식당(精肉食堂): 쇠고기나 돼지고기 따위를 팔거나, 사서 바로 먹을 수 있도록 시설을 갖춘 장소.

¶식육점(食肉店): 쇠고기, 돼지고기 따위를 파는 가게.

국어사전 앞에서는 모든 말이 평등해야 한다.

'식육점'은 경우에 따라 '정육점'이라는 뜻으로 쓰기도 하고, '정육식당'과 같은 의미로 쓰기도 한다. 『고려대한국어대사전』에 '식육점'이 표제어로 올라 있는데, 다음과 같이 풀어놓았다.

> ¶식육점(食肉店): 쇠고기나 돼지고기를 직접 사서 구워 먹을 수 있는 시설을 갖추고 영업을 하는 정육점.

 '정육식당'과 같은 의미로 사용할 때는 '식육점'보다 '식육식당'이라는 말을 더 많이 쓴다. 『표준국어대사전』에 "음식으로 먹는 고기를 전문으로 파는 장사. 또는 그런 장수"를 뜻하는 '식육상(食肉商)'이 표제어에 있는데, 그보다 더 많이 사용하는 '식육점'이나 '식육식당'이라는 말은 왜 표제어에서 제외했는지 궁금하다.
 위에서 소개한 말들이 〈우리말샘〉을 벗어나 정식 국어사전에 오를 날을 기대해본다.

3부

시각장애인들을 위한 말

주변에서 시각장애인들을 어렵지 않게 만날 수 있다. 하지만 그들에 대한 관심과 배려가 아직 충분하지 못하다는 걸 언어 현상을 통해 느낄 수 있다.

> ▶2017학년도 대학수학능력시험일인 17일 오전 서울 종로구 국립서울맹학교 서울특별시교육청 제15시험지구 제23시험장에서 시각장애 수험생이 점판과 점핀을 이용해 답안 작성 연습을 하고 있다.(뉴시스, 2016.11.17.)

위 기사에 나오는 '점판'과 '점핀'은 무엇일까? 시각장애인을 위한 필기도구라는 건 기사 내용을 통해 대충 유추할 수 있다. 하지만 구체적인 생김새나 정확한 용도를 알기는 어렵다. 기사 하나를 더 보도록 하자.

> ▶앞을 전혀 볼 수 없는 시각장애인은 대학수학능력시험(수능) 수학 문제를 어떻게 풀까. 문제지는 점자로 돼 있다. 답을 적을

때에는 점자를 찍기 위한 틀 역할을 하는 점판에 종이를 끼우고 작은 송곳처럼 생긴 점핀으로 점자를 찍는다. 계산은 거의 암산으로 해결한다.(중앙일보, 2015.11.23.)

점판과 점핀이 무엇인지 알 수 있도록 작성한 기사다. 다른 자료에 따르면 점핀을 '점필'이라고 일컫는 경우도 있다. 시각장애인들이 점자로 읽고 쓰기를 한다는 건 대부분 알고 있다. 하지만 거기까지만 알고 더 이상 관심을 갖지 않는다. 점판과 점핀이 어떻게 생겼는지, 그걸 이용해서 어떻게 문자 생활을 하는지 알아보려 하지 않는다. 그래서일까? 국어사전 편찬자들 역시 그런 부분에 대해서는 관심이 없다.

점자와 관련된 낱말로 『표준국어대사전』에 다음과 같은 낱말들이 올라 있다.

¶점자기(點字器): 점자를 치는 기구.
¶점역(點譯): 말이나 보통의 글자를 점자로 고침.
¶점자^투표(點字投票): 〈정치〉 선거에서, 시각 장애인이 점자를 이용하여 하는 투표.
¶점자^우편(點字郵便): 〈서비스업〉 점자로 된 우편. 시각 장애인을 위하여 만든 것으로 무료로 발송할 수 있다. =시각 장애인용 점자 우편.

〈우리말샘〉에 북한어라며 "맹인을 위하여 점자로 만든 악보"를 뜻하는 '점악보(點樂譜)'라는 말을 올려두었는데, '점판'과 '점핀'은 어디서도 찾을 수 없다. 시각과 청각을 아울러 잃은 사람들이 있다. 그런 사람들은 상대방의 손등 같은 곳에 자신의 손가락으로 점자를 찍어 대

국어사전 앞에서는 모든 말이 평등해야 한다.

화한다. 이런 걸 점화(點話)라고 한다는 것도 알아두면 좋겠다.

▶"현 제도를 유지하면서 정안인(正眼人)들에게 스포츠 마사지 등 제한된 분야를 허용하는 대체 입법을 추진해야 한다"고 강조했다.(연합뉴스, 2006.6.18.)

기사에 나오는 '정안인(正眼人)'은 어떤 사람을 가리킬까? 시각장애인들이 정상적인 시력을 가진 사람들을 일컬을 때 사용하는 말이다. 이 말도 국어사전에는 없다. 신문기사 하나를 더 보자.

▶도쿄 시각장애인 복지협회는 "소리 정보는 필수로, 유도음이 없는 경우는 위험을 각오하고 도로를 건널 수밖에 없다"면서 어떤 형태로든 음향신호등이 24시간 소리를 내도록 검토해달라고 요구하고 있다.(경향신문, 2019.5.22.)

기사 중에 '유도음'이라는 말이 나온다. 유도음이라는 말은 시각장애인들에게 신호 정보를 전달해주는 소리라는 뜻 외에 '수면유도음', '촬영유도음'처럼 한쪽으로 집중하도록 이끌어주는 소리라는 뜻을 담아 많이 사용되고 있다. 역시 국어사전에는 없는 말이다.

'훈맹정음'이라는 게 있다는 걸 아는 사람이 얼마나 될까? 1926년에 박두성이라는 분이 시각장애인들을 위해 만든 한글 점자를 이르는 말이다. 시각장애인들에게는 말 그대로 훈민정음에 버금갈 만큼 소중한 문자다. 하지만 이 말 역시 국어사전에는 안 보인다. 아래와 같은 외국말은 자세한 설명과 함께 올리면서 훈맹정음은 외면하는 처사를 이해할 수 없다.

¶옵타콘(OPTACON): 인쇄된 문자를 점자 형식으로 변환하여 맹인이 손끝으로 감지하여 읽을 수 있도록 하는 기계. 미국의 스탠퍼드(Stanford) 대학에서 처음 개발하여 1972년에 미국에서 상품화하였다. 상품명에서 나온 말이다.

흰지팡이는 시각장애인들이 외출할 때 꼭 필요한 물품이다. 흰지팡이로 발 앞을 짚어가며 방향과 길을 찾아가야 하기 때문이다.

시각장애인들이 흰색으로 칠한 지팡이를 사용하기 시작한 시점은 주장하는 사람마다 차이가 있다. 1차 세계대전 때라는 사람도 있고, 2차 세계대전 때라는 사람도 있다. 공통점은 전쟁으로 인해 눈을 다쳐 앞을 보지 못하는 병사들이 많아졌고, 이들을 위해 눈에 잘 띄는 흰색의 지팡이를 짚고 다니게 했다는 것이다. 그러다가 1980년 10월 15일에 세계시각장애인연합회가 시각장애인들의 권리를 보호하고 사회적인 관심과 배려를 이끌어내자는 취지에서 '흰지팡이의 날'을 제정하고 선포했다. 그때부터 지금까지 매해 10월 15일을 세계 각국에서 '흰지팡이의 날'로 기념하고 있다.

흰지팡이는 단순히 흰색으로 칠한 지팡이만을 뜻하지 않는다. 흰지팡이는 시각장애인을 대표하는 물건이면서 동정과 무능의 상징이 아니라 자립과 성취의 상징으로 사용하고 있다. 흰지팡이가 있으면 다른 이의 도움을 받지 않고 혼자 힘으로 외출할 수 있기 때문이다. 그러므로 흰지팡이는 특별하면서 역사적인 의미를 지니고 있는 지팡이라고 할 수 있다. 다른 지팡이들과 확연히 구분되는 독립된 개념을 지닌 지팡이라는 얘기다. 그래서 나는 '흰 지팡이'처럼 띄어쓰기를 하지 않고 '흰지팡이'라고 붙여 쓰는 게 옳다고 본다.

국어사전에서 시각장애인들이 짚고 다니는 지팡이를 뜻하는 낱말

국어사전 앞에서는 모든 말이 평등해야 한다.

로 무엇을 실어놓았을까? 『표준국어대사전』을 찾아보면 '흰지팡이' 대
신 아래 낱말이 나온다.

¶소경막대: 1. 맹인(盲人)이 짚고 다니는 지팡이. 2. 늘 앞세워 다
니거나 따라다니는 사람을 비유적으로 이르는 말.

'소경'이나 '장님'이라는 말은 예전에나 쓰던 말이고 지금은 '시각장
애인'으로 통일해서 사용하고 있다. 그러니 '소경막대' 같은 말을 지금
어떻게 사용할 수 있겠는가? 그리고 소경막대는 모양이나 색깔이 천
차만별일 수밖에 없다. 흰지팡이와 소경막대는 분명히 다른 물건이라
고 보아야 한다. 한 가지 더 지적하자면 위 낱말의 풀이에 '맹인'을 꼭
썼어야 하느냐는 점이다. 같은 낱말을 풀이하면서 『고려대한국어대사
전』은 '눈이 멀어 보지 못하는 사람이 짚고 다니는 지팡이'라고 했다.
    국어사전에 지팡이를 뜻하는 말이 참 많이 나오는데, 아래와 같이
외래어로 된 지팡이 이름도 보인다.

¶슈토크([독일어]Stock): 스키에 쓰는 지팡이.
¶알펜슈토크([독일어]Alpenstock): 갈고리가 달린 등산용 지팡이.

위 외래어들 대신 '흰지팡이'를 표제어로 올린 국어사전을 만나고
싶다.

거북목과 일자목

컴퓨터와 스마트폰 사용이 늘면서 거북목이 된 사람들이 많아졌다는 얘기를 자주 듣는다. 『표준국어대사전』에서 '거북목'을 찾으면 다음과 같은 낱말만 나온다.

> ¶거북목(거북目): 〈동물〉 파충강의 한 목. 몸은 딱딱한 껍데기로 둘러싸여 있고 목이 그 속을 드나든다. 육상, 민물, 바다에서 산다. 12과 250여 종 가운데 우리나라에는 바다거북과, 장수거북과, 남생잇과, 자랏과의 4과 4종이 분포한다.

신체 부위인 목뼈의 변형을 뜻하는 '거북목'을 의학계에서는 '거북목 증후군'이라고 하는데, 『표준국어대사전』에는 두 가지 용어 모두 없고 〈우리말샘〉에 '거북목 증후군'만 실어놓았다. 거북목은 고개가 곧게 서지 못하고 앞으로 빠져나와 있는 상태를 말하며, 마치 거북이가 머리를 내민 것처럼 보인다고 해서 만든 말이다. 거북목을 '일자목'이라고도 하는데, 이 말도 〈우리말샘〉에만 있다. 목뼈는 원래 C자형으로 되어 있으나 앞으로 삐져나오면서 일자 모양이 된다고 해서 붙인 이름

국어사전 앞에서는 모든 말이 평등해야 한다.

이다. 허리가 그런 상태일 경우를 일러 '일자허리'라는 말도 쓰지만 이 말 역시 국어사전에는 없다.

> ▶6일 금감원에 따르면 최근 거북목이나 허리 통증을 치료하기 위해 도수치료를 받는 환자가 늘고 있다. 도수치료란 시술자가 손을 이용해 관절이나 골격계의 이상 유무를 확인하고 통증을 완화하며 체형을 교정하는 치료법이다.(경향비즈, 2018. 9.6)

기사에 나오는 '도수치료'는 어떤 치료 방식을 말하는 걸까? 국어사전에 없는 말이므로 다른 자료에서 뜻을 찾아야 한다. 도수치료(徒手治療)는 수술 없이 의사의 지시에 따라 물리치료사가 척추와 관절 등을 바로잡아주는 치료를 뜻한다. '도수(徒手)'는 맨손을 뜻하는 한자어다. 한방에서 하는 추나요법(推拏療法)과 비슷한 치료 방식이라고 할 수 있다. '추나요법'이 표제어에 있으므로 '도수치료'도 표제어에 올리는 게 마땅하다.

앞서 '일자허리'라는 말을 소개한 김에 척추가 휘는 병 이름들을 『표준국어대사전』에서 찾아보았다. 가장 흔하게 듣던 용어가 척추측만증인데, 풀이에 '척추 옆굽음증'의 전 용어라고 되어 있다. 다른 용어들을 계속 찾아보니 다음과 같은 말들이 올라 있다.

¶척주^앞굽음증(脊柱앞굽음症): 〈의학〉 척주가 굽어 앞으로 튀어나온 증상. 새가슴 따위가 있다.
¶척주^뒤굽음증(脊柱뒤굽음症): 〈의학〉 척주가 굽어 뒤로 튀어나온 증상. 척주 만곡 이상의 하나로 곱사등 따위가 있다.
¶척주^옆굽음증(脊柱옆굽음症): 〈의학〉 척주가 굽어 옆으로 튀

어나온 증상.

¶척추^옆굽음증(脊椎옆굽음症): 〈의학〉 척추가 옆으로 심하게 굽은 증상. 통증은 없고 서서히 진행되는데, 내장 압박을 비롯하여 여러 가지 장애를 일으킨다.

¶척주^만곡(脊柱彎曲): 〈의학〉 척주가 굽는 증상. 대개 결핵, 구루병 따위나 나쁜 자세가 원인이다.

¶척주^후만증(脊柱後彎症): 〈의학〉 어린아이의 척주가 거북의 등과 같이 굽어서 펴지지 않는 병.

대부분 '척추' 대신 '척주'라는 말을 썼다. 『표준국어대사전』에서는 '척주'가 다음과 같이 나온다.

¶척주(脊柱): 〈의학〉 척추뼈가 서로 연결되어 기둥처럼 이어진 전체를 이르는 말.

의학 용어를 정리하면서 엄밀한 의미를 살리고자 '척추' 대신 '척주'를 쓰기로 한 모양이다. 거기까지는 충분히 이해할 수 있다. 그런데 '앞굽음증', '뒤굽음증', '옆굽음증' 같은 말은 어색하게 다가온다. 실제로 의료 현장에서 저런 우리말 용어를 쓰는 사람이 얼마나 되는지 모르겠다. 대부분 '전만증', '후만증', '측만증'이라는 용어를 쓰고 있을 것이다.

이해하기 쉬운 우리말로 바꾸자는 취지를 이해하지 못하는 건 아니지만 그런 용어들이 충분히 정착되지 않은 상황이라면 한자 용어와 우리말 용어를 함께 싣는 게 낫지 않았을까 싶다. 그런데 위에 소개한 용어들을 살펴보면 특이한 현상이 보인다. '척주 후만증'에서 분명히 '후만증'이라는 말을 사용하고 있는 것이다. 게다가 '척주 옆굽음증'과 '척

국어사전 앞에서는 모든 말이 평등해야 한다.

추 옆굽음증'을 함께 싣고 있다. '척주 만곡(脊柱彎曲)'을 위와 같은 방식에 따라 우리말로 풀면 '척주 굽음'일 텐데 그런 말은 또 표제어에 보이지 않는다. 뒤죽박죽이라는 말이 떠오르는 대목이다.

홋줄과 던짐줄

▶이날 오전 10시 15분께 경남 창원시 진해구 진해 해군기지사령부 내 부두에 정박한 청해부대 최영함 선수 쪽 갑판에서 '펑' 소리와 함께 날아온 홋줄이 A수병(22)을 포함해 총 5명의 병사를 강타했다. 밧줄에 맞아 쓰러진 부상자들은 구급차로 군 병원으로 이송됐지만 A수병은 중상을 입어 끝내 숨졌다. 부상자는 20대 상병 3명과 30대 중사 1명이다. 이들은 모두 청해부대 최영함 갑판병과 소속이다.(동아일보, 2019.5.24.)

안타까운 사고 소식을 전하는 기사인데, 기사 내용에 나오는 '홋줄'이라는 말이 국어사전에 없다. 대신 다음과 같은 낱말이 국어사전에 나온다.

¶계류삭(繫留索): <교통> 선박 따위를 일정한 곳에 붙들어 매는 데 쓰는 밧줄.≒계선 로프.계선줄.

전문 용어인 '계류삭'은 너무 어려운 말이라서 뱃사람이나 해군 병

국어사전 앞에서는 모든 말이 평등해야 한다.

사들은 계류삭 대신 '홋줄'이라는 말을 많이 사용한다. 국어사전이 전문 용어를 우대하는 경향이 강한 탓에 일반인들이 사용하는 말을 홀대하는 경우가 많다. 위 사고를 전한 기사들을 검색하니 '계류삭'이라는 말을 쓴 경우는 드물었다. 국어사전이 실제 언어 현실을 제대로 반영하고 있지 않다는 걸 보여주는 사례다.

계류삭을 왜 홋줄이라고 부르게 되었을까? 커다란 배나 함선 같은 경우 대개 여섯 개의 홋줄을 사용하며, 1호부터 6호까지 번호를 매긴다고 한다. 홋줄이라는 말은 번호를 매긴 줄이라는 데서 비롯되지 않았을까 싶다. 여섯 개의 홋줄은 저마다 다른 역할을 하며, 배 앞부분에서 내어 부두에 묶는 건 선수줄, 뒷부분에서 내어 묶는 건 선미줄, 옆에서 묶는 건 옆줄이라고 한다. '선수줄'이나 '선미줄' 같은 말 역시 국어사전에 없다.

커다란 배에서 사용하는 홋줄은 무척 두껍고 무게 또한 만만치 않아서 혼자서는 들어 올릴 수 없다. 그렇다면 이 무거운 홋줄을 어떻게 배에서 부두까지 던져서 묶을까? 이때 사용하는 게 '히빙라인(heaving line)'이라는 줄이다. 우리말로는 '던짐줄'이라고 한다. 가늘고 가벼운 던짐줄을 홋줄에 묶은 다음 부두 쪽으로 던지면 부두 쪽에 있던 사람이 받아서 끌어당긴다. 그러면 던짐줄에 딸려서 홋줄이 부두로 올라오게 된다. 이렇듯 중요한 역할을 하는 '히빙라인'이나 '던짐줄'이라는 말도 국어사전에서 찾아볼 수 없다.

배에서 부두로 옮긴 홋줄을 묶어두는 말뚝이나 기둥이 필요하리라는 건 자명한 일이다. 이런 물체를 뜻하는 말은 다행히 국어사전에 있다.

¶계선주(繫船柱): <교통> 배를 매어 두기 위하여 계선안(繫船岸), 부두, 잔교(棧橋) 따위에 세워 놓은 기둥.

'계선주'를 흔히 '볼라드(bollard)'라고도 한다. '볼라드'는 국어사전에 없고, 〈우리말샘〉에 다음과 같은 풀이를 달고 올라 있다.

¶볼라드(bollard): 〈교통〉 인도(人道)나 잔디밭 따위에 자동차가 들어가지 못하도록 설치한 장애물. → 규범 표기는 미확정이다.

위 풀이와 함께 홋줄을 묶어두는 기둥이라는 내용도 함께 서술해주어야 한다. '볼라드'를 대신할 만한 우리말은 없을까? 아직까지 적당한 말을 만들지 못해 교통 관련한 법률에서는 '자동차 진입억제용 말뚝'이라는 말을 쓴다. 누군가 쉬우면서도 적절한 말을 만들어주면 좋겠다. 자동차와 관련한 말이 아닌 배와 관련된 말로는 북한의 『조선어대사전』에 적절한 낱말이 나온다. '계류삭'은 '배맬바'와 '배맬바줄', '계선주'는 '배맬뚝'과 '배맬기둥'이 표제어로 등재되어 있다. 어려운 한자어 대신 우리말을 사용해서 이해하기 쉬운 말을 만들었다. 우리도 함께 사용하면 좋겠다는 생각이 든다.

앞에 소개한 기사의 내용으로 들어가서 몇 가지만 더 짚어보자. 홋줄이 터져서 사람이 죽을 정도로 큰 사고가 났는데, 왜 그런 일이 벌어졌을까? 홋줄을 만들 때 사용하는 재료는 다양하다. 우리 해군이 사용하는 홋줄은 대개 나일론으로 만든 것으로, 무겁지만 값이 싸다. 전문가들에 따르면 훨씬 가볍고 좋은 재질을 가진 케블러(kevlar) 홋줄을 사용할 것을 권하고 있다. 케블러 홋줄은 끊어져도 튕겨 나가지 않고 그 자리에서 툭 떨어지기 때문에 인명 사고가 날 위험성도 적다. 그래서 외국 함정들은 대개 케블러 홋줄을 사용한다고 한다. 비용 절감을 위해 병사들의 안전을 몰라라 한 군의 처사는 비난받아 마땅하다. 미

국어사전 앞에서는 모든 말이 평등해야 한다.

국 듀퐁사에서 개발한 케블러는 탄성률이 높고 쉽게 끊어지지 않는 강력한 섬유로 알려져 있으며 다양한 용도로 사용되고 있다. '케블러'는 아직 국어사전에 오르지 못했다.

끝으로 기사 말에 나오는 '갑판병'이라는 말도 국어사전 표제어에 없다는 사실을 덧붙인다. 아주대병원 권역외상센터장을 지낸 이국종 교수가 해군 갑판병 출신이었다. 군대에는 다양한 병과가 있다. 그중 '행정병', '의무병', '운전병', '통신병', '전차병' 등은 국어사전에 있지만 '수송병', '보급병', '무전병', '군종병', '군견병' 같은 말은 <우리말샘>으로 밀려나 있거나 거기서도 찾을 수 없다. 예전에 육군 대장이 공관병에게 갑질을 했다고 해서 문제가 된 적이 있다. '공관병'은 장교들의 관사를 관리하는 병사를 말하는데, 이 말도 <우리말샘>에만 나온다. '전투병'이라는 말도 『고려대한국어대사전』에는 있지만 『표준국어대사전』에서는 찾아볼 수 없다. 그러니 '갑판병'만 억울하다고 하기에도 어려운 실정이긴 하다.

선박 사고 이야기를 하다보니 자연스레 세월호 참사가 떠오른다. 사고 원인에 대해 많은 이야기들이 있었고, 그중에서 평형수를 제대로 채워 넣지 않았다는 말도 나왔다. 평형수(平衡水, ballast water)는 선박이 무게중심을 유지할 수 있도록 배의 밑바닥 좌우에 설치된 탱크에 채워 넣는 바닷물을 말한다. 그런데 이 '평형수'라는 말이 국어사전은 물론 <우리말샘>에도 없다.

세월호에 실은 화물을 제대로 고박하지 않아 배가 기울면서 화물이 급속히 한쪽으로 쏠렸다는 말도 나왔다. 국어사전에 '고박'이라는 말은 없고 대신 <우리말샘>에 '고박 장치(固縛裝置)'라는 말만 나온다. 하지만 '고박을 하다'처럼 '고박'을 독립적으로 쓰는 경우가 많다. '고박 장치' 풀이 앞에 〈기계〉라는 분류 항목을 설정했는데, 전문어에 해당하는 용어라는 얘기다. 전문어 우대 현상이 여기서도 나타난다. '고박'과 '고박하다'를 별도 표제어로 국어사전에 실어야 한다.

국어사전 앞에서는 모든 말이 평등해야 한다.

땅꺼짐과 싱크홀

지진이나 태풍 같은 자연재해는 인간의 힘으로 예방할 수 없다. 이럴 때 불가항력이라는 말을 쓰곤 하는데, 때로는 자연에 의한 재앙이 아닌 인간에 의한 재앙이 발생하기도 한다.

▶5일 정오께 경기도 의정부시 호원동 사패산 회룡사 입구에서 가로 5m, 세로 5m, 깊이 5m 규모의 땅꺼짐 현상(싱크홀)이 발생해 운행 중이던 지게차가 추락했다. 이 사고로 지게차 운전자 이아무개(48)씨가 등과 엉덩이 부분에 타박상을 입어 인근 병원에서 치료를 받고 있다.(한겨레신문, 2018.9.5.)

위 기사에 나오는 '땅꺼짐'은 흔히 '싱크홀'이라고 부르는 현상이다. '땅꺼짐'은 국어사전에 나오지 않는 말이다. '싱크홀'은 『표준국어대사전』에는 나오지 않으며 『고려대한국어대사전』에 다음과 같은 풀이와 함께 나온다.

¶싱크홀(Sinkhole): 땅속에 지하수가 흘러 형성된 빈 공간이 주

저앉아 발생하는 웅덩이.

『표준국어대사전』은 볼수록 이상한 국어사전이다. '싱크홀'처럼 많이 쓰는 낱말은 빼놓고 아래와 같이 어려운 낱말들만 잔뜩 실어 놓았다.

¶그라우트^홀(grout hole): 〈건설〉 그라우트를 넣는 구멍.

¶나인틴스^홀(nineteenth hole): 〈체육〉 골프장에서 술 따위 음료를 마시며 쉴 수 있는 공간. 18홀의 1라운드를 끝내고 열아홉 번째에 오는 곳이라는 뜻으로 붙은 이름이다.

¶블로홀(blowhole): 〈공업〉 주물이나 용접에서, 용해된 금속이 응고될 때 내부의 가스가 완전히 빠져나가지 못하고 남아서 생긴 구멍. 금속의 기계적 성질을 떨어뜨린다.

¶서비스^홀(service hole): 〈체육〉 골프에서, 버디를 하기 쉬운 홀.

¶스노홀(snowhole): 눈 속을 파서 만든 구덩이. 눈이 많이 쌓이는 시기에 등산하는 사람들이 잠을 자거나 물건을 넣어 두기 위하여 만든다.＝설동.

¶에어^홀(air hole): 〈교통〉 비행 중인 비행기가 함정에 빠지듯이 하강하는 구역. 공중의 기류 관계로 공기가 희박하기 때문에 일어나는 것이 보통이며, 비행기가 여기에 들어가면 속력을 잃고 불안정하게 된다.＝에어 포켓.

¶오존^홀(ozone hole): 〈지구〉 지상 20~25km에 있는 오존층이 주로 8월에서 10월 사이에 엷어져 구멍이 뚫린 것 같은 상태가 되는 현상. 남극 대륙 상공에서 가장 심하며 냉매제로 사용하는 프레온 가스가 주원인이라고 한다.

국어사전 앞에서는 모든 말이 평등해야 한다.

'땅꺼짐'을 얘기하려다 답답한 마음에 다른 낱말들을 살펴보았다. '땅꺼짐'이라는 말은 누가 처음 만들어 쓰기 시작했는지 몰라도 참 잘 만든 말이라고 생각한다. 듣기만 해도 어떤 현상을 말하는지 금방 이해할 수 있는 말 아닌가. 이 말은 2014년에 국립국어원이 '싱크홀'을 대체할 순화어를 공모한 다음 '함몰구멍'과 '땅꺼짐' 두 낱말을 선정했다고 발표한 바 있다. 하지만 '땅꺼짐'이라는 말은 그 이전부터 사용되고 있었다. 아래 기사가 그런 사실을 증명하고 있다.

> ▶지하수의 고갈 및 오염 우려가 있는 지역을 지하수 보전구역으로 설정, 수질오염 땅꺼짐 등을 초래할 우려가 있는 행위에 대해서는 허가를 제한한다.(동아일보, 1996.8.13.)

국립국어원이 『표준국어대사전』을 편찬하면서(1999년에 출간) 조금만 주의를 기울였다면 편찬 이전에 이미 쓰이고 있던 '땅꺼짐'을 찾아서 실을 수도 있었을 것이다. 『고려대한국어대사전』의 풀이에 따르면 싱크홀은 지하수와 관련된 현상을 가리킨다고 하는데, 땅꺼짐은 지하수만이 원인은 아닐 수도 있다. 특히 도심에서는 지하철 공사나 상하수도 공사 등으로 인해 발생할 수도 있다. 그렇다면 '땅꺼짐'은 '싱크홀'보다 훨씬 폭넓게 쓸 수 있는 말이다.

어쨌든 국립국어원이 '싱크홀' 대신 '땅꺼짐'을 순화어로 선정해놓고도 정작 『표준국어대사전』에는 표제어로 올리지 않았고, 『고려대한국어대사전』도 챙기지 못했다. 심지어 마구잡이로 말을 모아놓은 〈우리말샘〉에서도 '땅꺼짐'은 찾을 수 없다. 어떤 현상이 있으면 그걸 나타내는 말이 있는 법! 그렇다면 땅꺼짐 현상을 설명하는 말에 어떤 것이 있을까? 『표준국어대사전』에 아래 낱말이 실려 있다.

> ¶지반^침하(地盤沈下): 〈지구〉 지반이 내려앉는 일. 지진이나 지각 변동으로 말미암은 자연 침하와 과잉 양수 따위로 말미암은 인위적 침하가 있다.=지반침강.

'지반침하'나 '지반침강' 같은 말은 전문어에 속한다. 지금은 잘 안 쓰지만 조선 시대에 쓰던 말도 『표준국어대사전』에 올라 있다.

> ¶지함(地陷): 1. 땅이 움푹 가라앉아 꺼짐. 2. 땅을 파서 굴과 같이 만든 큰 구덩이.=땅굴.

『조선왕조실록』세종 18년 12월 8일 기록에 아래와 같은 내용이 나온다.

> 黃海道(황해도) 黃州地陷(황주지함), 周圍九尺許(주위구척허), 圓經三尺許(원경삼척허), 深七十餘尺(심칠십여척), 底有水(저유수), 行解怪祭(행해괴제).
> 황해도 황주에 땅이 함몰되었는데, 둘레가 9척이나 되고, 원경(圓徑)이 3척이나 되고, 깊이가 70여 척이나 되며, 밑에는 물이 괴어 있었다. 해괴제(解怪祭)를 지냈다.

조선 시대만 해도 땅이 꺼지는 일은 불길한 징조로 보아, 해괴제라는 제사를 지내 신을 달랬음을 알 수 있다. 『조선왕조실록』에는 해괴제를 지냈다는 기록이 꽤 많다.

국어사전 앞에서는 모든 말이 평등해야 한다.

¶해괴제(解怪祭): 〈민속〉 조선 시대에, 나라에서 이상한 일이 일어났을 경우에 지내던 제사. 궁중 용마루 위에서 부엉이가 울거나, 절의 부처가 땀을 흘리거나 하는 일이 있을 때에 지냈다.

마지막으로 정식 국어사전에는 없고 〈우리말샘〉에만 실려 있는 낱말 하나를 소개하고자 한다.

▶12일 오후 7시 20분께 부산 동래구 사직동 내성 지하차도 인근 도로에서 길이 60cm, 폭 20cm의 포트 홀(도로 파임 현상)이 생겨 이틀째 복구 작업이 이어지고 있다.(부산일보, 2020.2.13.)

기사에 나오는 '포트 홀(pot hole)'은 도로 중간에 움푹 파인 곳을 말하는 용어다. 하천 바닥에 패인 곳을 이르기도 하며, 신문기사에 자주 등장하는 말이다. 이런 외래어를 국어사전에 실어야 하느냐는 반론이 충분히 있을 수 있다. 하지만 땅꺼짐과는 분명히 다른 현상을 가리키는 말이고, 아직은 적당히 바꿔 쓸 수 있는 우리말을 찾지 못했다. '그라우트 홀'이나 '나인틴스 홀' 같은 말도 실었는데 '포트 홀'을 넣지 못할 이유는 없다고 본다.

국어사전에 꼭 있어야 할 말은 없고 엉뚱한 말들만 가득한 것도 따지고 보면 해괴한 일이다. 『표준국어대사전』을 앞에 놓고 해괴제라도 지내야 할 모양이다.

길 이름들

산에 가면 산길과 숲길이 있고, 바다에 가면 바닷길이 있듯이 사람이 가닿는 모든 곳에는 길이 있다. 심지어 가시밭길은 물론 험한 벼랑을 따라 낸 벼랑길도 있을 정도다. 그 모든 길 이름을 국어사전 안에 끌어들이는 건 힘든 일일지도 모르겠다. 그래도 언중들이 사용하고 있는 말이라면 최대한 모아서 실어야 한다. 『표준국어대사전』에는 없고 『고려대한국어대사전』에만 있는 길 이름으로 올레길, 돌담길, 냇길, 강길, 갈래길, 산책길(散策길), 순례길(巡禮길), 산복도로(山腹道路), 통학길(通學길), 마을길, 아스팔트길 같은 것들이 있다. 그리고 〈우리말샘〉에는 자전거길, 담길, 시장길(市場길), 과수원길(果樹園길), 나들잇길, 해변길(海邊길), 낙엽길(落葉길), 안갯길, 호수길(湖水길) 등도 올라 있다. 『표준국어대사전』이 가장 부실한 편이지만 다른 국어사전에는 없는 독특한 길 이름을 실어놓기도 했다.

¶춤길: 〈무용〉 무용수가 무대에서 춤추며 다니는 길.
¶우잣길(于字길): 'ㅜ' 자 꼴로 생긴 삼거리.
¶수림길(樹林길): 나무숲 속으로 난 길.

국어사전 앞에서는 모든 말이 평등해야 한다.

¶사릿길: 사리를 지어 놓은 것처럼 구불구불한 길.

이런 길 이름이 실제로 얼마나 쓰이고 있는지는 모르겠다. 어디선가는 쓰인 적이 있기에 실어놓았을 터이다. 문제는 저런 독특한 길 이름을 찾아서 실을 정도의 노력을 일상생활에서 많이 쓰는 길 이름을 찾는 일에는 왜 기울이지 않았는가 하는 점이다. 『표준국어대사전』은 전문 용어를 우대하는 경향이 있어서 '춤길' 같은 무용계 용어까지 실었으며, 교통 분야 전문 용어로 '자동차 전용 도로'를 표제어로 올렸다. 하지만 '자동찻길'이나 '자동차로' 같은 말은 찾아볼 수 없다.

¶리비아^사막(Libya沙漠): 〈지명〉 아프리카 대륙 동북부에 있는 사막. 횡단 자동차로와 대상로(隊商路)가 발달되어 있다.

위 낱말 풀이에 분명 '자동차로'라는 표현이 보인다. 하지만 이 낱말이 별도 표제어로는 올라 있지 않다. 수렛길과 마찻길, 전찻길이 표제어에 있는 만큼 자동찻길이 표제어에 오르지 못할 이유가 없다. 신문 기사에 나오는, 그러나 국어사전에서는 찾을 수 없는 길 이름 몇 개를 알아보자,

▶내년부터 2028년까지 3930억원을 투입해 동해안 바닷가 자동찻길 조성사업을 추진한다고 14일 밝혔다.(국민일보, 2020.4.15.)
▶강진만 해안길을 자전거로 달리며 즐길 수 있는 프로그램이 눈길을 끌고 있다.(무등일보, 2020.6.15.)
▶전남 장성군은 장성호 수변길을 비롯한 주요 관광지의 임시 폐

쇄 기간을 오는 20일까지 연장한다고 6일 밝혔다.(남도일보, 2020.9.6.)

▶ 제9호 태풍 마이삭이 울릉도를 강타하면서 수도와 전기가 끊기고 일주도로가 유실되는 등 최악의 피해가 발생했다.(대구일보, 2020.9.3.)

▶서울의 주요 도로에서 교통통제가 이뤄지면서 차량들이 우회도로로 몰려 출근길 대란이 빚어진 것이다.(한국일보, 2020.8.6.)

▶그동안 제1하수처리장을 진입하는 대형 폐기물 수거 차량 운전자들은 비좁은 천변도로를 우회하며 교통사고 위험을 감내해 왔다.(한국일보, 2020.5.7.)

▶경기도와 경기관광공사는 경기도 외곽을 연결하는 860km 길이 둘레길을 내년까지 조성한다고 27일 밝혔다.(한겨레신문, 2020.9.27.)

▶육중한 돌덩이를 땅에 박아놓은 포석로는 오랫동안 말굽에 닳아 반질반질 윤이 난다.(한겨레신문, 2007.12.31.)

위 기사들에 자동찻길, 해안길, 수변길, 일주도로, 우회도로, 천변도로, 둘레길, 포석로 같은 말들이 보인다. 둘레길은 제주 올레길이 인기를 끌면서 지자체에서 지리산 둘레길, 북한산 둘레길 같은 이름을 붙여 소개함으로써 널리 쓰이기 시작했다. 이런 정겨운 말을 국어사전이 외면하지 말았으면 한다.

포석로는 한자로 '鋪石路'라고 쓴다. 중국의 오래된 도시에 가면 돌을 박아서 단단하게 만든 길을 쉽게 만날 수 있다. 돌을 깔았지만 돌길이나 자갈길과는 다른 성격을 가진 길 이름이다. 포석로가 나오는 대

국어사전 앞에서는 모든 말이 평등해야 한다.

신 낯선 외래어가 『표준국어대사전』에 실려 있다.

> ¶머캐덤^도로(macadam道路): 〈건설〉 자갈을 겉에 펴고 굳게
> 다져 만든 길. = 머캐덤.

일반인들은 거의 들어보지 못했을 이런 전문 용어 대신 포석로를 싣는 게 국어사전다운 일이 아닐까? 『표준국어대사전』 표제어에 '우회도로'라는 말이 없고, 〈우리말샘〉에 '강변 우회 도로'와 '국도 대체 우회 도로'라는 말이 교통 관련 전문 용어로 실려 있으니, 국립국어원이 얼마나 전문 용어를 우대하고 있는지 알 수 있다.

포석로가 나오는 위 기사는 중국의 윈난성(雲南省) 지역을 소개하는 내용의 일부다. 윈난은 차마고도(茶馬古道)가 시작되는 곳이기도 하다. 차마고도는 중국의 차(茶)와 티베트의 말을 교역하기 위해 험준한 산줄기 사이로 뚫은 옛길이다. 인류 역사에서 가장 오래된 교역로로 알려져 있기도 하다. 『표준국어대사전』에는 세계 각지의 수많은 지명이 표제어로 올라 있고, 당연히 '실크 로드(Silk Road)'와 함께 우리말로 번역한 '비단길'도 한 자리를 차지하고 있다. 그렇다면 '차마고도' 역시 한 자리를 차지하고 있어야 균형에 맞는 일이 아닐까? 차마고도는 길이 하도 좁고 가팔라서 새나 쥐만이 넘을 수 있다고 해서 '조로서도(鳥路鼠道)'라는 말로 부르기도 한다. 차마고도가 표제어에 없는데 조로서도가 표제어에 있을 리 없다.

말에 교역할 물품을 가득 싣고 차마고도를 오가던 상인들을 마방(馬幇)이라고 한다. 그래서 차마고도를 마방길이라고 부르는 사람들도 있다. 하지만 국어사전에서는 '마방(馬幇)'이라는 낱말 자체를 찾을 수 없다.

따라쟁이

학교 다닐 때 쉬는 시간이나 점심시간에 교실 앞에 나와 가수나 개그맨의 흉내를 내서 반 아이들을 웃기곤 하는 친구가 한두 명씩은 꼭 있었다. 그런 친구들 덕에 지루한 학교생활을 견디는 데 조금은 힘을 얻을 수 있었다. 그럴듯하게 남의 흉내를 내는 것도 아무나 가질 수 없는 재주여서 타고난 끼가 있어야 가능하다. 하지만 또 사람은 누구나 조금씩 남을 흉내 내는 것을 즐기기도 한다. 특히 어린아이일수록 어른의 행동을 흉내 내는 걸 좋아하고, 그런 과정을 통해 성장의 길로 접어든다.

남의 말이나 행동을 그대로 잘 옮기는 사람을 '흉내쟁이'라 하고, 이 말은 국어사전에 실려 있다. 그런데 요즘은 '따라쟁이'라는 말을 쓰는 사람들이 많이 생겼다. 언뜻 '흉내쟁이'와 같은 말처럼 들리기도 하지만, 쓰임새를 보면 '흉내쟁이'보다 의미 폭이 넓다는 걸 알 수 있다. 특정한 시간에 특정한 장소에서 남의 동작이나 말을 흉내 내는 것이 아니라 일상생활 속에서 남이 하는 걸 그대로 따라 하는 사람들이 있다. 가령 행동이나 말뿐만 아니라 어떤 사람이 입는 옷을 똑같이 따라 입기도 한다. 이런 사람들을 일러 흔히 '따라쟁이'라고 한다.

국어사전 앞에서는 모든 말이 평등해야 한다.

'흉내쟁이' 혹은 '따라쟁이'와 비슷한 뜻을 가진 한자어가 국어사전에 다음과 같이 실려 있다.

> ¶ 응성충(應聲蟲): 사람의 목구멍 속에 있으면서 사람이 말하는 것을 흉내 내는 벌레라는 뜻으로, 일정한 주관이 없이 남이 하는 대로 따라 하는 사람을 이르는 말.

이런 말이 있다는 걸 아는 사람도 거의 없거니와 굳이 어려운 한자어를 살려 쓸 필요도 없다. 그보다는 '따라쟁이'라는 말이 훨씬 정감 있고 좋다. 누가 처음에 만들어서 쓰기 시작했는지 몰라도 이미 우리 생활 속에 깊이 들어와 있는 말이므로 잘 보듬고 가면 좋겠다.

동화책 제목 중에 '따라쟁이'라는 말이 들어간 게 꽤 많다. 1930년대에 주로 활동한 소설가 이태준이 쓴 동화 중에는 '몰라쟁이 엄마'라는 제목을 가진 작품도 있다. 이처럼 '-쟁이'는 다른 말에 붙어서 얼마든지 다양한 특성을 가진 사람들을 가리키는 말을 만들어낼 수 있다. '따라쟁이'뿐만 아니라 요즘은 '거짓쟁이'라는 말도 많이 쓴다. 이 말도 아직 국어사전에 올라 있지 않지만 쓰는 사람들이 늘어나면 결국 국어사전 편찬자들도 외면할 수 없을 것이다.

국어사전에 실린 낱말 하나를 더 소개한다.

> ¶ 만만쟁이: 남에게 만만하게 보이는 사람을 낮잡아 이르는 말.

'만만쟁이'가 국어사전에 표제어로 올라가 있다는 사실을 따라쟁이가 알면 자신도 만만쟁이를 따라서 국어사전 안으로 들어가고 싶어하지 않을까?

신발에 관한 말들

『표준국어대사전』을 볼 때마다 참 신기한 사전이라는 생각을 하곤 한다. 생전 듣도 보도 못 하던 옛날 말이나 이상한 한자어는 잔뜩 모아 놓은 반면 실생활에서 쓰고 있는 말들은 너무하다 싶을 정도로 빠뜨린 게 많기 때문이다.

¶오혁리(烏革履): 〈복식〉 백제 왕이 신던 가죽신.=검정가죽신.

¶오피리(烏皮履): 〈복식〉 악사나 공인들이 신던 끈이 달린 검은 가죽신.=검정가죽신.

¶흑피혜(黑皮鞋): 〈역사〉 조선 시대에, 문무백관이 조복(朝服)과 제복(祭服)에 신던 운두가 낮은 검은 가죽신.

¶흑피화(黑皮靴): 1. 〈복식〉 조선 시대에, 문무백관이 공복(公服)에 맞추어 신던 검은 가죽 목화(木靴). 2. <복식> 전악, 악생, 악공 등이 연주할 때 신던 신. 목이 길며, 검은 가죽으로 목화(木靴)처럼 만들었다.

이런 말들도 실을 수는 있다. 문제는 그 당시 함께 쓰던 말들이 있었

국어사전 앞에서는 모든 말이 평등해야 한다.

지만 일부만 선별해 싣고 있다는 점이다. '오혁리(烏革履)'와 같은 뜻으로 '오위리(烏韋履)'라는 말을 썼다는 기록이 있으나 이 말은 표제어에서 빠졌다. '흑피화(黑皮靴)'만 있었던 게 아니라 자줏빛을 띠는 '자피화(紫皮靴)'도 있었지만 이 말은 『표준국어대사전』 대신 <우리말샘>에만 실려 있다. 그밖에 '황혁리(黃革履)', '황위리(黃韋履)' 같은 말도 옛 기록에 나오지만 '황혁리'는 <우리말샘>에만 있고 '황위리'는 아무 데도 보이지 않는다.

혹시 '경제화(經濟靴)'라는 말을 들어본 사람들이 있는지 모르겠다.

> ¶경제화(經濟靴): 예전에 신던 마른신의 하나. 앞부리는 뾰족하며 울이 깊고, 앞에 솔기가 없이 한 조각의 헝겊이나 가죽으로 만든 것으로 오른편 짝과 왼편 짝의 구별이 없다.

'경제화'는 1920년대 무렵 서양식 신발을 생산하면서 생긴 말이다. 정확한 용어가 정착되지 않았을 때라 '경제화'라는 말과 함께 '편리화(便利靴)', '경편화(輕便靴)'라는 말을 함께 썼다. '편리화'라는 말은 국어사전에 있고, 북한에서는 지금도 쓰고 있는 말이다. 하지만 '경편화'라는 말은 국어사전에서 사라졌다. 이렇게 어떤 말은 선택하고 어떤 말은 버리는 식으로 편찬한 예를 들자면 무척 많다.

옷과 마찬가지로 신발도 남성용과 여성용이 따로 있다. '신사화'와 '숙녀화'라는 말이 『표준국어대사전』에 없다. 심지어 '제화점'이라는 말도 없는데, 다행히 『고려대한국어대사전』은 모두 실어놓았다. 앞의 두 말을 바꾸면 '남성화(男性靴)'와 '여성화(女性靴)'가 되겠는데, 이 말들은 <우리말샘>에만 있다.

외래어로 된 신발 명칭이 『표준국어대사전』에 꽤 많이 실려 있다.

¶캐주얼슈즈(casual shoes): 평상시에 신는 간편한 구두를 통틀
　어 이르는 말.
¶커터슈즈(cutter shoes): 발뒤꿈치가 낮은 여성용 구두.
¶펌프스(pumps): 끈이나 고리가 없고 발등이 깊이 파져 있는
　여성용 구두.
¶부티(bootee): 여성용이나 어린이용의 구두. 목이 단화보다는
　길고 장화보다는 짧다.

'캐주얼슈즈'보다 '캐주얼화'라는 말을 더 많이 쓴다. 하지만 '캐주얼
화'는 〈우리말샘〉에만 있다. 마찬가지로 『표준국어대사전』에는 '러닝
슈즈', '트레이닝슈즈', '스파이크슈즈'만 있을 뿐, '러닝화'는 『고려대한
국어대사전』에, '트레이닝화'는 〈우리말샘〉에 가야 만날 수 있고, '스파
이크화'는 어디서도 만날 수 없다. '육상화' 역시 〈우리말샘〉에만 자리
잡고 있다.

일상 속에서 자주 쓰는 말이 아닌 '커터슈즈'와 '펌프스'의 풀이에
'여성용'이라는 말이 나온다. 그런데 '여성용'과 '남성용'이라는 말이 정
식 국어사전에는 없고 〈우리말샘〉에 가야 있다. 대신 '아동용'이라는
말이 『표준국어대사전』에 있지만 '부티'에 나오는 '어린이용'이라는 말
을 찾으려면 다시 〈우리말샘〉으로 달려가야 한다는 게 함정이긴 하다.

여성들이 신는 구두 중에 굽이 매우 높은 게 있다. 이런 구두를 뜻하
는 '킬 힐(kill heel)'은 〈우리말샘〉에만 있고, 대신 '통굽구두'라는 말이
『고려대한국어대사전』에 있다. 실생활에서는 '통구두'라는 말도 많이
쓰지만 이 말은 어디에도 없다. 굽이 높은 신발이 있으면 반대로 낮은
신발도 있기 마련이다. 『고려대한국어대사전』에 '스니커즈'가, 〈우리말
샘〉에 '로퍼'라는 말이 있다.

¶스니커즈(sneakers): 밑창이 고무로 된 운동화. 굽이 없거나 매우 낮다.

¶로퍼(loafer): <복식> 묶는 끈이 없고 굽이 낮아서 신기에 편한 신발.→규범 표기는 미확정이다.

〈우리말샘〉에 '납작구두'라는 말도 올라 있는데, 이런 말을 잘 살려 쓰면 좋겠다. 『고려대한국어대사전』에 표제어로 '가죽구두'가 있지만 『표준국어대사전』에는 그런 말이 없고 대신 '피혁화(皮革靴)'와 '피화(皮靴)'라는 말만 있다. 이렇듯 『표준국어대사전』은 외래어와 한자어를 우대하면서 우리말 표현에는 인색한 모습을 자주 보여준다.

¶롱부츠(long boots): 무릎 높이의 긴 구두.

¶앵클부츠(ankle boots): 발목까지 덮는 긴 구두.

『표준국어대사전』과 『고려대한국어대사전』에 함께 들어 있는 말들인데, '앵클부츠' 대신 부를 수 있는 우리말은 없을까? '발목부츠'와 '반부츠'라는 말을 사용하는 사람들이 많다. 하지만 두 낱말은 〈우리말샘〉에도 없다. 언어 사용자들이 자발적으로 만들어 쓰는 이런 말들을 국어사전 안으로 끌어들이려는 노력이 필요하다.

구두와 운동화는 끈으로 묶어 조이는 것과 끈이 없는 게 있다. 끈이 달린 걸 '끈구두', '끈신발'이라고 표현하는 걸 접할 수 있는데, 아직 국어사전에 오르지 못한 이런 말들도 제자리를 찾으면 좋겠다. 아울러 『표준국어대사전』 표제어에 '구두끈'이 있고, 거기에 덧붙여 『고려대한국어대사전』에는 '신발끈'도 있지만 '운동화끈'이라는 말은 어디서도 자리를 내주지 않고 있다.

티셔츠의 종류

티셔츠는 남녀 구분 없이 더운 날에 즐겨 입는 웃옷으로, '티샤쓰'와 줄임말인 '티'도 유의어로 인정하고 있다. 티셔츠에도 종류가 많은데『표준국어대사전』에는 '배꼽티' 하나만 표제어로 삼고 있다. 많고 많은 티셔츠 중에 하필이면 '배꼽티'만 표제어로 인정하고 있는 이유는 뭘까? 알 수 없는 일이다.

일상생활에서 사람들이 많이 쓰는 티 이름인 '반팔티', '긴팔티'는 〈우리말샘〉에만, '목티'는 어디에도 없고, '면티'와 '면티셔츠'는『고려대한국어대사전』에 있다. 여기서 잠시 '티셔츠'에 대한 두 사전의 풀이를 보자.

¶티셔츠: 'T' 자 모양으로 생긴 반소매 셔츠.(『표준국어대사전』)

¶티셔츠: 전체 모양이 'T' 자처럼 생긴 셔츠. 앞부분에 단추가 달려 있지 않고 머리 쪽으로 옷을 입고 벗을 수 있게 되어 있다.(『고려대한국어대사전』)

국어사전 앞에서는 모든 말이 평등해야 한다.

티셔츠는 꼭 반소매 형태여야 할까? 『표준국어대사전』은 그렇다는 쪽이고, 『고려대한국어대사전』은 그런 규정이 없다. 그렇다면 사람들은 일상생활에서 어떤 의미로 사용하고 있을까? 인터넷 검색을 해보면 '반팔 티셔츠'와 '긴팔 티셔츠'라는 말을 동시에 쓰고 있음을 알 수 있다. 『고려대한국어대사전』의 풀이가 언어생활의 용례에 부합하는 셈이다. 하지만 『고려대한국어대사전』의 풀이에도 문제가 있다. 앞부분에 단추가 달려 있지 않다고 했지만 상단 부분에 단추가 달린 티셔츠도 존재하기 때문이다. 단추가 없는 티는 보통 '라운드티'라는 말로 부른다. 이 말도 〈우리말샘〉에만 있다. 또 하나의 문제는 『고려대한국어대사전』이 '티샤쓰'를 다음과 같은 내용으로 풀이하고 있다는 사실이다.

¶티샤쓰: 목 부분이 둥근, 'T' 자 모양의 반소매 셔츠.

'티셔츠' 풀이에서는 그런 표현이 없다가 '티샤쓰'에는 왜 반소매라는 표현을 넣었는지 모르겠다. 국어사전 편찬자들의 부주의가 그대로 드러나는 부분이다.

'목티'는 〈우리말샘〉에도 실려 있지 않은데, 폴라에 해당하는 티셔츠라고 할 수 있다. '폴라'는 『표준국어대사전』에는 없고 『고려대한국어대사전』에 다음과 같은 풀이와 함께 실려 있다.

¶폴라[polo neck]: 목을 따라 약간 세운 정도로 되접어서 반대로 꺾는 칼라가 붙은 티셔츠. 또는 그 칼라.

〈우리말샘〉에는 '폴라' 대신 '폴라티'가 실려 있다. 요즘에는 티가 아니라 목만 감싸도록 만든 것도 많이 착용한다. <우리말샘>에 '넥워머'라는 낱말이 나온다.

> ¶넥워머(neck warmer): <복식> 목을 따뜻하게 하려고 목에 두르는 워머.

'넥워머'라는 외래어 대신 '목토시'라는 말을 쓰는 사람들도 많다. 잘 만든 말이라고 생각하지만 이 말도 <우리말샘>에서만 찾아볼 수 있다.

정리를 하자면 '반팔티', '긴팔티', '목티', '목토시' 같은 말들을 정식 국어사전에 올리자는 말이다. 이밖에 <우리말샘>에는 '라운드티', '후드티', '브이넥', '브이넥티' 같은 말들도 올라 있다. 많이 쓰고 있는 말이라면 마땅히 정식 국어사전에 올려야 한다고 본다.

국어사전 앞에서는 모든 말이 평등해야 한다.

삽 이름들

책을 읽다보면 책 속의 내용 파악이 우선이지만 가끔 책 속에 들어 있는 낱말들을 유심히 살필 때가 있다. 최근에 읽은 허문영 시인의 시집 『별을 삽질하다』(달아실, 2019)에 실린 표제시를 보면서도 그랬다. 시 속의 한 구절을 인용하면 이렇다.

"은하수가 폭설로 쏟아져 내려온 산에 흰 눈처럼 쌓여 있으면 눈삽으로 쓸어 모아 신도들 기도 길을 내주시자 하니, 하늘엔 별도 많지만 속세엔 삽도 많다 하시네."

'속세엔 삽도 많다'고 했다. 실제로 서로 다른 용도로 쓰이는 다양한 삽들이 있고, 방금 소개한 시 전문을 보면 '부삽', '각삽', '오삽', '막삽', '꽃삽', '눈삽'이 등장한다. 유의어들도 국어사전에 있는데, '부삽'은 '화삽', '각삽'은 '평삽', '꽃삽'은 '모종삽'과 같이 쓰인다. 이들 말고도 『표준국어대사전』에 '모삽', '돌삽', '야전삽(=보병삽)', '공병삽', '둥근삽', '환삽(丸삽)'이 있고, 『고려대한국어대사전』에는 '나무삽', '흙삽', '염삽(鹽鍤)'이 있다. 유의어 표시는 없지만 뜻으로 봤을 때 '모삽'은 '각삽'

과 같은 형태일 것이고, '염삽(鹽鍤)'은 염전에서 소금을 퍼 담을 때 쓰는 삽이다. 이밖에도 기계로 된 삽이라고 할 수 있는 '동력삽', '전기삽', '굴착삽', '집게삽' 같은 말들이 『표준국어대사전』에 올라 있다. 하지만 그 많은 삽 이름 중에 '오삽'과 '막삽'은 국어사전에서 찾을 수 없다.

그렇다면 이제 '오삽'이 어떤 형태의 삽인지 알아볼 차례다. 인터넷에서 삽을 판매하는 업체가 제공하는 오삽의 이미지를 검색하면 각삽과 형태가 비슷하면서 조금 다르다. 각삽은 날 부분과 자루로 이어지는 부분이 모두 각진 형태라면 오삽은 날 부분은 각이 있으나 자루로 이어지는 부분은 둥글다. 오삽의 '오'를 '크다[大]'의 뜻을 지닌 일본말 '오오(おお)'에서 왔다고 이야기하는 사람들이 많으며, 신빙성 있는 해석이라고 생각한다. 다만 우리말식으로 바꾼 '큰삽'이라는 낱말은 국어사전에 없다.

그렇다면 '막삽'은 어떤 삽일까? 현장에서는 많이 쓰는 말이지만 국어사전에는 오르지 못했다. '막'이라는 말은 '거친', '품질이 낮은', 혹은 '마구 닥치는 대로 하는'이라는 뜻을 가진 접두사로 보아야 할 듯하다. '막사발', '막노동'이라고 할 때 붙는 '막'과 같은 용법으로 봐도 크게 무리가 없을 거라는 얘기다. '막삽'은 우리가 가장 쉽게 볼 수 있는 일반적인 형태의 삽을 가리키는 말이다. 그런데 왜 이 낱말이 국어사전 표제어에 오르지 않았는지 모를 일이다. 그렇다면 이 '막삽'을 가리키는 말로 어떤 게 대신 자리를 차지하고 있을까? 우선 『표준국어대사전』에 나오는 낱말부터 보자.

¶둥근삽: 날이 둥그스름하고 뾰족하게 생긴 삽. 단단한 땅을 팔 때 쓴다.

¶환삽(丸삽): 날이 둥그스름한 보통의 삽을 각삽에 상대하여 이

국어사전 앞에서는 모든 말이 평등해야 한다.

르는 말.

두 삽은 같은 삽일까 아닐까? 유의어 표시는 없지만 풀이해놓은 뜻
으로 보아 같은 삽을 가리키는 말로 보인다. 문제는 두 낱말이 실제 생
활 현장에서 얼마나 쓰이고 있느냐 하는 점이다. 쓰임새가 많지 않거
니와 특히 '환삽(丸삽)'이라는 말은 너무 낯설게 다가온다.

『고려대한국어대사전』에는 두 낱말이 없고 대신 아래 낱말이 실렸다.

¶흙삽(흙鍤): 땅을 파거나 흙을 뜨는 데 쓰는 삽.

'흙삽'이 그럴듯하게 들리긴 하나 이 말 역시 실생활에서 그리 폭넓
게 사용하고 있지는 않다. 세 낱말이 같은 삽을 가리키는 걸로 보이면
서도 풀이는 제각각이라서 혼란스러운데, '둥근삽'의 풀이가 그중 나
아 보인다. 가장 많이 쓰이는 말이 '막삽'이라고 한다면 이제라도 막삽
의 명예를 찾아줄 수 있기를 바란다. 그리고 오삽이 각삽과 형태가 다
른 삽을 말한다면 오삽 역시 국어사전에 올려야 한다고 본다. 일본말
과 우리말이 혼합된 형태라면 그런 사실을 밝혀주면 되는 일이다. 아
니면 '큰삽'이라는 말을 새로 만들어서 유통시키든지. 그러지 않고 엄
연히 많은 사람이 쓰고 있는 말을 내다 버리면 그건 국어사전 편찬자
의 직무 유기가 아닐까?

여기서 잠시 '삽'의 표기를 보자.『표준국어대사전』에서는 '삽'을 고
유어로 봐서 한자 표기를 안 한 반면,『고려대한국어대사전』에서는 한
자를 사용하고 있다. 한자어사전에서 '鍤(삽)'을 찾으면 가래(흙을 파
헤치거나 떠서 던지는 기구), 삽, 굵은 바늘 등의 뜻이 나온다. '삽'이 고
유어냐 한자어냐에 대해서는 한문 공부가 부족해서 판단하기 어렵다.

마시는 차를 뜻하는 한자어 '茶'를 『표준국어대사전』에서는 '다'로만 읽지만, 『고려대한국어대사전』에서는 '다'와 '차' 둘 모두를 인정하고 있는 것과 궤를 같이하고 있으나 이 역시 내 판단을 넘어서는 일이다.

다시 본론으로 돌아와서 삽을 가리키는 다른 낱말들을 살펴보자.

삽을 판매하는 곳에 가면 다양한 이름을 가진 삽을 만날 수 있다. '돌삽'과 '나무삽'은 국어사전에 있는데 '철삽'은 왜 찾을 수 없을까? '철삽'은 삽날뿐만 아니라 자루까지 철로 만든 삽을 가리킬 때 쓴다. 그리고 플라스틱 재질로 된 '플라스틱삽'도 있는데, 눈 치울 때 쓰는 '눈삽'의 재질이 대개 플라스틱으로 되어 있다.

'내리삽'과 '아동삽'도 있다. '아동삽'은 말 그대로 아동용으로 작게 만든 삽으로, 형태는 막삽과 같다. '내리삽'이라는 말은 무슨 삽을 가리키는 말인지 언뜻 알아채기 어렵다. 내리삽 역시 일반 삽에 비해 작은 편이며 각삽과 같은 형태를 하고 있다. 그래서 '미니각삽'이라는 말로 부르기도 한다.

이 밖에 시멘트와 모래를 혼합할 때 쓰는 '비빔삽'이나 정원을 가꿀 때 쓰는 '조경삽' 같은 말도 사용되고 있다. 이런 말까지 국어사전에 올릴 필요는 없겠으나 '철삽', '막삽', '오삽', '내리삽' 같은 말들은 제자리를 찾으면 좋겠다.

삽은 농촌이나 공사장에서 필수품이나 마찬가지인 도구다. 비록 '삽질하다'라는 말이 속된 표현으로 공연히 쓸데없는 짓을 한다는 뜻으로 쓰이긴 하지만, 본래 의미로서의 삽질은 위대한 행위다. 삽질 한 번 안 해본 손을 가진 사람이 노동을 폄훼하는 말을 한다면 지탄받아 마땅하다. 국어사전 편찬자들이 국어사전을 만들면서 삽질을 일삼고 있다고까지 말하고 싶지는 않다. 그분들도 좋은 국어사전을 만들기 위해 노심초사 애쓰고 있을 것이다. 그럼에도 뜻풀이를 충실히 하는 건 물

국어사전 앞에서는 모든 말이 평등해야 한다.

론 지금도 국어사전 바깥에서 존재하되 존재하지 않는 것처럼 취급받는 말들을 찾는 일에 조금 더 정성을 기울여줄 것을 부탁한다.

4부

버림받은 돌 이름들

충남 보령시 웅천읍에 있는 웅천돌문화공원에 다녀온 적이 있다. 충남 보령은 오석(烏石)이 많이 생산되는 곳으로 유명하다. '오석(烏石)'은 까마귀처럼 까만 색깔의 돌이라는 뜻을 담아 붙인 이름으로, 『표준국어대사전』에는 흑요암(黑曜巖)을 가리킨다고 해놓았다.

보령에서 나는 오석을 특별히 '보령오석'이라는 말로 부르기도 한다. 보령오석을 '남포석(藍浦石)'이라고도 하는데, 이는 보령의 남포 지역에서 많이 생산된다고 해서 부르는 이름이다. 『한국민족문화대백과사전』의 '벼루' 항목에 다음과 같은 내용이 실려 있다.

이 가운데서도 충청남도 보령의 남포지방에서 나는 남포석(藍浦石)을 가장 으뜸으로 치는데, 먹을 갈 때 매끄러워 조금도 끈적거리지 말아야 하며, 묵지(墨池: 묵즙을 모으도록 된 오목한 곳으로 연지(硯池)라고도 한다.)에 물을 넣어 두어 10일 이상 되어도 마르지 않는 것을 좋은 벼루로 친다.

웅천읍으로 들어서니 한 집 건너 하나씩이라고 할 정도로 석재상이 늘어서 있다. 방금 말한 '석재상'이라는 말도 국어사전에는 없다. 그만큼 돌이 많이 생산되는 지역임을 알 수 있다. 돌문화공원 안에 석재전시관이 있으며, 각 지역에서 나는 유명한 돌을 사진과 함께 간단한 설명을 달아 전시해놓았다. 돌에 대해 잘 모르는 사람들에게는 낯설기만한 이름들이다. 거기서 만난 돌 이름들은 다음과 같다.

부여 지티석, 정선 대리석, 온양석, 포천석, 가평석, 운천석, 양주석, 온양석, 홍산석, 경주석, 여산 대리석, 음성애석, 해미석.

위 돌 이름들은 생산되는 지역 이름을 앞에 붙인 것들이고, 지역과 상관없는 돌 이름으로는 '까치석'과 '개오석'이 있었다. 개오석은 오석 중에서 품질이 떨어지는 것을 말하는 것임을 쉽게 짐작할 수 있다. 위에 소개한 지역의 돌 이름들 중 '홍산석'이 개오석에 해당한다고 한다. '까치석'은 사진 설명에 따르면 "흰색 줄기와 검은색 줄기가 까치처럼 색상이 들어 있어 까치석이라 부르며 주로 조경석 등에 사용되고 있"다고 한다. 건축을 하는 사람들 입에 많이 오르내리는 돌 이름이다. 요즘에는 인공으로 만든 까치석도 많다고 들었다.

참고로 위의 돌 이름들 중 '음성애석'이 보이는데, '애석'은 국어사전에 올라 있다.

¶애석(艾石): <광업> 검푸른 잔점이 많고 썩 단단한 화강암. 주로 건축 재료로 쓰며 강화도에서 많이 난다.≒쑥돌.

풀이에 보면 '잔점'이라고 붙여 써서 하나의 낱말로 처리하고 있지만 정작 '잔점'은 별도 표제어로 올리지 않았다. 오석과 애석을 제외한

국어사전 앞에서는 모든 말이 평등해야 한다.

다른 돌 이름들은 모두 국어사전에서 찾아볼 수 없다. 그에 반해 다음과 같은 돌 이름들을 만나볼 수 있다.

◖낭간(琅玕): 중국에서 나는 경옥(硬玉)의 하나. 짙은 녹색 또는 청백색이 나는 반투명한 돌로, 장식에 많이 쓴다.

◖단계석(端溪石): 중국의 광둥 성(廣東省) 돤시(端溪)에서 나는 벼룻돌. 휘록응회암의 하나로, 돌의 질이 단단하며 치밀하고 무겁다. 검은색·초록색·자주색·푸른색 따위의 여러 가지가 있는데, 그 가운데 자주색과 검자주색의 것을 가장 좋은 것으로 친다.≒단석(端石).

◖청몽석(靑礞石): 중국 양쯔 강(揚子江) 북쪽에서 나는 돌. 한약재로 쓴다.

◖청주석(靑州石): 중국 산둥 성(山東省) 칭저우(靑州)에서 나는 돌.

◖파이프석(pipe石): 분홍빛 무늬가 있는 점토질의 돌. 아메리칸 인디언이 이것으로 담뱃대를 만들어 썼다.

중국과 아메리카에서 나는 돌 이름은 올리면서 우리나라 각 지역에서 나는 돌 이름은 홀대하는 이유가 뭘까? 위에 소개한 돌 이름들 말고도 찾아보면 다양한 이름을 가진 돌들이 더 있을 것이다. 전부는 아니더라도 웬만큼은 추려서라도 올려야 하지 않을까? 화강암이니 현무암이니 하는 식으로 붙인, 광물 분류에 따른 이름만 중요하다는 생각을 버렸으면 한다. 지역명이 붙은 다른 물건들 이름이 국어사전에 많이 올라 있다는 것도 참고가 될 듯하다.

¶ 성천초(成川草): 평안남도 성천 지방에서 나는 담배.

¶ 영흥진사(永興辰沙): 함경남도 영흥군에서 나는 사기.

¶ 영양초(英陽椒): 경상북도 영양 지방에서 나는, 질이 좋은 고추.

¶ 함양징(咸陽징): 경상남도 함양에서 생산되는 징.

¶ 해묵(海墨): 황해도 해주에서 나는 먹.

무척 많지만 그중에서 몇 개만 소개했는데, 남포석처럼 지역명을 딴 돌 이름도 이들과 같은 대우를 받을 수 있기를 바란다. 모르긴 해도 성천에서 난다는 담배보다 남포에서 나는 돌이 훨씬 유명할 것이다.

끝으로 쓰임새에 따라 붙이는 이름들을 생각해보자. 『표준국어대사전』에 '경계석', '조각석' 정도가 올라 있고, '조경석'과 '표지석'은 『고려대한국어대사전』에만 올라 있다. 기념석, 간판석, 의자석, 휘호석 같은 말도 석재상들 사이에서 많이 쓰이는데, 이들 낱말에 대해서도 국어사전 표제어 등록 여부에 대해 진지하게 검토해볼 필요가 있다.

▶문화재청은 전문가 현지 조사 결과 사적 제280호 '서울 한국은행 본관' 정초석 글씨가 이토 히로부미의 글씨라는 사실을 확인했다고 21일 밝혔다.(한국일보, 2020.10.21.)

▶이번 낙성식 이후 석등 앞에 함께 배치한 배례석(拜禮石)은 영주 부석사 등에서 보듯이 공양이나 예배를 드리는 용도로 만들어진 것이다.(경향신문, 2019.10.28.)

기사에 나오는 '정초석(定礎石)'과 '배례석(拜禮石)'도 국어사전에 없다.

국어사전 앞에서는 모든 말이 평등해야 한다.

놋그릇을 만들 때 쓰는 말들

어느 집이나 망치 같은 연장 하나쯤은 가지고 있을 텐데, 국어사전은 망치를 뭐라고 풀이해놓았을까?

¶망치: 단단한 물건이나 불에 달군 쇠를 두드리는 데 쓰는, 쇠로 만든 연장. 모양은 마치와 비슷하나 훨씬 크고 무거우며 자루도 길다.

망치보다 작은 걸 '마치'라고 한다는 걸 알아내는 소소한 즐거움을 느낄 수 있다. 하지만 풀이가 엉성한 데다 잘못된 부분도 보인다. "쇠로 만든 연장"이라고 표현한 부분인데, 망치를 주로 쇠로 만들기는 하지만 나무나 플라스틱 같은 재질로 만들기도 한다. '나무망치'라는 낱말을 따로 표제어로 올려놓았음에도 그런 사실을 잊은 듯하다.

망치의 종류에 어떤 것들이 있나 살펴보다 아래 낱말을 만났다.

¶곁망치: 예전에, 놋점에서 망치질을 전문으로 하던 사람 가운데서 곁딸린 망치꾼. 망치꾼에는 이 밖에 앞망치, 선망치가 있었다.

'놋점'은 놋그릇을 만드는 공장을 말한다. 풀이를 통해 '곁망치'는 망치질 잘하는 사람을 곁에서 도와주는 망치꾼을 뜻하는 말임을 알겠는데, '앞망치'와 '선망치'는 어떤 사람을 가리키는지 궁금했다. 하지만 아무리 찾아도 표제어에 '앞망치'와 '선망치'가 보이지 않았다. 심지어 '망치꾼'도 없었다. 망치꾼의 종류가 여럿이고 그런 사실을 풀이에서 밝혔다면, 다른 망치꾼도 찾아서 함께 표제어로 올리는 수고를 했어야 한다. 혹시나 해서 『고려대한국어대사전』도 찾아보았지만 거기는 앞망치와 선망치는 물론 곁망치도 나와 있지 않았다.

할 수 없이 방짜(품질이 좋은 놋쇠를 녹여 부은 다음 다시 두드려 만든 그릇) 만드는 과정을 다룬 글들을 찾아보았다. 그랬더니 처음 들어보는 낱말들이 우르르 딸려 나왔다.

> ▶방짜유기장도 사정은 비슷하다. 방짜유기 작업엔 원대장, 앞망치 대장, 가질 대장, 네핌 대장, 겟 대장, 곁망치 장, 안풍구 장 등 6~7명의 장인이 한 조를 이뤄 작업을 하게 된다. 그러나 현재 원대장만 중요무형문화재로 지정된 상태다.(세계일보, 2010.10.14.)

위 기사를 비롯해 여러 자료를 통해 찾은 낱말들을 정리해보았다. 모두 국어사전에서 볼 수 없는 낱말들이며, 뜻은 내 나름대로 풀이한 탓에 정확하지 않을 수도 있다.

¶놋성기: 놋쇠로 만든 그릇.
¶퉁성기: 퉁쇠(품질이 낮은 놋쇠)로 만든 그릇.

국어사전 앞에서는 모든 말이 평등해야 한다.

* <우리말샘>에서는 '성기'를 '놋그릇'을 가리키는 평안도 방언으로 소개하고 있다.

¶반방짜: 주물 방법으로 그릇의 형태를 만든 다음 끝마무리를 방짜 방법으로 만든 것.

¶양대(良大): 평안북도의 납청 지방에서 만들던 방짜.

¶바둑: 녹인 쇳물을 부어서 만든 둥근 모양의 합금 덩어리. 모양이 바둑알 같다고 해서 붙인 이름이며 '바데기'라고도 한다.

¶용탕(鎔湯): 주물(鑄物)을 만들기 위해 녹인 쇳물.

¶부질: 녹인 쇳물을 틀에 부어 원하는 기물을 만드는 과정.

¶네핌질(넓힘질): 바둑을 불에 달구고 망치로 쳐서 넓히는 일.

¶우김질: 얇게 편 판을 여러 장 겹쳐 틀을 만드는 일.

¶냄질: 우김질한 바둑을 하나씩 떼어내는 일.

¶닥침질(싸개질): 우김질한 것을 당기며 쳐서 늘리는 일.

¶벼름질(벼림질): 겉면을 다듬는 일.

¶가질: 흠이 난 것을 제거해 놋쇠 특유의 색이 나오도록 전체 또는 일부를 깎아내는 일.

¶제질: 망치로 쳐서 제 모양을 잡는 일.

¶원대장: 방짜 제작의 전체 작업을 지휘하는 사람.

¶앞망치^대장: 원대장의 맞은편에 앉아 화덕에서 가열한 바둑을 모루 위에 올려놓고 벼름질과 우김질을 하는 사람.

¶네핌^대장: 네핌질할 때 달구어진 바둑을 모루 위에 올려놓아 겟망치와 센망치가 메질을 할 수 있도록 하는 사람.

¶가질^대장: 가질대에 앉아 기물을 마무리하는 사람.

¶겟^대장(갯^대장): 좋은 구리와 주석을 선별하여 정확히 합금해서 용해하는 일을 하는 사람.

¶ 센망치(셋망치): 가열된 바둑을 세게 내리쳐 늘이는 일을 하는 사람.

¶ 안풍구: 원대장의 조수로 화덕에 불을 피우고, 화력을 유지시키는 풀무꾼.

¶ 바깥풍구: 용해작업을 할 때 풀무질을 하거나 용탕을 들어내는 등 용해를 돕는 사람.

내가 찾은 자료들에 따르면『표준국어대사전』의 '곁망치' 풀이에 나오는 '선망치'는 '센망치(혹은 셋망치)'의 잘못으로 보인다.

위에 내가 정리한 낱말들 말고도 대장간에서 쓰는 말들이 더 있을 것이다. 가령 망치를 비롯해 각종 공구나 작업대를 가리키는 이름들이 있을 수 있다. 아니면 낫이나 호미 같은 농기구의 종류만 찾아도 무척 많을 것이다. 참고로 대구의 팔공산 근처에 가면 <방짜유기박물관>이 있다. 국어사전 편찬자들이 그곳에 가서 국어사전이 빠뜨린 낱말들을 찾아보면 좋겠다. 그게 힘들면 인터넷 검색이라도 열심히 해보면 어떨까?

국어사전 앞에서는 모든 말이 평등해야 한다.

찻사발과 놋사발

경북 문경시에서는 해마다 '문경찻사발축제'를 열고 있다. 2020년에 이미 22회에 이르렀으며, 외국인도 많이 찾는다고 한다. 그런데 축제의 주인공인 '찻사발'이 아무리 국어사전을 뒤져도 나오지 않는다. 대신 '다완(茶碗)'이라는 한자어가 표제어로 올라 있다.

¶ 다완(茶碗): 차를 마실 때 사용하는 사발.

차를 마실 때는 보통 작은 잔을 사용한다. 하지만 가루로 된 말차를 타서 마실 때는 커다란 사발을 이용한다. 사발에 가루차를 넣은 다음 뜨거운 물을 붓고 솔로 거품이 일 정도로 잘 저은 다음에 마신다. 이때 말차를 타서 마시는 사발이 찻사발이다. '다완'이라는 어려운 말보다 '찻사발'이라는 말이 훨씬 알아듣기 쉽고 정감이 간다. 하지만 국어사전은 입말보다 글말을 우선하는 탓인지 '찻사발'을 내치고 있다.

'찻사발'이 국어사전에 올라 있지 않다보니 사람들 사이에서 '차사발'과 '찻사발'이 함께 쓰이고 있다. 이 부분은 '茶'라는 한자를 '다'로 읽을 것이냐, '차'로 읽을 것이냐 하는 문제와 얽혀 있다. 한글맞춤법 규정에 따르면 두 음절로 된 한자어 중에서 '곳간, 셋방, 숫자, 찻간, 툇간, 횟수'에만 사이시옷을 쓰도록 하고 있다. '찻사발'은 세 음절이라는 점에서 위 규정에 딱 들어맞지 않는 면이 있다. 다만 한글맞춤법 규정 해설에 나와 있는 다음 구절을 차용해서 생각해볼 수는 있다.

'찻잔, 찻종'에서의 '차'가 순우리말이냐 하는 의문이 있을 수 있겠으나, 예로부터 '茶' 자의 새김[訓]이 '차'였으므로, 한자어 '다(茶)'와 구별한 것으로 해석된다.

위 해설처럼 『표준국어대사전』 편찬자들은 '茶'를 '다'라고만 읽으며, '차'는 한자어가 아닌 순우리말로 받아들인다. 차가 순우리말이라면 '차사발'보다는 '찻사발'을 쓰는 게 맞을 듯하며, 실제 발음에도 부합한다고 하겠다.

내친김에 문경찻사발축제 홈페이지에 나와 있는 소개글에서 국어사전에 없는 낱말을 찾으니 다음과 같은 것들이 나왔다.

¶귀때사발, 귀대접, 식힘사발, 식힘그릇: 이 낱말들은 모두 잎차를 우리기 위해 끓인 물을 알맞은 온도로 식힐 때 쓰는 그릇을 말한다. 같은 뜻을 지닌 한자어 '숙우(熟盂)'는 국어사전에 올라 있는데, 우리말로 된 용어는 찾을 수 없다. 참고로 '귀때'는 "주전자의 부리같이 그릇의 한쪽에 바깥쪽으로 내밀어 만든 구멍. 액체를 따르는 데 편리하도록 만들어져 있다"라는 풀이와 함께 올라 있다. 귀때사발 대신 '귀때그릇'이 표제어에 있다.

¶찻상보: 찻상을 덮는 보자기.

¶차포(茶布), 차석(茶席): 넘치는 찻물을 흡수하거나 다른 데로

국어사전 앞에서는 모든 말이 평등해야 한다.

흘러가지 못하도록 찻상 위에 깔아 두는 물건. 면으로 된 것은 차포, 대나무나 등나무 껍질로 만든 것은 차석이라고 한다.

¶차선(茶筅), 찻솔: 차선 혹은 찻솔은 찻사발에 가루차를 넣고 더운물을 부어 차와 물이 잘 섞이게 휘저어 거품을 내게 하는 도구이다. 차선은 대나무를 잘게 쪼개어 만들며 60선에서 200선까지 다양하게 있다.

¶차선꽂이: 차선의 모양이 흐트러지지 않고 본래대로 잘 마르도록 하기 위해 꽂아두는 다구.

『표준국어대사전』 편찬자들이 '茶'를 '차'로 읽는 것을 거부하면서 사람들이 실생활에서 사용하는 말을 담아내지 못하는 문제점이 생긴다. 위 낱말들 중에서 '차선'은 '다선'으로 『표준국어대사전』에, '차포'는 '다포'로 〈우리말샘〉에 올라 있다. 하지만 '차포'와 '차선'이라는 말도 활발하게 쓰고 있는 게 현실이다. 아래 낱말도 차를 즐기는 사람들이 쓰고 있지만 국어사전에서는 찾아볼 수 없다.

¶백탕기: 차를 우려서 다 마신 후에 찻사발 바닥에 조금 깔려 있는 차를 헹구어 마실 때 쓰는 물을 담아두는 작은 주전자.

여기서 잠깐 '사발'이라는 말에 대해 생각해보자. '사발(沙鉢)'은 한자의 뜻 그대로 풀이하면 사기로 만든 그릇을 말하며, 국어사전에서도 그렇게 풀이했다. 그런 풀이에 의하면 '냉면사발'은 틀린 말이다, 냉면을 담는 그릇은 대부분 스테인리스 재질로 되어 있기 때문이다. 국어사전의 풀이를 충실히 이행하려면 '냉면사발'이라는 말 대신 '냉면대접'이라는 말을 써야 한다.

말을 자신들이 만든 고정된 틀 안에 가두어두려는 욕망이 국어학자나 국어사전 편찬자들의 머리에 깊이 새겨져 있다. 그러다보니 사람들이 편하게 쓰는 말을 틀린 말이라고 붉은 줄을 긋는 참사(?)가 발생한다. 그렇게 따지면 오백 원짜리 하얀 동전은 '동전'이라 부르면 안 되고 '가죽지갑'이라는 말도 틀린 말이 된다. 동전의 '銅'은 구리를 뜻하고, 지갑의 '紙'는 종이를 뜻하기 때문이다. 말의 쓰임은 시간이 지나면서 변하기 마련이고, 그 과정에서 어원 의식이 희박해지거나 새로운 뜻이 덧붙기도 한다. 그런 현실을 고려해서 유연하게 접근할 필요가 있다. '놋사발' 같은 말도 '놋주발'이라고 해야 한다는데, 북한에서 펴낸 『조선말대사전』에는 '놋사발'을 표제어로 올렸다. 사발을 풀이할 때 '사기로 만든 그릇을 말하며, 최근에는 놋쇠나 스테인리스 등으로 만들기도 한다' 정도로 풀이해주는 게 바른 해결책일 것이다.

　　국어학자나 국어사전 편찬자들에게만 말의 옳고 그름을 판별하는 권력을 주는 것이 옳은지 곰곰이 따져볼 일이다.

국어사전 앞에서는 모든 말이 평등해야 한다.

활과 관련한 말들

부천 원미산 자락에 있는 시립도서관에 자료를 찾으러 갔다 돌아오는 길에, 근처에 있는 활박물관에 들렀다. 활과 관련된 전시물도 볼 겸, 국어사전에 없는 낱말들을 만날 수 있을 거라는 생각을 했다.

활은 보통 국궁과 양궁으로 나뉘는데 활박물관은 국궁만 다루고 있다. 그 외에 석궁(石弓)이라는 것도 있는데, 우선 『표준국어대사전』의 풀이를 보자.

¶석궁(石弓): 중세 유럽에서 쓰던 활의 하나. 돌을 쏘는 데에 썼다.

돌을 쏜다는 말이 아무리 생각해도 납득되지 않는다. 『고려대한국어대사전』에서는 어떻게 풀이했는지 보자.

¶석궁(石弓): 중세 유럽에서 쓰던 활의 하나. 몸체는 나무나 철로 만들고 중앙에 화살의 방향을 정하기 위한 홈이 파인 대와 시위를 당겼다 놓는 장치가 붙어 있다.

더 자세한 풀이가 달렸어도 돌을 쏜다는 말은 보이지 않는다. 『표준
국어대사전』 편찬자는 '돌 석(石)'을 써서 그렇게 풀이한 모양이지만,
말도 안 되는 엉터리다. 석궁을 영어로 'crossbow'라고 하는데, 누군가
엉뚱하게 '돌 석(石)'을 넣어서 번역하는 바람에 이런 오해가 빚어진 것
으로 보인다. 석궁은 보통 기계식 장치를 달아 화살을 발사하며, 이와
비슷한 무기로 우리 전통 무기에 쇠뇌라는 게 있다. 일반 화살보다 멀
리 나아가고 살상력이 뛰어나다.

이번에는 활박물관에서 만난 낱말들을 살펴보자. 설명판에 실린 구
절과 거기 나오는 낱말들이다. 그러고 보니 '설명판'이라는 낱말도 국
어사전에 나오지 않는다.

활은 형태에 따라서 뻗어 있는 직궁(直弓)과 굽어 있는 만궁(彎弓)으
로 구분한다. 또한 길이가 2m 이하로 중국, 몽골, 우리나라 등 동북
아시아의 유목민족들이 주로 사용하는 단궁(短弓)과 2m 이상으로
주로 산림이나 해안지대의 민족들이 주로 사용하는 장궁(長弓)으로
구분할 수 있다. 재료에 따라서는 대나무 등의 목재를 사용하여 하
나의 재료로 간단하게 만든 단순궁(單純弓)과 끈, 동물의 힘줄 등으
로 활채를 강화시킨 강화궁(强化弓), 세 가지 이상의 재료를 덧붙여
만든 복합궁(複合弓)으로 구분한다.

위에 나오는 활 이름 중 『표준국어대사전』에 아래 낱말들이 실려 있다.

¶직궁(直弓): 곧은 활채를 휘어서 시위를 메운 활. 활채의 탄력이
굽은 활보다 못하다.

¶만궁(彎弓): 활을 당김.

¶장궁(長弓): 앞을 순전히 뿔로 만든 각궁(角弓).

¶복합궁(複合弓): 나무토막을 이어서 만든 활. 길이가 짧고 좁은 것이 특징이다.

'직궁(直弓)'을 제외한 세 낱말의 풀이가 이상하다. '만궁(彎弓)'의 풀이에 활을 당긴다는 뜻만 있고 활의 종류를 가리킨다는 설명이 없다. 북한의 『조선말대사전』을 보니 거기에는 '굽은 활'이라는 풀이가 더 달려 있다. 남한의 국어사전은 왜 그런 설명을 빼먹었을까? '장궁(長弓)'의 풀이는 더 이상하다. 활에 관한 다른 자료를 찾아봐도 길이에 대한 내용만 나올 뿐, 뿔로 만들었다는 내용은 보이지 않는다. 그리고 '복합궁'은 나무토막을 이어서 만든 게 아니다. 『한국민족문화대백과사전』에서 '활' 항목을 찾으면 "복합궁은 나무. 대나무. 뿔[角] 그리고 건(腱) 등을 붙여서 만든 활"이라는 설명이 나온다.

그 외에 '단궁(短弓)', '단순궁(單純弓)', '강화궁(强化弓)'은 표제어에 없다. 이어서 다른 설명판의 내용을 보자.

고려 시대의 활에는 동궁, 장엄궁, 세궁, 각궁이 있고…… 고려 말에는 화약의 제조를 바탕으로 주화(走火)라는 로켓식 화살을 만들었다.

국어사전에 '장엄궁(莊嚴弓)'과 '주화(走火)'가 없다. '장엄궁'은 고려 시대 화살의 하나로 임금이 행차하는 의식에 쓰였다. '주화'는 고려 말에 최무선이 만든, 폭발물을 장치한 화살이다. 이후 조선 시대에 '주화'를 개량해서 만든 게 '신기전'이다.

¶신기전(神機箭): 예전에, 화약을 장치하거나 불을 달아 쏘던 화
살. 신호용으로 사용하였다.

표제어로 올린 건 좋은데, 역시 풀이가 이상하다. 신기전은 신호용
으로 사용된 게 아니라 공격용으로 사용되었다.

깔지는 시위와 활(목소)을 동여 놓는 끈이다. 쏘지 않을 때 끼워
놓기 때문에 보궁(保弓)이라고도 하고, 쏠 때 손가락에 끼우기 때
문에 삼지끈(三指끈)이라고도 한다.

'삼지끈'이라는 낱말은 표제어에 있지만 '깔지'와 '보궁(保弓)'은 보
이지 않는다. 대개 가죽으로 만든다. 그 밖에 활박물관에서 만났으나
국어사전에 오르지 못한 낱말들을 소개한다.

¶궁기병(弓騎兵): 말을 탄 채 화살을 쏘는 병사.
¶흑각궁(黑角弓): 흑색의 물소 뿔로 만든 활.
¶백각궁(白角弓): 백색의 물소 뿔로 만든 활.
¶핍(乏): 과녁의 좌우 양편에 화살을 막기 위해 설치한 가림막.
¶심코: 시위 줄을 활의 고자에 거는 고리.
¶궁창: 활의 뒤틀림을 잡는 틀.
¶어궁(御弓): 임금이 사용하는 활.
¶어시(御矢): 임금이 사용하는 화살.

어궁(御弓)과 어시(御矢)는 임금이 쓰던 것들이다. 이 활과 화살은

국어사전 앞에서는 모든 말이 평등해야 한다.

언제 사용했을까? 『표준국어대사전』에 아래 낱말이 나온다.

¶대사례(大射禮): <역사> 임금이 성균관에 행차하여 옛 성인에게 제향한 뒤에 활을 쏘던 의식.

대사례을 행할 때 임금이 활 쏘는 순서와 신하들이 활 쏘는 순서가 있다. 임금이 활 쏘는 의식을 어사례(御射禮), 신하들이 활 쏘는 의식을 시사례(侍射禮)라고 했다. 하지만 '어사례'와 '시사례'라는 말은 국어사전에서 빠졌다. 임금의 활과 화살을 꽂아두는 곳을 '전가(箭架)'라고 하는데, 이 말도 빠진 건 마찬가지다.

활과 관련한 말 중에 국어사전에 없는 낱말 두 개만 더 소개하려고 한다. 활을 쏘는 데 있어 가장 중요한 게 손과 팔이다. 그래서 나온 게 '활장갑'과 '완대(腕帶)'다.

활장갑은 활을 잡은 손인 줌손에 끼는 장갑이다. 마찰력을 크게 해서 활을 꽉 움켜쥘 수 있게 하고, 혹시라도 화살이 잘못 발사되어 손을 다치게 할 거에 대비해서 보호하는 역할을 한다. 활쏘기 장면을 그린 김홍도의 그림에서 활장갑을 낀 모습을 볼 수 있으며, 육군박물관에 옛 활장갑이 보관되어 있다. 궁수갑(弓手甲)이라고도 한다.

완대(腕帶)는 활을 쏠 때 소맷자락을 묶어주는 물건이다. 아무래도 소맷자락이 거치적거리면 활을 쏘는 데 방해가 되므로 궁수는 팔에 완대를 차야 한다. 『표준국어대사전』에서 '완대'를 찾으면 다음과 같은 말만 나온다.

¶완대(緩帶): 1. 허리띠를 늦추어 맴. 또는 그렇게 맨 허리띠. 2. 긴장했던 마음을 느슨히 함을 비유적으로 이르는 말.

허리띠를 가리키는 완대(緩帶)만이 아니라 팔에 차는 완대(腕帶)도 있다는 걸 국어사전 편찬자들은 미처 몰랐던 모양이다. 이 완대(腕帶)라는 말은 활과 상관없는 분야에서도 쓰인다.

▶혈압을 잴 때 팔을 감는 완대의 위치는 심장과 같은 높이로 맞춰야 한다.(한겨레신문, 2006.11.14.)

혈압을 잴 때 팔꿈치 위쪽 부분에 둘둘 말아서 감는 도구를 사용한다. 영어로는 보통 커프(cuff)라고 하는데, 언제부터 누가 사용했는지는 모르겠으나 '완대(腕帶)'가 그런 기구를 설명하는 말로 알맞다는 생각이 든다.

박물관에서 돌아와 국어사전에서 활과 화살에 대한 낱말을 찾다가 아래 낱말을 만났다.

¶현자총통(玄字銃筒): <역사> 임진왜란 때에 차대전(次大箭)이란 화살 끝에 화약 주머니를 매달아 쏘던 작은 대포.

풀이에 차대전(次大箭)이라는 화살 이름이 나오지만 이 낱말은 정작 표제어에 없다. 어떤 형태로 된 화살인지 몰라서 그랬을까? 『한국민족문화대백과사전』을 보니 차대전 항목에 다음과 같이 자세한 설명이 달려 있다.

화살의 전신(箭身)은 벌목(伐木)한 지 2년 된 나무로 총 길이 6척 3촌 7분, 둘레지름[圓徑] 2촌 2분이고, 무게는 7근에 이른다.

국어사전 앞에서는 모든 말이 평등해야 한다.

위아래는 모두 쇠로 장식(裝飾)하는데, 위는 2척 4촌 7분이며, 이어 철깃[鐵羽]으로 길이 1척 3촌 세 개로 전신에 세모진 모양으로 꽂아 철고(鐵箍) 세 개를 나누어 고정하며, 전의 끝에는 5촌 철촉(鐵鏃)을 끼워 이를 현자총통에 장전하여 발사하면 사정거리는 2,000여 보에 이른다.

설명에 나오는 전신(箭身)과 철깃, 철우(鐵羽) 역시 표제어에서 찾을 수 없다. 차대전(次大箭)은 대전(大箭)보다 조금 작은 화살이라고 해서 붙인 이름이다. 『한국민족문화대백과사전』에는 삼총통(三銃筒)에 사용하던 차중전(次中箭)과 사전장총통(四箭長銃筒)에 사용했다는 차소전(次小箭)도 나온다. 하지만 국어사전 표제어에는 삼총통과 사전장총통은 물론 차중전과 차소전도 없다. 이번에는 차대전보다 크다는 대전(大箭)이라는 화살에 대해 알아보자.

¶대전(大箭): 큰 어살.

이 낱말은 『표준국어대사전』에만 나오는데, 풀이가 참 불친절하다. 어살이 무얼까 궁금해서 찾아보니 물고기를 잡을 때 쓰는 장치라는 뜻을 가진 낱말만 보이고 화살과 관련한 낱말은 보이지 않는다. 어살이라는 말을 어디서 가져왔는지 도무지 알 길이 없어 궁금하기 짝이 없다.

찾아보면 빠진 낱말이 더 있겠으나 이 정도에서 그치기로 한다. 활박물관은 사라지거나 잊히기 쉬운 우리 활과 관련한 물품과 용어들을 정성스레 찾아서 모셔두었다. 그런데 왜 국어사전은 우리말들을 제대로 찾아 모을 생각을 하지 않는 걸까?

사라진 가게 이름들

사회가 변함에 따라 다양한 것들이 따라서 변하거나 사라졌다. 그 중에서 가게 이름들을 살펴보려고 한다. 조선 시대를 비롯해 과거에는 어떤 가게들이 있었을까?

> ¶유분전(有分廛): <역사> 국역(國役)을 부담할 의무가 있는 서울 도성 안의 가게. 평시서에서 그 분수를 정하였는데 열 등급으로 나누었다.
>
> ¶무분전(無分廛): <역사> 조선 시대에, 국역(國役)의 부담이 면제되었던 영세한 가게. 재목을 파는 가게와 채소를 파는 가게, 구멍가게 따위가 있는데, 평시서에서 그 자본 능력에 따라 정하였다.

세금을 내는 유분전에는 육의전 혹은 육주비전이라고 하는 가게들이 속해 있었으며, 그에 해당하는 가게 이름은 모두 국어사전에 표제어로 올라 있다. 그렇다면 무분전에 속했던 가게 이름들은 어떨까? 종류가 무척 많았는데, 그중 상당수가 『표준국어대사전』에 실려 있기는 하다. 먼저 실려 있는 낱말들을 보자.

¶ 우전(隅廛): 과물을 파는 가게.

¶ 백립전(白笠廛): 백립을 파는 가게.

¶ 흑립전(黑笠廛): 예전에, 옻칠을 한 검은 갓을 팔던 가게.

¶ 염전(鹽廛): 소금을 파는 가게.

¶ 침자전(針子廛): 바늘을 파는 가게.

¶ 도자전(刀子廛): 작은 칼과 패물 따위를 파는 가게.

¶ 고초전(藁草廛): 예전에, 볏짚. 이엉. 섬. 바자 따위를 팔던 가게.

¶ 저전(猪廛): 예전에, 돼지를 파는 가게를 이르던 말.

¶ 초물전(草物廛): 예전에, 돗자리. 광주리. 바구니. 초방석. 비. 나막신 따위 잡살뱅이를 팔던 가게.

¶ 창전(昌廛): 예전에, 말리지 않은 쇠가죽을 팔던 가게.

¶ 잡철전(雜鐵廛): 잡철을 파는 가게.

¶ 마상전(馬床廛): 마구(馬具), 관복(官服), 갓 따위를 팔던 가게.

¶ 족두리전(족두리廛): 족두리를 파는 가게. 부녀자들의 노리개도 함께 판다.

¶ 장목전(長木廛): 온갖 재목을 파는 가게.

¶ 시목전(柴木廛): 예전에, 땔나무를 팔던 가게.

풀이를 보면 일관성이 없다. 어떤 가게는 '팔던'이라고 했고, 어떤 가게는 '파는'이라고 했다. 지금의 과일가게를 예전에 '우전(隅廛)'이라고 했다는 걸 아는 사람이 얼마나 될까?(『표준국어대사전』에는 '과일가게'라는 말이 없고 '과일전'과 '과일점'만 있다). '백립전'이나 '흑립전'

같은 가게가 지금 어디에 있는가? 모두 "예전에 ~을(를) 팔던 가게"라고 풀어주어야 한다. '백립전'의 풀이는 너무 불친절하다. 왜 독자에게 '백립'이 무언지 다시 찾아야 하는 수고를 끼치는 걸까? 『고려대한국어대사전』은 같은 낱말을 "예전에, 흰 베로 만든 갓을 파는 가게를 이르던 말"이라고 풀이했다.

이번에는 무분전에 이름을 올렸지만 국어사전에 실리지 않은 가게 이름들을 알아보자. 채소를 파는 '채소전(菜蔬廛)', 망건을 파는 '망건전(網巾廛)', 씨앗을 파는 '종자전(種子廛)'처럼 쉽게 이해할 수 있는 가게 이름도 있지만 언뜻 이해하기 쉽지 않은 가게 이름도 많다. 뜻은 내가 아는 대로 조사해서 풀이했다.

¶염혜전(鹽醢廛): 소금과 각종 젓을 팔던 가게.

¶세물전(貰物廛): 세를 받고 물건을 빌려주던 가게.

¶내외세기전(內外貰器廛): 세를 받고 그릇을 빌려주던 가게.

¶전촉전(箭鏃廛): 화살의 촉을 팔던 가게.

¶교자전(轎子廛): 가마를 팔던 가게.

¶상미좌반전(上米佐飯廛): 상등미와 반찬을 팔던 가게.

¶혜정교잡전(惠政橋雜廛): 조선 시대 경복궁 앞길에서 잡화를 팔던 가게.

¶조리목전(條理木廛): 가늘고 길게 베어낸 막대기를 팔던 가게.

¶계아전(鷄兒廛): 달걀을 팔던 가게.

¶백당전(白糖廛): 엿이나 사탕을 팔던 가게.

옛 기록에 따르면 무분전에 속한 가게 종류가 90여 개에 이르렀다고 하니, 위에 소개한 가게 말고도 더 많은 가게가 있었을 것이다. 이런

국어사전 앞에서는 모든 말이 평등해야 한다.

가게 이름을 모두 국어사전에 올릴 필요가 있겠냐는 질문을 할 법도 하다. 그렇다면 다음 기사를 보자.

▶이번 홍성내포축제는 (…) 계아전, 옹기전 초물전, 유기전 등 갖가지 물건들을 펼쳐놓은 상인과 물건을 사기 위해 흥정하는 평범한 장터의 모습에서 사람 사는 훈훈한 정을 느낄 수 있을 것이다.(충청일보, 2009.07.27.)

전통문화를 복원하고자 하는 모습을 다양한 곳에서 만날 수 있다. 위 기사를 보다가 '계아전'이나 '초물전' 같은 낱말을 보면 무슨 뜻인지 궁금해하는 사람들이 있지 않을까? 그럴 때 필요한 게 바로 국어사전이라고 한다면, 같은 성격의 낱말 중 어떤 건 싣고 어떤 건 싣지 않는 식의 편찬은 바람직하지 않다. 가령 '재래시장'은 표제어에 올리고 '전통시장'이나 '풍물시장', '상설시장' 같은 말은 〈우리말샘〉에만 맡겨놓는 건 문제가 있다. 같은 이유로 소를 파는 '우시장', 금을 거래하는 '금시장' 같은 말은 올리면서 '가축시장'은 〈우리말샘〉에, '곡물시장'은 아예 모른 체하는 것도 이해하기 어렵다.

¶향시(鄕市): <역사> 삼국 시대부터 조선 초기까지 지방에서 열리던 장시(場市).
¶연시(年市): 1년에 한두 번 정기적으로 열리는 큰 장(場). 중세 유럽에서는 기독교의 축일과 결부되어 제시(祭市)로 발달하였다. 일반적으로 먼 곳에서 오는 값비싼 상품을 거래하였는데, 견본 시장이나 박람회의 시초가 되었다.

시장이 지방에서만 열렸을까? 나라의 수도에서 열린 시장을 '경시 (京市)'라고 했는데, 이 말이 국어사전에는 없다. 일 년에 한 번 열리는 '연시(年市)' 외에 일주일에 한 번 열리는 '주시(週市)'도 있다고 하지만 이 말 역시 찾아볼 수 없고, 심지어 '연시' 풀이 중에 나오는 '제시(祭市)'도 표제어에 없다.

¶번개시장(번개市場): 아침에 잠깐 섰다가 어느 틈에 파장이 되어 버리는 무허가 시장.

'번개시장'이라는 말보다 〈우리말샘〉에만 보이는 '새벽시장'이라는 말을 더 많은 사람들이 쓴다는 걸 국어사전 편찬자들은 모르고 있었음이 분명하다. 수산물이나 의류 등 특정 분야의 물품을 파는 가게들이 모여 있는 '특화시장'도 있으나 역시 국어사전 안에는 들어가지 못했다.

국어사전 앞에서는 모든 말이 평등해야 한다.

옛날 두건과 모자 이름들

『표준국어대사전』에 '백두건(白頭巾)'이 있기에 '흑두건(黑頭巾)'도 당연히 있으려니 하다 혹시 몰라 찾아봤더니 안 보인다. 대신 '흑건'만 다음과 같이 나온다,

¶흑건(黑巾): 1. 검은빛을 띤 쓰개의 하나. 2. <복식> '복건'을 달리 이르는 말.

그렇다면 옛날에 '흑두건'이라는 말이 쓰이지 않았다는 얘긴가? 그럴 리는 없을 것 같아 『조선왕조실록』을 찾아보았다.

▶졸곡(卒哭) 후에는 백의(白衣). 흑두건(黑頭巾). 흑대(黑帶)를 착용하고.(「세종실록」 134권)

'흑건'도 많이 쓰였지만 '흑두건'도 꽤 많이 쓰였음을 확인할 수 있었다. '흑건'과 '흑두건'이 같이 쓰였다면 '백건'과 '백두건'도 같이 쓰이지 않았을까? 그런데 어쩐 일인지 이번에는 '백건'이 표제어에 없다. 어

쩔 수 없이 다시 『조선왕조실록』을 찾아볼 수밖에.

> ▶상여를 운반할 때 담군(擔軍)들이 다 백건(白巾)을 사용하였다
> 고 하여.(「인조실록」 42권)

'백건' 역시 '백두건'과 함께 상당히 많이 등장한다. 『표준국어대사
전』 편찬자는 무슨 생각으로 이렇게 표제어 처리를 했는지 궁금하지
만 속을 들여다볼 길이 없다. 흑색과 백색 말고 다른 색으로 된 두건도
존재했으리라는 건 쉽게 짐작할 수 있다. 『표준국어대사전』에는 '홍건
(紅巾)'과 '청건(靑巾)'을 표제어로 올렸다. 여기서 끝일까? 『조선왕조
실록』 안에 『표준국어대사전』에 나오지 않는 다른 빛깔의 두건 이름이
등장한다.

> ▶각각 1인이 이를 쥐는데, 청의(靑衣)에 자주색 두건[紫巾]을 착
> 용한다.(「세종실록」 132권)
> ▶공인(工人) 20인은 적건(赤巾)을 쓰고 적의를 입게 하며.(「세
> 종실록」 133권)
> ▶혹은 사찰에서 혹은 여염에서 황건(黃巾). 소복(素服)으로 징을
> 올리고 북을 칩니다.(「중종실록」 8권)

'자건(紫巾)'과 '적건(赤巾)'은 그렇다 쳐도 어떻게 '황건(黃巾)'을 빼
놓을 수 있었을까? 중국 후한(後漢) 말기에 황건(黃巾)을 머리에 두른
무리가 일으킨 게 '황건(黃巾)의 난(亂)'이고 그들을 일러 '황건적(黃巾
賊)'이라고 했다는 건 중학생 정도만 돼도 아는 일 아닌가.

국어사전 앞에서는 모든 말이 평등해야 한다.

¶각두건(角頭巾): 머리와 얼굴을 가리는 데 쓰는, 모가 난 두건.

『표준국어대사전』에 나오는 말이다. 우선 풀이에서 머리와 얼굴을 가린다는 표현이 걸린다. 머리와 이마라면 몰라도 얼굴을 왜 가린단 말인가. 정말 이런 두건이 있었을까?

¶평정건(平頂巾): <복식> 각 사(司)의 서리가 머리에 쓰던, 앞이 낮고 뒤가 높아서 턱이 진 두건 모양의 관모. 유각(有角) 평정 건과 무각(無角) 평정건의 두 종류가 있다.

『표준국어대사전』에 나오는 말이다. 풀이에 '유각 평정건'과 '무각 평정건'이 나온다. 이와 함께 『조선왕조실록』에는 '유각두건(有角頭 巾)'과 '무각두건(無角頭巾)'이라는 말이 여러 차례 등장한다. 각이 진 두건과 각이 없는 두건을 가리킨다. '각두건'이라는 말이 독립적으로 쓰인 용례는 찾지 못했다. 그러므로 '각두건'이라는 말을 올리는 것도 좋지만 그와 함께 '유각두건'과 '무각두건'을 구분해서 표제어로 올렸 어야 한다.

『한국민족문화대백과사전』에는 옛날 사람들이 썼던 두건과 모자를 가리키는 말이 무척 많이 나온다. 세월과 시대가 지나면서 모자 역시 다 양한 형태로 바뀌었을 테니, 그에 따른 이름도 많았으리란 건 당연하다. 그리고 『표준국어대사전』에도 그에 상응하는 만큼 꽤 많은 낱말들을 표제어로 올렸다. 하지만 앞서 살펴본 것처럼 누락된 말들도 많다.

『표준국어대사전』에는 다음과 같이 독특한 발음을 가진 낱말도 실 려 있다.

¶건괵(巾幗): 예전에, 부인들이 머리를 꾸미기 위하여 사용하였던 쓰개의 하나. 고구려 때부터 사용된 것으로 오늘날 머릿수건의 효시라고 할 수 있다.

여자들이 사용하던 건이 있었다면 어린이들이 사용하던 건도 있었을 것이다. 사내아이들이 머리에 쓰던 '호건(虎巾)'이라는 게 있었으나 이 말은 국어사전에 오르지 못했다. '호건(虎巾)'은 사내아이가 명절이나 생일 등에 머리에 쓰던 것으로, 씩씩하게 자라기를 바라는 마음을 담아 윗부분에 호랑이 모습을 수로 놓았다.

¶백라관(白羅冠): <복식> 고구려 때에, 임금이 쓰던 모자.

'나관(羅冠)'이 따로 표제어에 있으며, 비단으로 만든 모자를 말한다. 문제는 백색의 나관만 있는 게 아니라 기록에는 '청라관(靑羅冠)'이나 '자라관(紫羅冠)'도 있었지만 달랑 '백라관'만 표제어로 올렸다는 사실이다.

¶조우관(鳥羽冠): <복식> 삼국 시대에, 벼슬아치들이 쓰던 관. 삼국 시대의 기록에 따르면, 절풍건, 피관(皮冠), 나관 따위의 관모 좌우에 새의 깃털을 꽂아 벼슬의 높고 낮음을 가렸다고 하는데, 이는 고구려 고분 벽화 인물도에서 그 실제를 볼 수 있다.

'조우관'과 함께 새의 꼬리털을 꽂은 '조미관(鳥尾冠)'도 있었으나 이 말 역시 표제어에서 빠졌다. 풀이에 있는 '피관(皮冠)'은 <우리말샘>

국어사전 앞에서는 모든 말이 평등해야 한다.

에만 있다.

〈우리말샘〉에만 실려 있는 낱말로 다음과 같은 것들이 있다.

¶고모(高帽): 예전에, 귀족들이 예복 차림을 할 때에 쓰던 높은 모자.

¶공정책(空頂幘): 조선시대 왕세자 또는 왕세손이 관례 전에 착용하던 관모.

¶금화대모(金花大帽): 황금색 꽃으로 장식한 모자. 크라운이 높고 고깔 모양이며, 붉은색의 끈으로 턱 아래에 매어 고정한다.

'고모(高帽)'보다는 '고정모(高頂帽)'와 '고정립(高頂笠)'이라는 말을 많이 썼으며, 고려에서 조선 초기까지 사용했다. '공정책(空頂幘)'뿐만 아니라 백제 사람들이 썼다고 하는 '무후책(無後幘)'이라는 모자도 있었다. '금화대모(金花大帽)'는 고려 시대에 왕실을 지키던 병사들이 쓰던 모자인데, 풀이에 그런 설명이 없다. 더구나 풀이 중에 '크라운'이라는 외래어까지 써서 마치 다른 나라의 모자인 것처럼 오해할 소지가 많다. 내가 〈우리말샘〉을 정식 국어사전으로 인정하지 않는 이유 중의 하나가 이런 식의 허술한 풀이 때문이기도 하다.

이 밖에 국어사전에 실리지 않은 것들로 고려 시대에 임금이 쓰던 '오사고모(烏紗高帽)', 조선 시대에 임금이 쓰던 '충천각모(衝天角帽)', 구한말 때 문관들이 쓰던 '진사고모(眞絲高帽)' 등도 있었음을 덧붙인다.

수목모자와 수목두루마기

소설가 강경애의 대표작 중 하나인 『소금』에는 "남편은 벽에 걸어 두고 아끼던 수목두루마기를 꺼내 입고 문밖을 나섰다"라는 구절이 있고, 조지훈의 「눈 오는 날에」라는 시는 "검정 수목두루마기에 / 흰 동정 달아 입고 / 창에 기대면"이라고 시작한다.

'수목'은 무얼 뜻하는 걸까? 『표준국어대사전』에 나온 '수목'의 풀이 를 보자.

¶ 수목: 낡은 솜으로 실을 켜서 짠 무명.

낡은 솜을 이용해서 만든 무명이니 보통 무명에 비해 질이 낮을 건 당연한 일이다. 그런데 옛사람들은 왜 하필 수목을 이용한 두루마기를 입고 다녔던 걸까?

▶ 내 살림 내 것으로 조선 사람 조선 것을 부르짖고 수목두루마 기 수목모자를 쓰기 시작한 지도 오늘로써 첫돌을 맞게 되얏 다. (동아일보, 1924. 2.5.)

국어사전 앞에서는 모든 말이 평등해야 한다.

이 기사의 내용을 제대로 이해하려면 1920년대에 펼쳐진 조선물산 장려운동에 대해 알아야 한다. 『표준국어대사전』에 나온 '조선물산장 려운동' 항목은 이런 설명을 달고 있다.

¶조선^물산^장려^운동(朝鮮物産奬勵運動): <역사> 일제 강점 기에, 우리 민족이 펼친 경제 자립 운동. 1922년 조만식을 중심 으로 평양에 설립한 조선 물산 장려회를 계기로 서울의 조선 청년 연합회가 주동이 되어 전국적 규모의 조선 물산 장려회를 조직하고, 국산품 애용. 소비 절약. 자급자족. 민족 기업의 육성 따위를 내걸고 강연회와 시위. 선전을 벌였다. 1932년 이후 일 제의 탄압으로 명맥만 유지하다가, 1940년 조선 물산 장려회가 강제로 해산되어 끝났다.≒물산 장려 운동.

위 설명에 나오는 것처럼 처음에는 평양에서 먼저 조선 물산 장려회 를 조직했고, 이후 전국 규모의 단체로 확대했는데, 그게 1923년의 일 이다. 앞서 소개한 동아일보의 1924년도 기사에서 첫돌이라고 한 건 이런 사정에 닿아 있다. 조선 물산 장려회는 조선인의 자립 경제를 우 선으로 내세웠으며, 이를 실현하기 위해 국산품(당시에는 '토산품'이 라는 말을 더 많이 썼다) 애용 운동을 벌였다. 아직 공업이 발달한 단 계가 아니라 생활필수품인 의복이라도 우리 것으로 지어 입자는 게 핵 심 내용 중의 하나였다. 조선 물산 장려 운동을 소개하는 『한국민족문 화대백과사전』에 다음과 같은 대목이 나온다.

가두행렬에서는 조선 8도의 특산 포(布)로 기를 만들어 앞세우기로 하였다. 즉, 경기도는 강화 반포(班布: 반베), 충청도는 한산 세저(細苧: 모시), 강원도는 철원 명주(明紬), 전라도는 전주 우초(牛綃), 경상도는 안동 갈포(葛布: 삼베), 황해도는 해주 백목(白木), 평안도는 안주 고라(古羅), 함경도는 육진 환포(環布)로 제작하였다.

특산 포(布)로 기를 만들기로 한 건 서양이나 일본에서 수입한 옷감을 사용하지 말자고 다짐하기 위함이었다. 위 내용에 나오는 옷감 중 우초(牛綃), 고라(古羅), 환포(環布)는 국어사전에 실려 있지 않다. 이 중에서 '고라(古羅)'는 잘못 표기한 것으로, 당시의 신문기사를 확인해 본 결과 '항라(亢羅)'로 되어 있다. '우초(牛綃)'와 '환포(環布)'는 당시에 그 지역에서 생산하는 옷감이었을 텐데, 어떤 종류의 옷감이었는지 내 능력으로는 확인할 길이 없다. 다만 '우초(牛綃)'의 '우(牛)'가 '생(生)'과 모양이 비슷하므로, 신문 조판 과정에서 '생사(生絲)로 얇고 성기게 짠 옷감'을 뜻하는 '생초(生綃)'의 오식이 아닐까 짐작할 뿐이다.

이와 같은 물산 장려 운동의 흐름에서 나온 게 바로 '수목모자', '수목치마', '수목두루마기' 같은 것들이었다. 그런데 애초에 조선 물산 장려회에서 제안한 건 조금 달랐다. 다음은 조선 물산 장려회 창립식에서 결의한 내용의 첫 번째 항목이다.

▶일(一), 의복은 위선(爲先) 남자는 주의(周衣)를 여자는 치마를 본목(本木)으로 염색하야 음력 정월 일일부터 즉행(即行)할 일.

'주의(周衣)'는 두루마기를 이르는 한자어인데, '본목(本木)'은 무얼 뜻하는 말일까?

국어사전 앞에서는 모든 말이 평등해야 한다.

¶본목(本木): 다른 섬유가 섞이지 않은 순수한 무명.

조선 물산 장려 운동으로 인해 '본목두루마기'와 '본목치마'라는 말도 생겼으나, 실제 사용된 용례를 보면 '수목두루마기', '수목모자', '수목치마' 같은 말들이 더 많이 쓰였다. '본목(本木)'과 '수목'이라는 말이 실생활에서 크게 구분하지 않고 사용된 것으로 보이는데, 검소함을 뜻하는 데는 '수목'이 더 어울려서 많이 사용된 듯하다.

옛날 자료에서 '수목'을 간혹 한자로 '水木'으로 표기한 것이 눈에 띄기도 한다. 1920년대에 발행된 신문에 한자를 써서 '水木帽子'를 판매한다는 광고가 실리기도 했다. 하지만 '수목'이 한자어에서 온 것인지는 불명확하며, 그래서 국어사전에 그냥 우리말로 실었을 것이다.

'수목모자'와 '수목두루마기'를 합성어로 인정해서 국어사전에 표제어로 올리면 어떨까 싶다. 모자가 들어간 합성어로 '빵모자', '고깔모자', '운동모자', '밀짚모자', '사각모자', '뾰족모자', '납작모자' 심지어 '터키모자'까지 실려 있으며, 두루마기가 들어간 합성어로 '잘두루마기', '백두루마기', '먹두루마기', '솜두루마기', '색동두루마기' 등 열 개 이상 실려 있다. 솜을 이용한 '솜두루마기'와 수목을 이용한 '수목두루마기'는 둘 다 재료를 앞에 배치해서 같은 조어법을 사용한 낱말 아닌가.

물론 '수목모자'와 '수목두루마기' 같은 말은 이제 거의 쓰지 않고 있다. 하지만 그렇게 따지면 예전에는 사용했으나 지금은 거의 사용하지 않는 낱말이 국어사전 안에 얼마나 많겠는가. 검은담비의 털을 안에 대어 지어 만든 '잘두루마기'라는 말을 누가 쓰고 있으며, 뜻을 제대로 이해할 수 있는 사람이 몇이나 될지 생각해보자.

머리도 아무럿케 깍그시고 수염도 안 깍그신데다 조선 수목두루막
이 더구나 무릅까지 올너오는 짧다란 것-그리고 더욱 놀내인 것은
보선에다 고무신을 신으신 것이엿습니다.

『별건곤』 1933년 4월호에 '급사가 본 조만식 씨'라는 제목으로 실린
글의 한 대목이다. 당시 조선일보 사장이던 조만식 선생에 대한 묘사
가 구체적이다. 조만식 선생은 조선 물산 장려 운동을 주창하고 앞장
섰던 분이다. 그래서 평생 수목두루마기를 입고 다니셨다. 수목두루마
기에 담긴 그런 정신과 역사성을 국어사전이 끌어안을 수 있다면 그것
도 의미 있는 일이 아닐까?

궁중 제사에서 사용하던 말들

『표준국어대사전』에는 조선 시대 궁중에서 제사를 지낼 때 사용하던 용어들이 무척 많이 실려 있다. 보통 사람들은 접할 기회가 거의 없는 낯선 말들이지만 대사전이므로 그런 용어들을 담아둔다고 해서 탓할 일은 아니다. 다만 어떤 용어는 싣고 어떤 용어는 제외하고 있다는 사실에 대해서는 짚고 넘어갈 필요가 있다.

> 변(邊)에 건조(乾棗), 형염(形鹽), 어수(魚鱐), 백병(白餠), 녹포(鹿脯), 진자(榛子), 흑병(黑餠), 능인(菱仁), 감인(芡仁), 율황(栗黃), 구이(糗餌), 분자(粉養)를 담고, 두(豆)에는 근저(芹菹), 순저(筍菹), 비석(脾析), 청저(菁菹), 구저(韭菹), 토해(兎醢), 어해(魚醢), 돈박(豚拍), 녹해(鹿醢), 담해(醓醢), 이식(酏食), 삼식(糝食)을 담는다.

「세종실록」 128권에 나오는 구절이다. 이 중에서 『표준국어대사전』에 실리지 않은 건 '형염(形鹽)', '흑병(黑餠)', '이식(酏食)'이다. '흑병(黑餠)'이 검은 빛깔의 떡이란 건 어렵지 않게 알 수 있는데, '형염(形鹽)'과

'이식(酏食)'은 설명이 없으면 이해하기 어려운 낱말이다. 실록에 실린 주(註)에 다음과 같은 설명이 달려 있다.

> ¶형염(形鹽): 제사에 쓰는 소금. 소금을 괴어서 호랑이 모양으로 만들어 제기(祭器)에 담음.
> ¶이식(酏食): 차기장으로 만든 떡.

'백병(白餠)'이 있으면 당연히 '흑병(黑餠)'이 있을 거라는 건 누구나 짐작할 수 있음에도 '백병'을 실으면서 '흑병'을 표제어에서 빼놓았다. '삼식(糝食)'과 대응하는 '이식(酏食)'을 빼놓은 것 역시 마찬가지다. 「세종실록」 27권에는 소나 양의 젖으로 만든 음식인 '타식(駝食)'도 나오지만 이 말 역시 『표준국어대사전』에는 없다. 실수로 뺄 수는 있지만 그런 실수가 너무 많이 보인다는 게 문제다.

> ¶삼식(糝食): <역사> 궁중에서, 제사 지낼 때 두(豆)에 담던 제물.
> ¶구이(糗餌): 마른 밥. 제사 때 변(籩)에 담는 제물(祭物)의 하나 이다.

'삼식(糝食)'의 풀이는 너무 불친절하다. 어떤 종류의 음식인지 밝히지 않고 있기 때문이다. 실록의 주에 달린 설명에 따르면 쌀가루를 섞어 끓인 국이라고 되어 있다. 더 정확하게는 쌀가루와 함께 고기를 넣어서 끓인 음식을 이른다. '구이(糗餌)'의 풀이는 잘못되었다. '마른 밥'이라고 했지만, 실록의 주에는 '볶아 말린 쌀의 음식'으로 되어 있다. 표현이 깔끔하지 않은데, 볶은 쌀을 가루로 낸 다음 반죽하여 찐 음식을 말한다.

국어사전 앞에서는 모든 말이 평등해야 한다.

위 낱말들의 풀이에 '두(豆)'와 '변(籩)'이 나오는데, 둘 다『표준국어대사전』에 실려 있다. 그런데 제물을 담는 그릇으로 방금 말한 두 종류만 있는 게 아니라는 점이 문제다. 양념이나 간을 하지 않은 국을 담는 그릇인 '등(鐙)'과 양념을 한 국을 담는 '형(鉶)'이 있다. 하지만 이 낱말들은『표준국어대사전』에서 빠졌다.

이 밖에도『표준국어대사전』에 실리지 않은 말로 다음과 같은 것들이 있다.

> 사헌부(司憲府)에 전지(傳旨)하기를, "응방 관리(鷹坊官吏)가 치해(雉醢)를 천신(薦新)하는 일을 궐(闕)하였고.(「세조실록」 34권)

'토해(兎醢)', '어해(魚醢)', '녹해(鹿醢)', '담해(醓醢)'는 실었으면서 꿩고기로 담근 것인 '치해(雉醢)'는 없다.

> 첫째 줄은 가이(斝彝), 황이(黃彝)이고, 둘째 줄은 착준(著尊), 세째 줄은 호준(壺尊), 네째 줄은 산뢰(山罍)이다. 모두 작(勺)과 멱(羃)을 얹어서 북향하게 하여 서쪽을 위로 한다.(「세종실록」 135권)

국어사전에 '가이(斝彝)'와 '황이(黃彝)'는 있으나 '착준(著尊)'과 '산뢰(山罍)'는 없으며, '호준(壺尊)'은『고려대한국어대사전』에만 있다. '저준'으로도 읽는 '착준(著尊)'은 짐승 모양의 귀가 양쪽에 달려 있는 모양을 한, 제사에 사용할 술을 담는 동이를 가리킨다. '호준(壺尊)'도 역시 술동이로, 입구가 넓고 몸체가 불룩하다. 착준(著尊)은 양(陽)을 상징하고 호준(壺尊)은 음(陰)을 상징한다. '산뢰(山罍)'는 산과 구름 모양을 겉에 새긴 놋쇠로 만든 술동이다. 이들 낱말이 빠진 이유를 굳이 거론하는 건 제례에 사용하는 술동이 종류인 '산준(山尊)', '대준(大尊)', '희준(犧尊/犧樽/犧罇)', '상준(象樽)' 같은 낱말들은 표제어에 올라 있기 때문이다.

'작(勺)'과 '멱(羃)'을 『표준국어대사전』에서 찾으면 다음과 같이 나온다.

> ¶작(勺): 1. 부피의 단위. 액체나 씨앗 따위의 양을 잴 때 쓴다. 한 작은 한 홉의 10분의 1로 18mL에 해당한다. 2. 땅 넓이의 단위. 한 작은 한 평의 100분의 1로 0.0330579㎡에 해당한다.
> ¶멱(羃): <수학> 같은 수나 식을 거듭 곱하는 일. 또는 그렇게 하여 얻어진 수. 제곱, 세제곱, 네제곱 따위가 있다. = 거듭제곱.

실록에 나오는 '작(勺)'은 술이나 기름, 죽 따위를 풀 때 쓰는 도구인 구기를 뜻하고, '멱(羃)'은 착준이나 호준과 같은 술동이를 덮는 덮개를 뜻한다. 하지만 아무리 살펴봐도 국어사전의 '작'과 '멱' 항목에는 그런 풀이가 보이지 않는다. 위의 풀이에 비해 덜 중요하다고 여겨서 빼놓았기 때문일까? 알 수 없는 일이다.

다음 낱말들을 보자.

> ¶우성(牛腥): 소의 날고기.
> ¶양성(羊腥): 제사를 지낼 때 제기에 괴어 담는 양고기의 날것.
> ¶돈성(豚腥): 돼지고기의 날것. 제사를 지낼 때 조(組)에 담아 두(豆) 앞에 놓는 제물(祭物)이다.

모두 같은 용도로 쓰던 날고기인데, 풀이 방식이 제각각이다. 이 낱말들은 실록에 다음과 같은 방식으로 여러 차례에 걸쳐 나온다.

하나는 우성(牛腥)을 담고, 하나는 양성(羊腥)의 칠체(七體)를 담는데, 양쪽 허파와 양쪽 어깨와 양쪽 갈비에다가 등심을 아울러 쓰되, 허파는 양쪽 끝에 놓고, 어깨와 갈비는 그 다음에 놓고, 등심은 한가운데 놓는다. 두 앞에 놓는 조에는 시성(豕腥)의 칠체를 담는데, 그 배치하는 순위는 양성과 같이한다.(「세종실록」 27권)

여기서 눈여겨봐야 할 건 '시성(豕腥)'인데, 『표준국어대사전』에는 이 말이 보이지 않는다. 『조선왕조실록』에 '돈성(豚腥)'은 딱 한 번 나오지만 '시성(豕腥)'은 40여 차례나 나온다. 그런데 왜 『표준국어대사전』은 '시성(豕腥)'을 빼고 '돈성(豚腥)'만 표제어로 올렸을까? '돈(豚)'과 '시(豕)'가 둘 다 돼지를 뜻하기는 하지만, 실제로 쓰인 말을 우선하는 게 상식에 맞는 일 아닐까?

용찬(龍瓚)은 울창(鬱鬯)을 담는 그릇인데도 탁자 위에 올린 적이 없으니.(「정조실록」 24권)

'울창(鬱鬯)'은 제례에서 신을 불러 모시는 용도로 쓰는 술을 말하며, 『표준국어대사전』 표제어에 있다. 하지만 울창을 담는 그릇을 뜻하는 '용찬(龍瓚)'은 보이지 않는다.

모혈(毛血)을 담은 반(槃)과 간요(肝膋)를 담은 등(鐙)을 앞 기둥 사이에서 가져와서 모두 들여와 신위(神位) 앞에 드린다.(「세종

실록」 98권)

'모혈(毛血)'은 표제어에 있지만 '간요(肝膋)'는 없다. 간요(肝膋)는 짐승의 간과 창자 사이에 낀 기름을 뜻한다.

이런 식으로 국어사전 편찬자가 특별한 기준도 없이 제외시킨 용어들을 찾자면 한이 없다. 차라리 모두 안 실었으면 모르겠으되, 싣기로 했으면 제대로 찾아서 싣는 수고를 했어야 한다.

빠진 낱말들에 대한 탐색은 이 정도로 하고, 표제어에 실리긴 했지만 풀이가 잘못된 것들 몇 가지를 짚어보려고 한다.

¶ 조(俎): 제사(祭祀) 때에 고기를 얹어 놓는 그릇.
¶ 천조(薦俎): 소, 양, 돼지고기 익힌 것을 올려놓는, 나무로 만든 제기(祭器).
¶ 모혈반(毛血盤): 종묘나 사직의 제향에 쓰던 짐승의 털과 피를 불사를 때에 쓰는 받침 그릇.

'조(俎)'와 '천조(薦俎)'를 거의 같은 뜻으로 풀었는데, 아무리 봐도 이상하다. '천(薦)'은 늘어놓거나 올린다는 뜻이다. 그러므로 '천조(薦俎)'는 제기(祭器)를 뜻하는 게 아니라 고기를 담은 조(俎)를 올리는 행위를 뜻하는 말이다. 이런 임무를 맡은 사람을 '천조관(薦俎官)'이라 하는데, 이 말 역시 『표준국어대사전』에는 없으며, <우리말샘>에서 찾아볼 수 있다.

'모혈반(毛血盤)'의 풀이에서 털과 피를 불사를 때에 쓰는 그릇이라고 했는데, 털은 그렇다 치고 피를 불사른다면 이상하지 않은가. 그냥 털과 피를 담는 그릇이다. 그리고 제례가 끝나면 털과 피는 불사르는 게 아니라 땅에 묻는다.

'이(彝)'라고 이르는 물건이 있다. 종묘 제사 때, 강신(降神)에 쓰는 물이나 술을 담는 그릇을 말한다. '계이(鷄彝)', '조이(鳥彝)', '호이(虎彝)', '유이(蜼彝)', '가이(斝彝)', '황이(黃彝)'가 있으며, 모두 표제어로 올라 있다. 그중에서 두 개의 낱말 풀이를 보자.

¶조이(鳥彝): 이(彝)의 하나. 그릇의 표면에 새의 그림이 새겨져 있다.
¶황이(黃彝): 이(彝)의 하나. 그릇의 표면이 황금으로 장식되어 있다.

'조이(鳥彝)'의 풀이에서 새라고 했는데, 정확히 말하면 봉황이다. '황이(黃彝)'에서 '황금으로 장식되어 있다'라고 한 건 엉터리다. 황금 장식이 아니라 누런 황금빛을 띤 두 개의 눈동자를 새겨놓았다.

산판(山坂) 관련한 말들

산에서 나무 베는 일을 업으로 삼는 사람들을 흔히 벌목공 혹은 벌목꾼이라고 한다. 그런 사람들을 예전에는 산판꾼 혹은 산판일꾼이라고 했다. 하지만 벌목공이 아닌 다른 두 낱말은 국어사전에 없다. 대신 산판(山坂)에서 나무 베는 일을 뜻하는 '산판일'은 표제어에 있다. 그렇다면 그런 일을 하는 사람을 뜻하는 말이 있었을 테고, 지금 많이 쓰는 말인 '벌목공'이나 '벌목꾼'이라고 하지는 않았을 건 분명하다. 그런데 왜 '산판꾼'이 됐건 '산판일꾼'이 됐건 국어사전 안에 그런 말이 없는 걸까? 『한국민족문화대백과사전』은 '산판일꾼'이라는 항목을 설정해 산판일에 대해 자세히 설명하고 있다. 대신 『고려대한국어대사전』에 '산판쟁이'라는 말이 있다.

> ¶산판쟁이(山坂쟁이): 나무나 풀 따위를 함부로 베지 못하도록 하여 가꾸는 산에서 몰래 나무를 베어다 팔아먹고 사는 사람을 얕잡아 이르는 말.

풀이에 나오는 "나무나 풀 따위를 함부로 베지 못하도록 하여 가꾸는 산"이 바로 '산판(山坂)'이다. 우리말로는 '멧갓'이라고도 했다. 산판은 남벌(濫伐)을 우려해 국가가 보호하고 관리하는 경우가 많았다. 나무를 베어내는 일터 자체를 산판이라고도 한다. 그런데 '산판쟁이'의 풀이가 좀 이상하다. 풀이대로 하자면 불법 채벌을 하는 사람 즉 도벌꾼을 뜻하는 말이라는 건데 선뜻 동의하기 어렵다. 당연히 그런 행위를 하는 사람들이 있었겠지만, 그런 사람들을 '산판쟁이'라는 말로 불렀다는 근거가 어디에 있는지 모르겠다. 산판에 대해 쓴 글들을 보면 대체로 '산판꾼'과 '산판쟁이'를 같은 뜻으로 사용하고 있다. '꾼'과 '쟁이' 사이의 의미상 거리도 그리 멀지 않다. 더러 '채벌꾼'이라는 말을 사용하는 것도 볼 수 있는데, '채벌꾼'이라는 말에서는 불법이라는 뉘앙스가 강하게 풍긴다.('채벌꾼'도 국어사전에는 없다). '산판꾼'은 벌목을 허가받은 산판에서 일을 하고 임금을 받는 노동자였다.

일꾼들이 마을에서 산판까지 오르내리거나 산판에서 베어낸 나무를 운반하는 차가 다니려면 길을 내야 하는데, 이런 길을 '산판길'이라고 한다. 하지만 이 말도 국어사전에는 없다. '임도(林道)'라는 한자어가 표제어에 있긴 하지만, 그렇다고 해서 '산판길'이라는 말을 버릴 수는 없는 일이다.

일꾼도 맡은 역할에 따라 부르는 이름이 달랐다. 『한국민족문화대백과사전』의 설명에 다음과 같은 구절이 나온다.

> 이때의 산판일꾼으로는 나무를 베는 벌작군(伐斫軍)과 그것을 져내는 부출군(負出軍)이 있었다. …… 당시 산판일꾼은 나무를 베는 작동, 베어낸 나무를 산 아래까지 운반하는 운자, 나무를 메고 트럭에 싣는 상차로 구분되었으며, 나중에는 각각 작동군. 하산군. 목도군으로 불렸다.

위 문장에 나오는 '벌작군', '부출군', '작동군', '하산군' 같은 말 역시 국어사전에는 없다. 다만 '목도군'은 '목도꾼'이라는 말로 국어사전에 표제어로 올라 있다.

> ▶언덕배기에 도달하자 벌채한 원목을 쌓아두었던 펑퍼짐한 집목장(集木場)이 나왔다.(국제신문, 2012.6.7.)

배성동 소설가가 옛날에 산판을 하던 곳들을 찾아다니며 쓴 기행문에 나오는 구절이다. 글에 나오는 '집목장(集木場)' 역시 국어사전에 없다.

'산판꾼'과 '산판일꾼' 대신 『겨레말 갈래 큰사전』(박용수 지음)에는 '산판사람'이라는 말을 실었다. '벌작군(伐斫軍)'이나 '부출군(負出軍)'처럼 조선 시대에나 썼을 법한 말은 그렇다 쳐도 보통 사람들이 자주 쓰던 말만큼은 국어사전 속에 자리 잡을 수 있도록 해야 한다. 그리고 보니 산으로 삼을 캐러 다니는 사람을 뜻하는 '채삼꾼(採蔘꾼)'이라는 말은 표제어에 있어도 사금을 캐러 다니는 사람을 뜻하는 '사금꾼(砂金꾼)'이라는 말도 국어사전에서 찾을 수 없다.

국어사전 앞에서는 모든 말이 평등해야 한다.

달항아리와 돌항아리

'글항아리'라는 이름을 가진 출판사가 있다. 대표가 출판사 이름을 지을 때 달항아리 작품 전시를 찾아다니는 재미에 빠져 있었다고 한다. 그러다보니 자연스레 출판사 이름을 '글항아리'로 짓게 지었단다. 그만큼 달항아리가 매력 있게 다가왔던 모양이다.

'달항아리'는 17세기 초부터 18세기까지 제작된 도자기로, 생김새가 보름달을 닮았다 하여 붙인 이름이다. 주로 백자로 만든 달항아리들은 별다른 기교를 부리지 않고 문양도 없이 단순하게 만들었으나 볼수록 은근하고 넉넉한 느낌을 준다. 그래서 조선 시대에 만든 백자 달항아리 중 국보로 지정된 게 석 점, 보물로 지정된 게 넉 점이다. 이런 달항아리의 아름다움에 반해 지금도 많은 도예가나 미술가들이 직접 달항아리를 만들거나 작품의 소재로 삼고 있다.

달항아리는 특별한 형태를 가진 항아리의 한 종류로 보아야 한다. 하지만 이 말은 〈우리말샘〉에만 올라 있다. 달항아리의 존재를 몰라서 그런 건지, 아니면 합성어로 인정을 안 해서 그런 건지 알 수 없으나 당연히 표제어로 올려야 마땅한 말이라고 생각한다.

『표준국어대사전』에는 '질항아리', '큰항아리', '감항아리', '충항아리', '오지항아리', '진상항아리', '터주항아리', '귀때항아리', '제석항아리', '진동항아리', '분항아리', '목항아리', '쌍항아리', '장항아리', '팔모항아리', '뚜껑항아리', '여러귀항아리', '석간주항아리', '터주항아리'처럼 무척 많은 낱말이 표제어로 올라 있다. 이중에 '감항아리'가 어떤 항아리인지 알아보자.

¶감항아리(감缸아리): 꼭지를 떼어 낸 감 모양으로 아가리가 좁고 팡파짐하게 생긴 항아리.

아가리가 감 모양으로 생겼다고 해서 붙인 이름이라고 나와 있다. 생김새에 따른 분류인 셈이다. 그렇다면 '달항아리' 역시 생김새를 가지고 붙인 이름인데 표제어 선정을 하면서 왜 같은 기준을 적용하지 않았을까?

생김새뿐만 아니라 재질에 따른 분류도 있다. 위에서 말한 '질항아리'는 질흙으로 구워 만든 항아리다. 그렇다면 역시 같은 기준을 적용해서 '돌항아리'와 '쇠항아리'도 함께 실어야 할 것 같은데, 이 말들도 표제어에서 누락되었다.

¶소마항아리(소마缸아리): '오줌독'을 완곡하게 이르는 말.

이처럼 오줌독을 이르는 항아리 이름도 있으며, 심지어 똥을 받아내는 용도로 사용하는 '똥항아리'도 올려놓았다. '달항아리'가 '똥항아리'만도 못하다는 말인가. 달항아리 애호가들이 알면 기분 나쁠 일이다. 소금을 담아두는 용도로 쓰는 '소금항아리'라는 말도 쓰이고 있지만 이 말 역시 <우리말샘>에서도 찾을 수 없다. 여러모로 아쉬운 일이다.

국어사전 앞에서는 모든 말이 평등해야 한다.

참고로 『고려대한국어대사전』에는 '물항아리'와 '술항아리'도 표제어에 있다. 『표준국어대사전』보다는 표제어 선정의 폭을 넓혔지만 거기서도 '달항아리'는 찬밥 신세다.

5부

상품 이름에서 비롯한 말들

"어휴, 누가 화장실에 락스를 이렇게 많이 풀었어? 냄새 때문에 숨을 못 쉴 정도네."

평소에 이런 식의 말을 하거나 들어본 사람이 많을 텐데, '락스'라는 말이 국어사전에 실려 있을까? 짐작했겠지만 국어사전에서는 '락스'라는 말을 찾을 수 없다. 필경 '락스'가 일반명사가 아니라 상품 이름이기 때문에 그랬을 것이다. 락스라는 말의 유래는 미국 회사 클로락스(Clorox)가 자신의 회사 이름을 그대로 따서 클로락스라는 제품을 만들어 판매했고, 후에 우리나라의 유한양행이 클로락스사와 합작투자 방식으로 유한락스를 만들어 판매한 데서 비롯했다. 일반 사람들이 클로락스와 유한락스에서 뒤에 있는 두 글자만 따서 '락스'라는 말로 부르기 시작한 것이다.

그렇다면 상품명으로 된 낱말은 국어사전에 실리면 안 되는 걸까? 국어사전을 뒤져보면 상품 이름에서 비롯한 낱말이 무척 많이 실려 있다. 『표준국어대사전』과 『고려대한국어대사전』에 실린 낱말들을 합치면 70여 개 정도 된다. 우리에게 익숙한 명칭 몇 개만 예를 들어보자.

- ¶이태리타월(伊太利towel): 약간 깔깔한 섬유로 된, 때를 미는 데 쓰는 수건. 상품명에서 나온 말이다.
- ¶스티로폼(styrofoam): '발포 스타이렌 수지'를 일상적으로 이르는 말. 상품명에서 유래한다.
- ¶아스피린(aspirin): 해열제의 하나. '아세틸살리실산'의 상품명이다.
- ¶본드(bond): 나무, 가죽, 고무 따위의 물건을 붙이는 데에 쓰는 물질. 상품명에서 나온 말이다.
- ¶지프(jeep): 사륜구동의 소형 자동차. 미국에서 군용으로 개발한 것으로 마력이 강하여 험한 지형에서도 주행하기가 쉽다. 상품명에서 나온 말이다.

이태리타월은 우리나라 회사에서 개발한 제품인데, 그런 사실까지 밝혀주면 좋았을 것이다. 이처럼 낯익은 낱말 말고도 일반인에게는 생소한, 전문 분야에서나 쓰이는 낱말들도 보인다.

- ¶라디우스(radius): <경제> 등산할 때에 쓰는 휴대용 버너(burner). 스웨덴 제품의 상품명이다.
- ¶몰레큘러^시브(Molecular sieves): <광업> 흡착제의 하나. 세공(細孔)의 지름이 균일한 합성 제올라이트로 미국 린데 회사의 상품명이다.
- ¶카볼로이(Carboloy): <공업> 코발트, 니켈, 텅스텐이 들어 있는 매우 강한 합금. 절삭 공구, 게이지, 마모 부품 따위에 쓰인다. 상품명에서 나온 말이다.

국어사전 앞에서는 모든 말이 평등해야 한다.

우리나라에서 만든 제품명으로 『표준국어대사전』에는 없지만 『고려대한국어대사전』에만 실린 낱말로 승합차를 이르는 '봉고(bongo)', 조미료의 종류인 '미원(味元)', 삼립식품에서 만든 '호빵' 같은 것이 있다.

이렇게 많은 상품명을 실어 놓았으면서 '락스'처럼 많은 사람이 실생활에서 쓰는 말을 제외한 건 아쉬운 일이다. 하지만 이보다 더 고개를 갸웃거리게 하는 것들도 있다. 어린이들이 많이 가지고 노는 블록 장난감인 '레고'를 국어사전에서 찾을 수 없기 때문이다.

레고(Lego)는 덴마크의 목수 출신이 세운 레고라는 회사에서 생산하는 제품이다. 우리나라는 레고코리아가 수입해서 판매하고 있다. 어린이들뿐만 아니라 어른들도 레고 놀이를 즐기는 경우가 많으며, 이제는 제품명이 아니라 블록 장난감을 뜻하는 일반명사로 굳어졌다고 봐야 한다. '이태리타월'은 실으면서 '락스'나 '레고'를 안 싣는 건 형평성이라는 측면에서도 납득하기 어려운 일이다.

양가죽으로 만든 의류인 '무스탕'은 또 어떤가? 무스탕은 상표 이름은 아니다. 이 말의 유래에 대해서는 몇 가지 설이 있으나 정확하지는 않다. 외국에서 양가죽을 수입할 때 무스탕이라는 상표가 붙은 것이 많아서 그랬다는 설과, 양가죽을 뜻하는 프랑스어 무통(mouton)에서 비롯했을 거라는 설이 있다. 제2차 세계대전 때에 사용된 미 공군의 전투기 중에 '무스탕'이라는 이름을 가진 게 있었는데, 가죽 재킷을 입은 조종사들이 많았다는 사실과 연관짓기도 한다. 유래가 어쨌든 간에 '무스탕'이 양가죽 재킷을 뜻하는 말로 많이 사용하고 있다면 국어사전이 품어 안아야 한다고 본다.

롯데제과에서 개발한 '목캔디' 역시 언젠가는 국어사전에 오를 수 있지 않을까? '호빵'이 일반명사가 되었듯 '목캔디'를 일반명사로 취급하지 못할 이유가 없다. 『고려대한국어대사전』에 '쭈쭈바'가 <우리말

샘>에는 '딱풀'이 올라 있다. '딱풀'도 정식 국어사전에 올라야 할 말이라고 생각한다. '딱풀'도 처음 개발한 사람이 붙인 이름이지만 '딱풀'을 단지 상표명으로 생각하는 사람은 거의 없을 것이다. 하기야 딱풀 이전에 주로 사용되던 '물풀'도 <우리말샘>에만 있는 처지이니 더 말할 것도 없다.

놀이공원에서 인기 있는 놀이기구인 '바이킹'과 인천 월미도에 가면 탈 수 있는 '디스코팡팡'이 <우리말샘>에 올라 있다. 이런 말들이 『표준국어대사전』에 오를 날이 언제쯤 오게 될까?

『표준국어대사전』에 '바이킹'과 관련해서 다음과 같은 말도 표제어에 실려 있다.

¶바이킹요리(Viking料理): 손님이 각자 좋아하는 것을 마음대로 덜어다 먹을 수 있도록 한꺼번에 여러 가지 요리를 마련해 놓는 식의 요리. 바이킹의 연회를 본떠 시작되었다고 한다.

국어사전에서 낯선 낱말을 발견할 때마다 어디서 저런 낱말을 찾아서 가져왔을까 신기하게 생각하면서 한편으로는 정확한 말일까 하는 의심이 들곤 한다. 저 말은 바이킹 민족이 쓰던 말이 아니라 일본 사람이 붙인 명칭이다. 일본의 한 호텔 지배인이 북유럽에 갔다가 식당에서 뷔페식으로 음식을 차려놓은 걸 보고 거기에 착안해서 같은 형식을 일본에 도입했으며, '스모르가스보르드(smorgasbord)'라는 스웨덴 용어가 어려워 '바이킹'이라는 말을 갖다 붙였다. 그렇게 해서 일본어사전에 오르게 된 말을 우리나라 국어사전 편찬자들이 그대로 가져온 셈이다.

국어사전 앞에서는 모든 말이 평등해야 한다.

툭툭이와 트램

동남아 여행을 하게 되면 툭툭이(뚝뚝이라 부르는 사람들도 있다)를 타게 되는 경우가 많다. 보통 삼륜차 형태로 되어 있는데, 대중교통 수단이자 여행객들을 위한 이동 수단으로 많이 이용한다. 해외여행이 보편화하면서 툭툭이의 존재를 모르는 사람이 드물 정도다. 하지만 이 낱말은 우리 국어사전에서 찾을 수 없다. 대신 아래 낱말이 『고려대한국어대사전』에 실려 있다.

¶릭샤(rickshaw): 인도나 방글라데시 등지에서 주로 인력을 이용하는 교통수단. 일본어의 '리키샤(力車)'의 발음이 변화되어 만들어진 말이다.

릭샤는 보통 인력거 형태로 되어 있으며, 전동장치를 단 건 '오토릭샤'라고 부른다. '오토릭샤'는 국어사전에 오르지 못했다. '릭샤'는 표제어로 올리며 어원까지 밝히는 친절을 베풀면서 '툭툭이'처럼 정감 어린 느낌을 주는 낱말은 외면하고 있다. '릭샤'를 올렸으면 '오토릭샤'와 '툭툭이'도 함께 표제어로 올리는 게 마땅한 처사라고 생각한다. 혹시라도 '툭툭이'와 '뚝뚝이' 중에 무얼 표제어로 삼아야 할지 고민된다면 둘 다 싣고 동의어로 처리하면 될 일이다.

이번에는 여행지를 유럽 쪽으로 돌려보자. 그러면 거기서 만날 수 있는 게 트램(tram)이다. 외국 여행을 조금 해보았거나 관심 있는 사람들이라면 '트램'이라는 말이 친숙하게 다가올 것이다. 이 말은 <우리말샘>에만 다음과 같이 실려 있다.

> ¶트램(tram): <교통> 도로의 일부에 설치한 레일 위를 운행하는 전차.

이해하기 힘든 건 『표준국어대사전』에 '트램'은 없으면서 아래 낱말이 떡하니 표제어로 나온다는 사실이다.

> ¶트램웨이(tramway): <교통> 두상 궤도(頭上軌道), 와이어로프(wire rope), 케이블 따위의 위로, 바퀴가 달린 차가 짐을 실어 나르는 장치.

'트램'과 '트램웨이' 중에서 어느 게 더 많이 쓰이고 있을까? '트램웨이'라는 낯선 말을 찾아서 표제어로 올리는 동안 '트램'이라는 말을 왜 떠올리지 못했을까? 이런 궁금증과 함께 '트램웨이' 풀이에 나오는 '두상 궤도(頭上軌道)'라는 말은 또 뭔지 한참 생각했다. 정작 저 말은 표제어에 없다. '무한궤도'라는 말은 들어보았어도 '두상 궤도'라는 말은 아무리 찾아보려 해도 내 눈에는 띄지 않는다.

그래도 아래 낱말들이 표제어로 실려 있다는 걸 위안으로 삼아야 할지 모르겠다.

국어사전 앞에서는 모든 말이 평등해야 한다.

¶노면^전차(路面電車): <교통> 도로의 일부에 설치한 레일 위를
운행하는 전차.

¶시가^전차(市街電車): <교통> 시가지의 노면(路面)에 부설된
궤도를 달리는 전차. 최고 속도는 시속 30~40km이다.

'노면전차'라는 말은 비교적 낯설지 않으나 '시가전차'라는 말은 누
가 쓰고 있을까? 국어사전은 가능하면 실생활에서 쓰는 말 중심으로
가야 한다. '트램'이 비록 외래어일지라도 '노면전차'나 '시가전차'라는
말보다 쓰임새가 많다면 망설이지 말고 국어사전에 올려야 한다.

『표준국어대사전』에 있는 다른 낱말들을 보자.

¶등산^전차(登山電車): <교통> 높은 산이나 가파른 길로 운행하
는 전차.

¶등산^철도(登山鐵道): <교통> 등산객이나 관광객을 위하여 산
에 놓은 철도. 주로 산기슭에서 산 중턱이나, 산 중턱에서 산마
루 사이에 놓는다.

이런 말들을 과연 우리가 사용하고 있을까? 둘 다 일본 사람들이 주
로 쓰는 말이다. 예전에 스페인 여행을 다녀온 적이 있다. 그때 산 중턱
에 있는 몬세라트 수도원을 찾게 됐는데, 산길이 험해 전동열차를 타
고 올라갔다. 여행안내 책자에 '산악열차'라고 되어 있었고, 여행객들
도 모두 그렇게 불렀다. 하지만 '산악열차'라는 말은 <우리말샘>에만
실려 있다.

누가 쓰는지도 모르는 이상한 말만 모아놓지 말고 사람들이 실제로

사용하는 말에 더 관심과 애정을 갖는 국어사전이 되어야 하지 않을까?

중국 여행을 가면 이번에는 '빵차'라는 걸 만나게 된다. 영업용으로 사용하는 소형 승합차 종류를 이르는 말이다. 중국 한자로는 보통 미엔빠오처[面包车] 혹은 미엔디[面的]라고 한다. 중국에서는 빵을 면포(面包)라고 하는데, 차 모양이 식빵처럼 생겼다고 해서 그런 이름을 붙였다고 한다. '빵차' 역시 국어사전에 오르게 될 날을 기다리고 있다.

국어사전 앞에서는 모든 말이 평등해야 한다.

헤어롤

박근혜 대통령에 대한 탄핵 선고가 있던 날 이정미 헌법재판소장 권한대행이 헤어롤을 매단 채 출근하는 모습이 기자들의 카메라에 잡혀 화제가 된 일이 있었다. 워낙 큰 사건이어서 거기에 온 정신을 집중하느라 미처 헤어롤을 풀 경황이 없었을 거라는 해석에 다들 고개를 끄덕였던 기억이 난다.

우리말에는 이미 외래어가 넘칠 만큼 들어와 있다. 고유어와 한자어만으로는 더 이상 우리 곁에 존재하는 사물과 현상을 지칭하기 힘든 시대에 들어선 지 오래되었다. 언어란 다른 언어끼리 영향을 주고받고 때로는 서로의 언어에 스며들기도 하면서 풍부해지는 법이다. 그러므로 지나치게 언어 순혈주의를 고집할 필요는 없다. 외래어도 널리 쓰여서 익숙해지면 우리말로 인정하는 게 당연하다. 그런 면에서 위에서 말한 '헤어롤' 같은 경우 이미 생활필수품이 되었으므로, 그리고 달리 대체할 만한 말이 없으므로 우리말이나 다름없음을 인정해야 한다. 국어사전에 올릴 때가 되었다는 얘기다.

『표준국어대사전』에 '헤어'와 결합한 합성어로 다음과 같은 말들이 올라 있다.

헤어로션, 헤어밴드, 헤어크림, 헤어밴드, 헤어클립, 헤어피스, 헤어네트, 헤어스타일, 헤어브러시, 헤어스프레이, 헤어드라이어, 헤어트리트먼트.

이런 말들에 비해 '헤어롤'의 쓰임새가 결코 적다고 할 수 없다. 헤어롤은 '헤어 롤러(hair roller)'를 줄여서 부르는 말이고, 〈우리말샘〉에 '헤어롤' 대신 '헤어 롤러'가 실려 있다. 말을 줄여서 사용하는 경우는 우리말과 외래어에서 두루 나타나는 현상이다. '전국경제인연합'보다는 '전경련'이라고 줄여서 말하는 게 훨씬 경제적이기 때문이다. 『표준국어대사전』에는 '시중은행(市中銀行)'을 줄인 '시은(市銀)'이라는 말도 표제어에 있다. '리모트 컨트롤러(remote controler)'를 줄여서 '리모컨'이라고 부르는데, 본래 말을 살려서 쓰자고 하면 아무도 호응하지 않을 것이다.

헤어롤을 '구르프'(혹은 구루푸, 그루프)라고 부르는 사람들도 꽤 있다. 이 말의 어원은 분명하지 않다. 일본 사람들이 헤어롤을 영어 'group'(으)로 부르는 걸 들여온 말 혹은 영어 '그립(grip)'에서 왔을 거라는 이들이 있지만 정말 그런지는 명확하지 않다. 정체불명의 '구르프'까지 국어사전에 올릴 필요는 없지만 '헤어롤'은 마땅히 올려야 한다.

참고로 『표준국어대사전』에는 '헤어롤' 대신 다음 낱말이 올라 있다.

¶ 컬러(curler): 머리카락을 곱슬곱슬하게 만들기 위하여 사용하는 원통형의 미용 기구.

하지만 이 말을 쓰는 사람은 거의 없다. 그런 상황에서 '헤어롤'을

191   국어사전 앞에서는 모든 말이 평등해야 한다.

버리고 '컬러'를 쓰자고 하기는 어렵다. '헤어롤'이 이미 우리 언어생활에 돌이키기 힘들 만큼 깊숙이 들어와 있기 때문이다.

낱말 하나만 더 얘기하자면 『고려대한국어대사전』에 '드라이기(dry-機)'가 표제어로 올라 있다. 영어와 한자어를 결합시킨 낱말로, 『표준국어대사전』도 표제어로 올리는 데 주저할 이유가 없다. 『표준국어대사전』은 '드라이기' 대신 '드라이어'와 '헤어드라이어'를 표제어로 올려두고 있는데, 이런 태도는 지나치게 규범에만 매달림으로써 실제 언어 이용자들의 현실을 반영하지 못하는 한계를 보여주고 있는 사례다.

소소한 것들을 가리키는 말들

어떤 사물이나 현상이 있으면 그걸 가리키는 말이 있어야 하고, 없으면 만들어야 한다. 그런데 간혹 저걸 무어라 불러야 할지 몰라 난처한 상황에 빠지는 경우가 있다. 분명히 적당한 말이 있을 텐데 머리에 떠오르는 표현이 없어 이리저리 알아보다 맞춤한 말을 찾아낸 다음 "아하! 그렇게 부르면 되겠구나" 하고 감탄하곤 한다. 대체로 아직 국어사전에 오르지 못한 말들이다.

그렇게 해서 알게 된 말 중의 하나가 '짤주머니'라는 낱말이다. 빵이나 케이크, 과자 같은 걸 만들 때 반죽이나 생크림 등을 넣어 짜내는 데 쓰는, 원뿔형으로 생긴 도구를 말한다. 〈우리말샘〉에 '짤주머니' 대신 '짜주머니'가 다음과 같이 실려 있다.

¶짜주머니: 생크림이나 반죽 따위를 모양을 내서 짤 때 사용하는 주머니. 주로 원뿔형으로, 천이나 비닐로 만든다.

'짤주머니'와 '짜주머니' 중에서 어떤 말이 더 많이 쓰일까? 인터넷에서 '짤주머니'와 '짜주머니'를 검색하면 '짤주머니'가 훨씬 많이 나온다. 그렇다면 어떤 걸 표제어로 삼아야 할지 답이 나온다. 〈우리말샘〉 뿐만 아니라 정식 국어사전에도 '짤주머니'가 표제어로 올라가야 한다고 본다.

짤주머니를 사용하다보면 안에 든 내용물이 빠져나오는 부분이 약하면 찢어지거나 손상되기 쉽다. 그걸 방지하기 위해 끝부분에 플라스틱처럼 조금 더 단단한 재질로 만든 걸 끼워서 사용하는 경우가 많다. 이걸 흔히 '깍지'라고 부르는데, 국어사전에서 '깍지'를 찾으면 이와 관련한 풀이가 나오지 않는다. 짤주머니에 사용하는 깍지는 어떤 형태로 내용물이 삐져나오게 하느냐에 따라 다양한 모양을 하고 있다.

봉지 안에 든 식빵을 먹다 다 먹지 못하고 남으면, 안에 든 식빵이 상하지 않도록 봉지를 묶어두는 끈이 필요하다. 흔히 알루미늄 재질로 된 짤막한 끈을 사용하는데, 이 물건을 뭐라고 부르면 좋을까? 가장 많이 사용하는 말이 '빵끈'이다. 일부에서 '트위스트 타이'라는 말을 쓰기도 하지만 '빵끈'이라는 말이 훨씬 쉽고 편하게 쓸 수 있는 말로 다가온다. '빵끈'도, '트위스트 타이'도 국어사전에 초대받지 못했는데, '빵끈'은 꼭 국어사전의 품에 안길 수 있기를 바란다.

『표준국어대사전』에 외래어가 아니라 외국어에 해당할 법한 낱말이 많이 실려 있는데, 아래 낱말도 마찬가지다.

¶ 알베도(albedo): <식물> 감귤류의 껍질 안쪽에 있는 흰 부분.

'알베도'라는 말을 들어보거나 뜻을 아는 사람이 얼마나 될까? 같은 사물을 뜻하는 말로 많이 사용하는 건 '귤락(橘絡)'이다. 한자어이긴 하지만 '알베도'라는 낯선 외국말보다는 훨씬 가깝게 다가온다.

횟집에 가면 당면처럼 생긴 걸 밑에 깐 다음 그 위에 회를 올려서 내온다. 이때 회 밑에 까는 걸 '천사채'라고 하는데, 이 말 역시 국어사전에는 없다. '천사채'는 다시마 속에 든 해초산을 추출해 만든 것으로, 식품 개발업체를 운영하던 배대열 씨가 1998년에 개발해서 1999년부터 시판했다고 한다.

▶개발자는 먹어도 살이 찌지 않는 건강식품을 연구하던 도중 천사채를 개발했으며 "하늘이 내릴 만큼 귀하고 먹으면 몸이 가벼워져서 천사처럼 하늘을 날 수 있다는 뜻"이라 전했다.(녹색경제신문, 2019.9.19.)

신문기사에 나온 것처럼 애초에는 상품명이었음을 알 수 있다. 상품명이 일반명사로 바뀐 예는 무척 많다. 그런 면에서 '천사채' 역시 일반명사로 국어사전에 올려도 무방하지 않을까 싶다.

▶산란계 업계가 특별방역대책기간 난좌(계란을 담는 판) 부족 현상을 호소하고 있지만 이에 대한 대책이 전무해 한동안 어려움이 계속될 것이란 지적이다.(농수축산물신문, 2018.12.14.)
▶과거 일반 소재의 난좌(선물세트 내 과일을 보호해 주는 완충제)를 사용하지 않고 재활용이 가능한 난좌를 도입했다.(시장경제신문, 2019.2.1.)

두 기사 모두 '난좌'라는 말 다음에 괄호를 넣어 낱말의 뜻을 풀어주고 있다. 일반인에게 낯선 용어 생각해서 그랬을 것이다. 기사에 나오는 것처럼 '난좌'는 계란이나 과일이 서로 부딪혀 깨지거나 상하지 않도록 우묵우묵하게 패도록 만든 포장재를 말한다. 국어사전에서 '난

국어사전 앞에서는 모든 말이 평등해야 한다.

좌'를 찾으면 다음과 같이 나온다.

¶ 난좌(卵座): 어미가 알을 낳거나 알을 품는 자리. = 알자리.

이런 뜻 외에 위에서 말한 내용을 담은 '난좌'를 추가해서 실어야 한다. 난좌뿐만 과일을 보호하기 위해 알마다 하나씩 씌워주는 물건도 있다. 이것을 가리키는 말로 '난좌망', '완충망', '과일망', '포장망', '망패드' 같은 것들이 쓰이고 있다. 제각기 부르는 명칭이 다른 셈인데, 아직 사용자들 사이에서 정리가 안 되고 있다는 얘기다. 이럴 때 가장 적합하다고 생각되는 말을 골라 제시해줌으로써 원활한 언어생활을 돕는 게 국립국어원의 역할이기도 할 것이다.

¶ 띠지(띠紙): 지폐나 서류 따위의 가운데를 둘러 감아 매는, 가늘고 긴 종이.

국어사전에 나오는 '띠지'의 풀이인데, 이런 풀이에 해당하지 않으면서 다른 물건을 가리키는 띠지도 있다. 출판사에서 책을 펴낼 때 홍보 효과를 위해 광고 문구를 넣어서 책 하단부에 두르는 종이가 있다. 이걸 '띠지'라 부르는데, 이에 해당하는 내용은 〈우리말샘〉에도 없다. 책과 관련한 용어로 사용하는 '띠지'를 새로운 낱말로 추가해주어야 한다.

『표준국어대사전』을 보완하는 용도로 〈우리말샘〉을 운영하고 있지만 여전히 그곳에도 자리 잡지 못하고 떠도는 말들이 많다. 잠시 〈우리말샘〉에만 올라 있는 낱말 몇 개를 살펴보자.

¶꼬집: <의존 명사> 소금이나 설탕 따위의 양념을 엄지손가락과 검지손가락을 모아서 그 끝으로 집을 만한 분량을 세는 단위.

¶치킨^무: 치킨을 먹을 때 곁들여 함께 먹는, 식초에 절인 무. 깍 둑썰기를 한 무에 식초와 설탕 등을 넣어 만든다.

¶찍찍이: 옷이나 신발 따위의 두 폭을 한데 떼었다 붙였다 하는 물건. 단추나 끈과 같은 역할을 한다.

¶깜깜이: 어떤 사실에 대해 전혀 모르고 하는 행위. 또는 그런 행 위를 하는 사람.

¶뽁뽁이: 기포가 들어간 필름. 두 장의 폴리에틸렌 필름 안에 공 기의 거품을 가둔 것으로, 주로 물건의 충격 완화나 단열에 사 용한다.

¶물대포: 높은 압력의 물을 뿌리거나 쏘는 장치를 비유적으로 이르는 말. 소방 대원이 화재를 막거나 경찰이 집단 시위 따위 를 진압하기 위해 쓴다.

¶에코백: <환경> 일회용 봉투의 사용을 줄이자는 환경 보호의 일환으로 만들어진 가방.⇒규범 표기는 미확정이다.

¶포트(pot): <농업> 화훼류 따위의 식물을 심을 수 있는 그릇.⇒ 규범 표기는 미확정이다.

〈우리말샘〉에는 이밖에도 무척 많은 말들이 실려 있다. 하지만 〈우 리말샘〉은 외래어 낱말을 풀이하며 규범 표기가 미확정이라고 한 데 서 보듯 정식 국어사전이라고 보기는 어렵다. 일단 눈에 걸리는 말들 은 모두 모아놓고 있긴 한데, 그런 말들을 잘 정리해서 정식 국어사전 에 올릴 필요가 있다. 위에 소개한 '뽁뽁이'라는 낱말 대신 '에어 캡(air cap)'이라는 말을 쓰기도 하고, 간혹 '버블 랩(bubble wrap)'이라고 지

국어사전 앞에서는 모든 말이 평등해야 한다.

칭하는 사람들도 있다. 하지만 언중 사이에서 가장 널리 쓰고 있는 말은 '뽁뽁이'다. '뽁뽁이'가 정식 국어사전의 표제어가 되지 못할 이유가 있을까?

외래어와 우리말 합성어

국어사전에 '더블베드'와 '싱글베드'는 있지만 '더블침대'와 '싱글침대'는 〈우리말샘〉에만 있다. 영어 원말을 그대로 써야 한다는 생각에서 그랬을 것이다. 하지만 외래어와 우리말을 합쳐서 합성어를 만들면 안 된다는 법은 없다. 그렇게 만들어서 사용하는 말들은 차고 넘친다. 금방 떠오르는 것들만 따져봐도 '신용카드', '물티슈' 같은 말들이 있고, '핸드폰'과 '휴대폰'처럼 두 개의 낱말을 같이 쓰는 경우도 있다.

따라서 '더블베드', '싱글베드'와 함께 '더블침대', '싱글침대'도 국어사전에 표제어로 올리지 못할 이유가 없다. 나아가 〈우리말샘〉에 있는 '이층침대' 같은 말도 표제어로 올릴 수 있어야 한다.

비슷한 예로 '허브티'와 '허브차'를 들 수 있다. 『표준국어대사전』에는 '허브티'만 싣고, '허브차'는 〈우리말샘〉으로 보냈다. 반면 '밀크티'와 '밀크차'는 어디에도 없다. 희한한 건 『표준국어대사전』에 '레몬차'가 표제어로 있는 반면 '레몬티'는 〈우리말샘〉에 가 있다는 사실이다.

『표준국어대사전』에 '아이스티'가 표제어로 있다.

¶아이스티(ice tea): 얼음을 넣어 차게 만든 홍차.

국어사전 앞에서는 모든 말이 평등해야 한다.

'아이스티'의 풀이 자체는 문제가 없다. 그런데 '아이스티'를 본래 영어의 뜻 자체로만 풀면 '냉차(冷茶)'가 되겠는데(물론 두 낱말 사이에 의미상 차이는 있다), 『표준국어대사전』에 나와 있는 '냉차'의 풀이가 이상하다.

¶ 냉차(冷차): 얼음을 넣거나 얼음에 채워 차게 한 물.

『고려대한국어대사전』에는 '얼음을 넣어 차게 만든 찻물'이라고 했으나, 『표준국어대사전』에는 그냥 '물'이라고만 했다. '물'이 아니라 '찻물'이라고 정확히 풀어 썼어야 한다. 고급스러운 차는 아니지만 냉차를 만드는 재료로 현미, 보리, 옥수수 등을 사용한다.

끝으로 '허브티'의 풀이에 대해서도 짚고 넘어갔으면 한다. 『고려대한국어대사전』에서는 "허브를 말려서 달이거나 우려 마시는 음료"라고 했고, 『표준국어대사전』에서는 "약초를 말려 만든 차. 서양 국화, 보리수, 박하 따위로 만든다"라고 했다. 반면에 허브는 다음과 같이 풀어 놓았다.

¶ 허브(herb): 예로부터 약이나 향료로 써 온 식물. 라벤더, 박하, 로즈메리 따위가 있다.

왜 이런 차이가 벌어졌을까? 허브에는 약초와 함께 향초도 포함되므로 『표준국어대사전』의 풀이를 '약초나 향초를 말려 만든 차'로 수정하는 게 마땅하다.

외래어와 우리말을 결합시켜 만든 합성어의 경우 『고려대한국어대사전』은 융통성이 있으나 『표준국어대사전』은 답답할 정도로 폐쇄적이다. 가령 『표준국어대사전』은 '히트송'만 인정하고 있으나 『고려대한국어대사전』은 '히트송'과 함께 '히트곡'도 인정하고 있다. '히트작', '대히트'라는 말도 『고려대한국어대사전』에만 있다. 『표준국어대사전』에 재킷의 종류로 '미디재킷(middy jacket)', '다운재킷(down jacket)', '노퍽재킷(Norfolk jacket)', '스펜서재킷(spencer jacket)'처럼 낯선 말들을 올려두었는데, '청재킷(靑jacket)'은 『고려대한국어대사전』에만 있는 것만 보아도 그렇다.

『고려대한국어대사전』이 어휘를 좀 더 풍부하게 싣긴 했지만 거기서도 빠진 낱말을 찾으면 많다. 가령 '고딕풍'이라는 말은 있으나 '바로크풍'은 없고, '등산용품'은 있으나 '레저용품'은 없는 식이다.

외래어와 우리말(한자어 포함)로 이루어진 합성어 중에 두 사전 어디에도 실리지 못하고 〈우리말샘〉에만 갇혀 있는 말들을 일부 소개한다.

선물세트, 회^센터, 버스^기사, 택시^기사, 파티복, 가십거리(gossip 거리), 레코드점(특이하게 '팬시점'은 『표준국어대사전』에 있다), 매머드급, 밴드부, 복싱장, 배드민턴장(테니스장과 골프장은 『표준국어대사전』에 있다), 비닐옷, 낱말 카드, 생일^카드, 폐플라스틱, 야채주스, 토마토주스, 종이박스, 대포폰, 무비자(無visa), 알뜰쇼핑, 망사^스타킹, 댄스복, 봉지커피, 생쇼(生show), 센서등(sensor燈).

너무 많아서 이 정도로만 소개한다. 그런데 〈우리말샘〉에도 없는 말들 또한 많다는 사실을 생각하면 여전히 갈 길이 멀다는 생각을 한다. 코로나19 사태로 마스크 문제가 불거졌는데, '면마스크'와 '천마스크' 같은 말들을 어디서도 찾을 수 없었다.

국어사전 앞에서는 모든 말이 평등해야 한다.

짝을 잃은 낱말들

안이 있으면 밖이 있고, 땅이 있으면 하늘이 있는 법이다. 우리가 사는 세상은 이렇듯 서로 대응하는 것들로 이루어져 있다. 당연히 말도 그런 현상을 반영해서 둘을 각각 나타내는 말들이 많다. '암컷'과 '수컷', '낮'과 '밤', '왼손'과 '오른손' 같은 말들이 그렇게 해서 생겨났다. 때로는 둘이 아니라 셋이나 넷 이상 대응하는 것들도 있다. '상', '중', '하' 혹은 계절을 나타내는 '봄', '여름', '가을', '겨울'처럼. 그런데 국어사전 안에는 꼭 있어야 할 짝을 찾지 못한 채 외로이 떠 있는 낱말들이 많다.

『표준국어대사전』에 '문학소녀'와 '강풍'은 있지만 '문학소년'과 '약풍'은 없다. 이런 낱말을 찾으려면 〈우리말샘〉의 도움을 받아야 한다. 그런데 때로는 〈우리말샘〉에서도 찾을 수 없는 낱말들이 있다. 다음 낱말을 보자.

¶남태(男胎): 사내아이를 낳은 뒤 후산(後産)으로 나오는 태(胎).

'남태(男胎)'가 있으면 분명히 '여태(女胎)'도 있을 테지만 국어사전에서는 찾을 수 없다.

> "장태(藏胎)하는 법에 여태(女胎)는 석 달로 한정되어 있는데, 새
> 로 태어난 옹주(翁主)의 태(胎)는 오는 7월에 석 달이 차니, 날을
> 가려 거행하소서" 하니, 임금이 윤허하였다.(『조선왕조실록』,
> 「영조실록」 81권)

조선 시대에 왕실에서 아기가 태어나면 그 아기의 태를 땅에 묻거나
태우지 않고 태실(胎室)에 봉안했다. 위 실록의 내용은 그런 사실을 보
여주고 있으며, 남태는 물론 여태도 태실에 봉안했음을 알 수 있다. 실
록에 나오는 '장태(藏胎)'는 국어사전에 없다. 그런데 『고려대한국어대
사전』에 아래 낱말이 나온다.

> ¶장태의궤(藏胎儀軌): <책명> 왕실(王室)에서 아이를 낳았을 때
> 태(胎)를 묻는 절차를 기록한 책.

'여태(女胎)'는 물론 '장태(藏胎)'도 표제어에 올렸어야 한다. 그리고
'남태(男胎)'와 '여태(女胎)'는 후산(後産)으로 나오는 태(胎)를 뜻할 뿐
아니라 '남자 태아', '여자 태아'라는 뜻으로도 쓰인다. 옛 기록에 보면
뱃속에 있는 남태를 여태로 바꾸기 위한 비법이 많이 소개되어 있다.
물론 의학적으로는 전혀 가능한 일이 아니다.

> ▶용한 의원이 있는데 여태(女胎)를 남태(男胎)로 만드는 비방을
> 써서 약을 지어 주는데 백발백중이라고 소문이 자자하단다.(박
> 완서, 『미망』)

국어사전 앞에서는 모든 말이 평등해야 한다.

『표준국어대사전』의 '비방(祕方)' 항목에 나오는 예문이다. 자신들이 만든 사전의 예문에도 나오는 말을 빼놓은 건 물론 풀이도 실제 사용하고 있는 의미를 따라가지 못하고 있다.

> ¶ 내빙고(內氷庫): <역사> 조선 시대에, 왕실에서 쓰는 얼음을 보관하고 관리하던 관아.

'내빙고' 외에 '동빙고'와 '서빙고'도 표제어에 있다. 하지만 내빙고가 있었다면 그에 대응하는 외빙고(外氷庫)가 있었을 테지만 '외빙고'라는 말은 <우리말샘>에도 없다. 그렇다면 외빙고가 존재하지 않았다는 말일까? 동빙고와 서빙고가 바로 외빙고에 해당한다. 궁궐 바깥에 설치한 빙고라는 얘기다. 내빙고는 창덕궁 안에 있었다.

> ¶ 내구마(內廏馬): <역사> 조선 시대에, 내사복시에서 기르던 말. 임금이 거둥할 때에 쓴다.

내사복시(內司僕寺)는 임금의 말과 수레를 관리하던 관아였고, 이와 별도로 궁중의 말과 가마에 관한 일을 맡아보던 사복시(司僕寺)가 있었다. 이곳에서 관리하면서 임금이 아닌 사람이 타도록 하는 말을 외구마(外廏馬)라고 했으나, 이 낱말이 국어사전 표제어에 없다.

> ¶ 공성전(攻城戰): 성이나 요새를 빼앗기 위하여 벌이는 싸움.

공격하는 입장에서는 '공성전(攻城戰)'이겠지만 지키는 입장에서는

'수성전(守城戰)'이 될 수밖에 없다. 실제로 그런 말을 쓰고 있지만 국어사전에서는 찾을 수 없다. '수성전'이라는 말은 다음과 같이 비유적인 표현으로도 쓰고 있다.

> ▶야 3당이 뭉쳐 탄생한 '민생당'이 4·15총선을 한 달여 앞두고 광주·전남지역 수성전에 돌입했다.(뉴시스, 2020.3.10.)

> ¶하선지(下船地): 배에서 내리거나 짐을 부리는 곳.

내리는 곳이 있으면 타는 곳도 있을 텐데 '승선지(乘船地)'라는 말이 없다. 이런 식으로 찾다보니 짝을 잃은 말들이 꽤 많았다. 몇 가지만 더 예를 들어보자.

'처녀티'는 있는데 '총각티'는 없다. 〈우리말샘〉에 '아저씨티'와 '아줌마티'가 있지만 거기에도 '총각티'는 없다.

'짝젖'은 있는데 '짝궁둥이'는 없다. 젖이라는 말의 어감 때문에 요즘은 '짝가슴'이라는 표현을 더 많이 쓰지만 '짝궁둥이'와 '짝가슴'이라는 말은 〈우리말샘〉에만 있다.

『표준국어대사전』에는 '입국장'과 '출국장'이 모두 없으며,『고려대한국어대사전』에는 '출국장'만 있다. 〈우리말샘〉에는 두 낱말 모두 있다.

'외지인'은 있는데 '내지인'이 없다. 〈우리말샘〉에만 '내지인'이 다음과 같이 실려 있다.

> ¶내지인(內地人): 그 고장 사람.

국어사전 앞에서는 모든 말이 평등해야 한다.

이런 뜻만으로는 부족하다. '내지(內地)'라는 말은 식민지를 거느린 본국을 식민지 사람들이 부르던 말이기도 하다. 일제 식민지 시기에 '내지인'이라고 하면 일본 사람을 뜻했다.

¶생리(生梨): 배나무의 열매. = 배.

풀이가 이상하다. 그냥 배나무의 열매라고 하면 되는 걸까? '생(生)'이 들어가면 보통 익히지 않거나 다른 상태로 가공하지 않은 날것을 의미한다. 아울러 '생리(生梨)'라는 말을 만들어 썼다면 분명 '건리(乾梨)'라는 말도 만들어 썼을 거라는 추론을 해볼 수 있다. 국어사전에는 없지만 찾아보니 역시 '건리(乾梨)'라는 말이 사용되었다. 말린 배를 약용(藥用)으로 썼다는 기록이 있으며, 고려 말의 학자 목은 이색(李穡)이 김삼사(金三司)라는 사람이 건리(乾梨)를 보내준 것에 대해 감사한다는 내용을 담아서 쓴 시도 전하고 있다.

¶병결(病缺): 병으로 결석하거나 결근함.
¶병결자(病缺者): 병으로 결석하거나 결근한 사람.
¶병결생(病缺生): 병으로 수업에 빠진 학생.

병으로 결석하거나 결근하는 경우를 나타내는 낱말은 이렇게 여러 개를 실었으면서, 집안의 경조사나 공식 행사 참가 등으로 인해 빠지는 '공결(公缺)'은 국어사전에서 찾을 수 없다.

'앞마을', '뒷마을'은 있지만 '옆마을'은 〈우리말샘〉에만 있다. '옆동네'도 마찬가지다. 그런데 〈우리말샘〉에 올라 있는 걸 자세히 보면 '앞마을'과 '뒷마을'은 붙여 썼지만 '옆 마을'과 '옆 동네'는 둘 다 띄어쓰기를 했다. 하나의 낱말로 인정하지 않는다는 뜻이다. '앞동네'라는 말은 〈우리말샘〉에만 있으며, 붙여 쓰기를 했다.

악보를 그릴 때 쓰는 '오선지(五線紙)'는 있지만 알파벳 연습용으로 넉 줄이 그어진 '사선지(四線紙)'는 없다. 사선으로 결이 있고 신축성이 있는 옷감 원단을 일러 '사선지'라고 하는데 이 말도 국어사전에 없다.

국어사전 앞에서는 모든 말이 평등해야 한다.

빠져야 할 이유가 없는 낱말들

『표준국어대사전』을 뒤지다보면 이상한 경우를 접할 때가 많다. 일단 다음 낱말을 보자.

> ¶워털루^대회전(Waterloo大會戰): <역사> 1815년 워털루에서 영국•프로이센 군대가 백일천하를 수립한 나폴레옹 일세의 프랑스 군대를 격파한 큰 싸움. 이로써 나폴레옹은 세인트헬레나 섬으로 유배되어 그곳에서 죽었다.

워낙 유명한 전투라 아는 사람이 많을 것이다. 문제는 표제어 안에 있는 '대회전(大會戰)'이라는 말이 독립된 표제어로 올라 있지 않다는 사실이다. '대회전'이라는 말이 홀로 쓰이지는 못한다는 뜻일까? <우리말샘>에도 '대회전'이 표제어에 없는 건 마찬가지지만 실제로는 홀로 쓰일 때도 많다. 아래 기사를 보면 '대회전'이라는 말이 '큰 싸움'이라는 뜻으로 사용되고 있는 걸 확인할 수 있다.

> ▶이번 주 30일 울산 현대모비스와 맞붙은 뒤 2월 1일 SK, 2일에

는 인삼공사와 차례로 대결한다. 선두권 세 팀이 '주말 대회전'을 치르는 셈이다.(연합뉴스, 2020.1.28.)

이런 경우가 꽤 있는데, 몇 가지 예를 더 들어보자.

　¶생물학적^동등성(生物學的同等性): <약학> 제제학적으로 동등하거나 대체 가능한 제제가 생물학적 이용률에 있어서도 통계학적으로 동등한 상태.

'동등성'이라는 말이 『고려대한국어대사전』에는 독립 표제어로 올라 있지만 『표준국어대사전』에는 누락되어 있다. 이 말도 홀로 쓰이고 있는 예를 들라고 하면 얼마든지 보여줄 수 있다. 풀이에 '제제학적으로'라는 말이 보이는데, '제제학' 혹은 '제제학적'이라는 낯선 말은 국어사전 어디에서도 만날 수 없다.

　¶소파블록(消波block): <건설> 파랑(波浪)의 에너지를 흡수하도록 고안된 콘크리트 블록.

한자어 '소파(消波)'와 영어 '블록(block)'을 합쳐서 만든 합성어다. 그런데 '소파(消波)'가 별도 표제어에 없다. 우리는 그런 한자어를 만들어 쓰지 않았으며, 일본 사람들이 만들어 쓰는 한자어다. 그걸 건설 업계에서 그대로 받아들여 전문 용어로 사용하고 있는 중이다. 풀이에 굳이 파랑(波浪)이라는 말을 써야 했는지에 대해서도 생각해볼 필요가 있다.

¶내담자^중심^요법(來談者中心療法): <심리> 환자에게 암시를 주거나 설득하지 아니하고, 환자가 스스로 자신의 문제를 파악하여 정신적 장애를 극복할 수 있도록 환자를 이끌어 주는 심리 요법.=비지시적 요법.

'내담자'라는 말 역시 <우리말샘>에서만 찾을 수 있다. 『표준국어대사전』이 유독 전문어 중심으로 가고 있기 때문에 벌어지는 현상이다.

▶"거리에 사람 자체가 줄었고, 의뢰인이나 내담객들도 마스크를 쓰고 오는 경우가 대부분"이라고 말했다.(법률신문, 2020.2.10.)

기사에 나오는 것처럼 '내담객'이라는 말도 많이 쓰지만 이 말은 <우리말샘>에도 실려 있지 않다.

¶화산^승화물(火山昇華物): <광업> 화산 지대의 분기공(噴氣孔) 둘레에 쌓인 광물을 통틀어 이르는 말.

'승화물'이 별도 표제어에 없는데, 별도 낱말로 독립해서 쓰이지 못한다는 걸까? 그렇지 않다는 건 다음 낱말들의 풀이를 보면 알 수 있다.

¶망사(硵沙/硵砂): <약학> '염화 암모늄'을 약학에서 이르는 말. 화산의 승화물에서 나온다.

¶개관^분석(開管分析): <광업> (…) 양 끝이 뚫린 유리관 속에 시료(試料)를 넣고 가열하여 그 색의 변화, 승화물(昇華物), 냄새

따위를 보고 감정한다.

분명히 풀이 속에 '승화물'이 독립된 낱말로 등장한다. 이런 사례가 여러 낱말에서 수시로 발견된다.

> ¶뇌경질막(腦硬質膜): <의학> (…) 원래 경질막 층과 머리뼈의 속을 싸는 뼈막이 붙어서 두 층을 이룬다.
> ¶수막(髓膜): <의학> (…) 바깥쪽부터 경질막, 거미막, 연질막이 있다.

두 낱말의 풀이에 경질막이 나온다. 같은 계통에 속하는 거미막, 연질막은 표제어에 있으면서 경질막만 표제어로 다루지 않은 이유는 뭘까?

> ¶호저^평야(湖底平野): <지리> 호수의 바닥이 드러나서 이루어진 평야.
> ¶동심선(同深線): <지리> 지도에서 해저나 호저(湖底)의 기복 상태를 나타내기 위하여 수심 기준면으로부터 깊이가 같은 지점을 연결하여 이은 선.

호수의 바닥을 뜻하는 '호저(湖底)'도 표제어에 없다.

> ¶해양^조사선(海洋調査船): <해양> 해양의 기상이나 수로(水路), 수산 자원 따위를 조사하기 위하여 만든 배.
> ¶어황^속보(漁況速報): <수산업> 조사선(調査船)이나 각 어

국어사전 앞에서는 모든 말이 평등해야 한다.

선에서 들어온 바다의 상황과 어획 상황에 관한 자료를 모아
서….

'조사선(調査船)'이 별도 표제어에 없다.

¶궁원전(宮院田): <역사> 고려 시대에, 비빈이나 왕자의 궁원(宮
院)에 속하던 전토(田土).
¶잔류^자차(殘留自差): <기계> 수정 또는 보정(補正)을 한 뒤의
자기 나침반의 자차(自差).
¶침전^적정법(沈澱滴定法): <화학> 침전의 생성 반응을 이용하
여 반응 종말점을 판정하는 적정법. 은법 적정 따위가 있다.

표제어와 풀이에 함께 나오는 '궁원(宮院)', '자차(自差)', '적정법(滴
定法)'이 별도 표제어에 없다.

¶두드러기은행게(두드러기銀杏게): <동물> 은행겟과의 갑각류.
갑각과 집게발의 등면에는 연한 회색 바탕에 고동색 무늬가 있
으며 걷는다리의 바깥면은 연한 고동색이다. 외골격은 부채 모
양이며 등딱지, 집게발, 걷는다리에 털이 나 있다. 한국, 일본,
중국 등지에 분포한다.

'은행게'와 '은행겟과'가 표제어에 없다. 풀이에 '바깥면'과 '걷는다
리'를 붙여 쓴 건 하나의 낱말로 인정한다는 얘기다. 그런데 둘 다 표
제어에 없다.(『고려대한국어대사전』에는 '바깥면'이 있다.) '걷는다리'
는 새우 항목에서도 보이는 만큼 별도 표제어로 다루었어야 한다.

¶삼의(三衣): <불교> 세 가지의 가사. 대의(大衣), 칠조(七條) 가사, 오조(五條) 가사이다.

'대의(大衣)'와 '오조(五條) 가사'는 표제어에 있으며, 대의를 가리키는 '승가리(僧伽梨)', 오조 가사를 가리키는 '안타회(安陀會)'라는 낯선 말도 있다. 하지만 '칠조(七條) 가사'는 찾을 수 없으며, 칠조 가사를 달리 부르는 '울다라승(鬱多羅僧)'도 표제어에서 빠졌다.

이처럼 표제어 포함되어 있거나 풀이에 나오는 낱말이 별도 표제어로 올라 있지 않은 경우가 너무 많아 일일이 거론하기 힘들 정도이다. 그래서 풀이에 나온 낱말 중 표제어에 없는 것들만 모아 부록으로 뒤에 첨부했다.

국어사전 앞에서는 모든 말이 평등해야 한다.

그 밖의 말들

■ 법고창신(法古創新)

『논어(論語)』에 나오는 '온고지신(溫故知新)'은 알아도 비슷한 뜻으로 사용하는 '법고창신(法古創新)'이라는 말이 있다는 걸 모르는 사람이 많다. 이 말은 주로 문학계에서 비평 용어로 많이 쓰이고 있다.

▶실학박물관은 올해 개관 10주년을 맞아 오는 23일부터 내년 3월 1일까지 특별기획전 '법고창신의 길을 잇다'를 진행한다고 16일 밝혔다. 전시 제목인 법고창신(法古創新)은 '옛것을 본받아 새로운 것을 창조한다'는 뜻으로 실학의 핵심 사상이다.(연합뉴스, 2019.10.16.)

'법고창신'이라는 용어는 박지원에게서 나왔다. 중국 고전만 받들면서 정작 우리 선조들이 만든 개념에는 무심함을 엿볼 수 있는 사례다. 국어사전이 '법고창신'은 외면하면서 <우리말샘>에 다음과 같은 낱말을 올린 것만 보아도 짐작할 수 있는 일이다.

¶제구포신(除舊布新): 옛것을 버리고 새것을 펼침. ≪춘추좌씨전≫에 나오는 말이다.

■ 구루(Guru)

국어사전에 온갖 외래어가 들어와 있는데, 정작 중요하거나 필요한 낱말은 찾기 힘든 경우가 많다. 산스크리트어로 스승을 뜻하는 '구루(Guru)' 역시 그렇다. 인도에서 종교적 스승이나 지도자를 가리키던 말인데, 요즘은 일상어로도 사용될 만큼 쓰임의 폭이 넓어졌다. 아래 기사에서도 그런 식으로 쓰였다.

▶'혁신가들의 구루(스승)'로 불린 클레이턴 크리스텐슨 미국 하버드대 경영대학원 석좌교수가 23일(현지 시간) 항암 치료를 받던 중 합병증으로 별세했다.(동아일보, 2020.1.28.)

■ 여여하다(如如하다)

편지를 쓰거나 메일을 보낼 때 "여여하신지요?" 혹은 "여여하시기 바랍니다"와 같은 표현을 쓰는 사람들이 있다. '여여(如如)'는 불교에서 온 말로, 언제나 그대로 변함이 없다는 뜻이다. 본래는 산스크리트어 '타타타(tatahta)'를 의역한 말이다. 사물이 지닌 본래 그대로의 모습, 즉 절대 진리를 뜻하는 '진여(眞如)'로 번역하기도 한다.

■ 밑동과 중동

걸립패나 남사당패가 하는 놀이 중에 무동놀이가 있다. 무동놀이는 몇 명이 하느냐에 따라 단무동, 맞무동, 삼무동, 사무동, 오무동, 칠무

국어사전 앞에서는 모든 말이 평등해야 한다.

동 등이 있으나 이런 종류를 나타내는 말들은 하나도 국어사전에 실리지 않았다. 오무동처럼 여러 명이 무동놀이를 할 때 맨 아래서 받치는 힘 센 사내를 '밑동'이라 하며, 밑동의 어깨를 밟고 서서 무동을 태우는 사내를 '중동'이라 한다. 밑동과 중동 역시 국어사전에는 없다.

■ 배따기와 등따기

생선을 손질하는 방법에 배따기와 등따기 두 가지가 있다. 배따기는 생선의 배를 갈라서 양옆으로 펼치는 것이고, 등따기는 등을 갈라서 펼치는 방식이다. 보통 배따기 방식을 많이 사용하지만 등따기를 하는 경우도 있다. 생선은 등이 있는 쪽의 살이 많기 때문에 등따기를 하면 구이를 할 때 살이 골고루 구워지고, 건조시킬 때도 수분이 골고루 잘 빠진다. '배따기'와 '등따기' 모두 국어사전에 오르지 못했으며, 『고려대한국어대사전』에 '배따다'라는 말만 있다.

참고로 과메기를 말릴 때 배를 가르지 않고 통째로 말린 걸 '통마리', 머리와 내장을 잘라 낸 후 반쪽으로 갈라 말린 것을 '배지기'라고 하는데, 이 말들도 국어사전에는 없다.

■ 콧줄

병원에 가면 코에 줄을 끼운 환자들을 볼 수 있다. 입으로 음식물을 삼키기 어려워 대신 영양물을 공급하거나 혹은 산소를 공급하는 용도로 사용하는 줄이다. 보통 '콧줄'이라고 부르는데, 이 말이 국어사전에는 없다. 대신 아래 낱말이 <우리말샘>에 실려 있다.

¶비위관(鼻胃管): <의학> 코를 통하여 위(胃)로 넣는, 고무나 플라스틱 재질의 관. 위의 내용물을 빼내거나 위에 영양을 공급하기 위하여 사용한다.

영어로는 'Levin tube', 줄여서 'L-tube'라고 한다. '비위관'이나 영어로 된 말은 일반 사람들이 거의 쓰지 않거니와, 들어도 무슨 말인지 이해하기 힘들다. "중환자실에 누워 계신 할머니가 비위관을 끼고 계시더라"라고 한다면 그 말을 알아들을 사람이 얼마나 될까? 말의 적실성 여부는 실제 사용하는 사람들을 중심에 놓고 판단해야 한다. 그럴 때 '콧줄'이라는 쉽고 좋은 말이 푸대접받는 일이 사라질 것이다.

■ 시술실(施術室)과 시술대(施術臺)

수술과 시술의 차이에 대해 어떻게 설명하면 좋을까? 『표준국어대사전』은 시술을 다음과 같이 풀이하고 있다.

　¶시술(施術): 의술이나 최면술 따위의 술법을 베풂. 또는 그런 일.

이런 식의 풀이는 요즘 의료계에서 사용하는 시술의 의미를 제대로 설명할 수 없다. 수술이 피부나 몸의 일부를 가르고 쨴 다음 치료하는 외과적인 방법을 말한다면 시술은 그보다는 비교적 간단하게 시행하는 치료술이다. 주사나 침을 놓는 것, 관을 삽입하여 치료하는 방법 등을 말한다. 그러다보니 시술실, 시술대, 시술비 같은 말들이 생겼다. 시술비는 〈우리말샘〉에 올라 있으나 시술실이나 시술대는 아직 국어사전에 오르지 못했다.

■ 재배삼(栽培蔘)

산에서 자연스럽게 자라는 삼은 산삼, 밭에서 기르는 삼은 인삼이다. 밭에서 기르는 인삼을 포삼(圃蔘)이라는 한자어로 지칭하기도 한

국어사전 앞에서는 모든 말이 평등해야 한다.

다. 밭에서 재배하지 않고 산에 씨를 뿌려서 기르는 삼도 있으니, 이를 장뇌(長腦) 혹은 장뇌삼(長腦蔘)이라고 한다. 〈우리말샘〉에는 장뇌삼을 가리키는 산양삼(山養蔘)이라는 말이 실려 있기도 하다.

밭에서 기르는 삼과 산에 씨를 뿌려서 기르는 삼을 아울러 이르는 말은 없을까? 국어사전에는 없지만 사람들 사이에서는 재배삼(栽培蔘)이라는 말이 통용되고 있다. 어엿이 통용되는 말이라면 국어사전 안으로 끌어들여야 한다.

■ 흑계(黑鷄)

닭을 털 색깔에 따라 부르는 이름이 있다. 국어사전에 '백계(白鷄)'와 '황계(黃鷄)'가 표제어로 올라 있다. 닭의 털빛이 흰색과 누런색밖에 없을까? 검은 빛깔의 털을 가진 닭도 있지만 어찌 된 일인지 '흑계(黑鷄)'라는 말은 보이지 않는다. 〈우리말샘〉에 '검은닭'과 '검정닭'이 보이기는 한데 둘 다 북한어로 처리했다. '흰닭'이라는 말 역시 북한어라고 했다. 남한 사람들은 '흰닭'이라는 말을 사용하지 않는다는 말인가? 나 혼자만 잘못된 처사라고 생각하지는 않을 거라 믿는다.

■ 편기(編機)와 편침(編針)

실로 뜨개질한 것처럼 짜는 기계를 편직기(編織機), 줄여서 편기(編機)라고 한다. 편직기는 표제어에 있지만 편기는 없다. 〈우리말샘〉에 있는 낱말 몇 개를 보자.

¶더블^저지(double jersey): <복식> 바늘이 두 줄인 편기로 짠 편물포를 통틀어 이르는 말.
¶경편기(經編機): <공예> 날실을 편침으로 사용하여 세로 방향

으로 짜 내려가는 편성기.

¶풀패션^니팅^편기(full fashion knitting編機): <공예> 재단할
필요 없이 코를 줄이거나 늘려 원하는 형태로 편성물을 짜는
위편기. 스웨터나 양말 따위의 편성물을 짜는 데 사용한다.

'더블 저지' 뜻풀이에 분명히 '편기'라는 낱말이 보이지 않는가. 뒤이
어 나오는 '편물포'라는 낱말도 표제어에서 찾을 수 없다. 경편기가 세
로 방향으로 짜 내려간다면 위편기(緯編機)는 가로 방향으로 짜 내려
가는 기계다. 하지만 '경편기'에 대응하는 '위편기'는 표제어에 없다. 그
런데 '풀패션 니팅 편기' 뜻풀이에 '위편기'가 보인다. 이런 식으로 자신
들이 만든 낱말의 뜻풀이에 나오는 말임에도 정작 표제어로는 올리지
않는 무신경을 확인할 때마다 씁쓸해지곤 한다.

¶트리코^편직기([프랑스어]tricot編織機): <공업> 날실을 실가이
드의 운동으로 편침(編針)에 공급하고 프레서(presser) 및 싱
커(sinker)로 짜는 메리야스 기계.

이 낱말은 『표준국어대사전』에 실려 있는데, 역시 뜻풀이에 나온 '편
침(編針)'이 표제어에 없다. 편침은 편직기에 달린 바늘을 이르는 말이
다.

■ 새도시와 굿긴소식

한겨레신문은 최초로 신문 이름 앞에 우리말을 사용했다. 창간 당시
부터 가로쓰기를 도입하고 가능하면 우리말을 사용하겠다는 원칙을
세우기도 했다. 그래서 한겨레신문을 유심히 보면 몇몇 용어에서 한자

국어사전 앞에서는 모든 말이 평등해야 한다.

어 대신 우리말을 꾸준히 사용하고 있는 걸 알 수 있다. 그중 하나가 '신도시' 대신 '새도시'라는 말을 쓰고 있다는 사실이다. 그런 영향 때문인지는 몰라도 새도시라는 말을 쓰는 사람들이 꽤 있다. 다른 예로는 '궂긴소식'이라는 말을 들 수 있다. 참 낯설다 싶은 말이라고 여길 사람이 많겠다. 『표준국어대사전』에 '궂기다'라는 동사가 있다.

> ¶ 궂기다: 1. (완곡하게) 윗사람이 죽다. 2. 일에 헤살이 들거나 장애가 생기어 잘되지 않다.

'궂긴소식'이라는 말은 여기서 나왔다. 한자어 부고(訃告)를 대신할 수 있는 말이다. 하지만 '새도시'도 '궂긴소식'도 아직 국어사전들이 받아들이지 않고 있다.

■ 새식구, 도낏자국, 망칫자루

국어사전에 새어머니와 새아버지가 표제어로 올라 있으며, 새엄마와 새아빠도 마찬가지다. 하지만 '새식구'라는 말은 안 보인다. 합성어로 인정하지 않고 '새 식구'처럼 쓰라는 말인데, 새아버지나 새어머니라는 말과 달리 취급할 이유가 없지 않을까? 새식구를 하나의 낱말로 인정하고 새로 가족 구성원이 된 사람이라는 뜻으로 풀이해주어야 마땅한 일이다. 아울러 회사나 단체에 새로 들어온 사람을 이를 때도 새식구라는 말을 쓰고 있으므로 그런 뜻까지 담아주면 좋겠다.

비슷한 예로 '도낏자국' 같은 말을 들 수 있다. 국어사전 표제어에 톱자국, 대팻자국 같은 말이 합성어로 올라 있으므로, 같은 형식으로 이루어진 도낏자국이라는 낱말을 인정하지 않을 이유가 없다. '망칫자루' 역시 푸대접을 받고 있다. 톱자루, 삽자루뿐만 아니라 도낏자루가 표제어에 있으므로 망칫자루도 표제어로 삼는 게 합당한 처사일 것이다.

다음은 앞에서 다루지 못했으면서 〈우리말샘〉에도 없는 말들을 찾아 내가 생각하는 대로 간단히 풀이를 달아본 것들이다.

¶가공식(加工食): =가공식품.

¶가정관리사(家庭管理士): 다른 가정의 가사 및 돌봄을 지원해주는 일을 하는 직업인.

¶개업일(開業日): 영업을 처음 시작한 날.

¶개인작업(個人作業): 홀로 모든 과정을 처리하는 일.

¶개인평(個人評): 경연대회 등에 참여한 개인에게 따로 해주는 평가.

¶건배사(乾杯辭): 다 같이 술을 마실 것을 권하며 하는 말.

¶검토문(檢討文): 어떤 사실이나 의견을 자세히 살펴서 따져본 내용을 정리한 글.=검토서(檢討書).

¶경연자(競演者): 기능이나 실력을 겨루기 위해 참여한 사람.

¶고추지: 고추를 간장에 담가 새콤하게 삭힌 음식.

¶국제열차(國際列車): 두 나라 이상에 걸쳐 있는 철도를 차량을 바꾸지 않고 운행하는 열차.

¶대상어(對象魚): 낚시질을 하면서 낚기를 원하는 물고기.

¶대치선(對峙線): 서로 대립하거나 맞선 상태에서 경계를 이루고 있는 곳.

¶동기회(同期會): 학교나 군대 등을 같은 시기에 들어갔던 사람들끼리 갖는 모임.

¶맞대국: 바둑에서 미리 돌을 깔지 않고 대등하게 맞서는 시합.

¶면대면(面對面): 얼굴과 얼굴을 서로 맞댐.

¶명망성(名望性): 이름이 널리 알려진 정도.

¶명절복(名節服): 명절에 특별히 입는 옷. * '명절옷'은 국어사전에 있다.

¶명절상(名節床): 명절에 특별히 차린 상.

¶몸정(몸情): 육체관계를 맺으면서 생긴 정.

¶물꽂이: 물에서 어느 정도 뿌리가 날 때까지 기다리다가 흙에 심는 영양생식 방법 중 하나.

¶발송문(發送文): 외부 기관이나 외부인에게 보내는 문서.

¶밥배: 밥을 먹을 수 있는 배 혹은 밥이 들어가는 배.

¶배받이살: 생선이나 육고기의 배 쪽에 붙은 살.

¶복장검사: 옷차림이 단정한지를 따져서 판단하는 일.

¶분양증: 어떤 것을 나누어 받기로 한 것을 증명하는 문서.

¶빙상계(氷上界): 스케이트 경기에 관련된 사람들이 모인 집단 혹은 분야.

¶빙상인(氷上人): 스케이트 경기에 관한 일에 종사하는 사람들.

¶사용기(使用記): 어떤 물건이나 제품을 사용해본 다음에 평가를 담아 남기는 글.

¶사원증: 기업이나 기관에 종사하는 사람임을 증명해 줄 수 있도록 만든 증명서 양식.

¶서각(書刻): 나무판 등에 글씨를 파거나 새기는 일.

¶서명대(署名臺): 어떤 사안에 대해 지지 혹은 반대를 밝힌다는 의미로 서명을 받으려고 서명지 등을 올려놓은 책상.

¶서명지(署名紙): 어떤 사안에 대해 지지 혹은 반대를 밝힌다는 의미로 참여자의 이름을 적도록 만든 종이.

¶세탁물(洗濯물): 세탁에 사용하거나 사용한 물.

¶소방수(消防水): 불이 났을 때 진화를 위한 용도로 저장해 놓는 물.

¶소방화(消防靴): 소방관들이 불을 끌 때 안전을 위해 신는 신발.

¶송공(頌功): (직장에서 퇴직하거나 단체에서 맡은 임기가 끝날 때) 그동안의 공로를 기림.

¶송공패(頌功牌): (직장에서 퇴직하거나 단체에서 맡은 임기가 끝날 때) 그동안의 공로를 기려서 주는 패.

¶시주질(施主秩): 불사(佛事)를 위해 시주한 사람의 이름을 적은 명부.

¶신문꽂이(新聞꽂이): 신문을 가지런히 꽂아둘 수 있도록 만든 물건.

¶신혼살이(新婚살이): 결혼한 지 얼마 안 된 부부가 함께 사는 일.

¶심리론(心理論): 어떤 대상이나 현상을 대하는 사람의 마음을 탐구하는 이론.

¶심리상담(心理相談): 마음의 어려움을 겪고 있는 사람과 이야기를 나누며 원인과 해결책을 찾기 위해 진행하는 상담.

¶실비집: 싼값에 음식을 파는 식당.

¶안경집(眼鏡집): 안경을 맞추어주거나 파는 곳을 일상적으로 이르는 말.

¶안전바(安全bar): 놀이기구나 리프트 등을 탈 때 몸이 밖으로 나가지 못하도록 가로지른 대.

¶안전검사(安全檢查): 설비나 장비 혹은 기구 등의 위험성 여부를 가리는 일.

¶야영촌(野營村): 야영을 할 수 있도록 제반 시설을 마련해놓은

국어사전 앞에서는 모든 말이 평등해야 한다.

넓은 구역.

¶연령차(年齡差): 나이에 따른 차이.

¶옆좌석(옆座席): 어떤 좌석을 기준으로 그 바로 옆에 있는 자리.

¶용의검사: 옷차림이나 몸의 청결 상태 등을 따져서 판단하는 일.

¶우등품(優等品): 품질이 우수한 제품.

¶은박접시: 알루미늄 포일(foil)로 만든 일회용 접시.

¶이타행(利他行): 남에게 이로움을 주기 위해 노력하는 일.

¶자석요(磁石요): 자석 성분을 넣어서 만든 요.

¶잔혹물(殘酷物): 영화나 만화 등에서 잔인한 내용을 담아 만든 제작물.

¶저장무: 김장철 등을 대비해 미리 캐서 저장해둔 무.

¶적색수배: 범죄 용의자의 체포 및 송환을 위해 인터폴 (Interpol)을 통해 내리는 국제 수배 조치.

¶적색육(赤色肉): 조리를 한 후, 또는 그 이전의 날고기일 때 붉은 빛을 띠는 고기를 뜻하며, 대부분의 포유류가 이를 갖고 있다.

¶접대처(接待處): 손님을 맞아 대접을 하는 장소.

¶접수번호(接受番號): 접수한 순서대로 매긴 번호.

¶정세관(政勢觀): 정치 동향이나 형세를 바라보는 관점.

¶제안문(提案文): 의견이나 원하는 바를 정리해서 내어놓는 글.

¶조업선(操業船): 주로 바다에서 물고기를 잡기 위한 배.

¶조퇴증(早退證): 주로 학교에서 정해진 시간보다 일찍 나가는 것을 허락하는 증서.

¶종합평가(綜合評價): 여러 항목을 아울러 살펴본 결과를 합산 하여 하는 평가.

¶주취(酒醉): 술에 취한 상태.

¶징용공(徵用工): 일제 강점기에, 일본 제국주의자들이 광산이
　나 공장으로 강제로 동원하여 데려간 사람.

¶채록집(採錄集): 전해오는 이야기나 노래 등을 듣고 정리해서
　엮은 책.

¶채비: 낚시를 하기 위한 각종 소품.

¶체력검사(體力檢查): 육체적 활동을 할 수 있는 힘의 정도를 측
　정하는 일.

¶체질검사(體質檢查): 몸의 생리적 성질이나 건강상의 특질을
　측정하는 일.

¶체험물(體驗物): 스스로 해볼 수 있도록 만든 물건이나 장치.

¶체험수기(體驗手記): 스스로 겪은 일을 기록한 글.

¶초대인(招待人): 어떤 자리나 모임에 나와줄 것을 부탁하거나
　부탁받은 사람.=초대자(招待者).

¶초청서(招請書): 어떤 행사나 모임에 참석을 요청하는 내용을
　담은 글.=초청문(招請文).

¶출생국(出生國): 태어난 나라.

¶출장객(出張客): 출장을 목적으로 찾아온 손님.

¶침대석(寢臺席): 침대를 마련해놓은 좌석.

¶콘서트장(concert場): 청중을 대상으로 노래와 음악을 연주하
　기 위해 마련한 장소.

¶탐조대(探鳥臺): 사람들이 모여서 새를 관찰할 수 있도록 설치
　한 대.

¶통보문(通報文): 알려야 할 내용을 적은 글.

¶투고문(投稿文): 의뢰를 받지 않고 언론 매체 등에 보낸 글.

¶투고작(投稿作): 의뢰를 받지 않고 신문사나 잡지사, 출판사 등

국어사전 앞에서는 모든 말이 평등해야 한다.

에 보낸 원고.

¶투표층(投票層): 투표에 참여할 의향을 갖고 있는 사람들.

¶퇴장객(退場客): 경기장이나 행사장에서 퇴장하는 손님.

¶판정단(判定團): 주장의 타당성이나 경연 참가자의 실력 혹은 특정 사건의 진위 등을 가리는 역할을 맡은 사람들.

¶편력기(遍歷記): 이곳저곳 돌아다니거나 여러 가지 경험한 일을 적은 글.

¶필참(必參): 반드시 참석하도록 함.

¶학술서적(學術書籍): 학문적인 내용을 설명해놓은 책.=학술서.

¶합작물(合作物): 공동으로 작업하여 만드는 물건.

¶행정망(行政網): 1. 행정 부서끼리 연결되어 있는 통신 체계. 2. 행정 단위끼리 연결되어 있는 조직 체계.

¶호박구덩이: 호박을 심기 위해 판 구덩이.

¶혼인율(婚姻率): 일정한 기간에 혼인을 한 사람이 차지하는 비율.

¶혼합음료(混合飮料): 주 원료에 다른 성분을 섞어서 만든 음료.

¶화초닭: 애완용으로 기르는 닭.

¶희귀암: 매우 드물게 발병하며 정확한 진단이 힘든 암.

부록

풀이에는 있지만
표제어에는 없는 낱말들

풀이에는 있지만
표제어에는 없는 낱말들

낱말의 풀이 내용 중에는 나오지만 표제어에 없는 것들을 모아보았다. 이와 같은 낱말을 이전에 낸 책 『미친 국어사전』(2015년)에서 백여 개를 찾아서 지적했다. 그 후에도 눈에 띄는 것들이 너무 많아 별도로 첨부한다.

¶가락^문화제(駕洛文化祭): <예체능 일반> (…) 수로왕릉 광장에서 서막식을 올린 뒤 문학, 음악, 미술 등 11개 분야별로 경연이 펼쳐진다.

→ '서막식'이 없다.

¶가리맛조개: <동물> (…) 껍데기는 앞뒤로 길쭉하고 가는 윤맥(輪脈)이 많다.

→ '윤맥(輪脈)'이 없다.

¶간판(間判): <영상> 사진에서, 소판(小判)과 중판(中判)의 중간 정

도 크기의 건판.

→ '소판(小判)'과 '중판(中判)'이 없다.

¶감속^톱니바퀴(減速---): <기계> 감속 장치에 쓰는 기어. 원동축
(原動軸)과 종동축(從動軸) 기어의 감속비에 따라 속도를 늦춘다.

→ '원동축(原動軸)'이 없다.

¶강도(羌桃): (…) 한방에서 변비나 기침의 치료, 동독(銅毒)의 해독
따위의 약재로 쓴다.

→ '동독(銅毒)'이 없다.

¶강면약(強綿藥): <화학> 초화도(硝化度)가 높은 솜화약.

→ '초화도(硝化度)'와 '초화(硝化)'가 없다.

¶갱화석(坑火石): 부석질(浮石質)인 석영 조면암.

→ '부석질(浮石質)'이 없다.

¶건흥(建興): <역사> (…) 금동 불상의 광배명(光背銘)에 나오는데,
장수왕 때로 추정되나 확실하지 않다.

→ '광배명(光背銘)'이 없다.

¶검당계(檢糖計): <생명> (…) 당(糖)의 수용액에는 광학 활성이 있
어 그 선광(旋光)의 각도로부터 농도를 구한다.

→ '선광(旋光)'이 없다.

국어사전 앞에서는 모든 말이 평등해야 한다.

¶검력계(檢力計): <공업> 생사(生絲)나 견사(絹絲)의 강도와 신장
도(伸長度)를 재는 계기.

→ '신장도(伸長度)'가 없다.

¶결인(結印): <불교> (…) 열 손가락을 구부리거나 펴서 부처나 보
살의 법덕(法德)의 표시인 인(印)을 맺는다.

→ '법덕(法德)'이 없다.

¶경보(慶甫): <인명> (…) 당나라의 광인 화상(匡人和尙)에게서 비
인(祕印)을 전수받고 돌아와….

→ '비인(祕印)'이 없다.

¶경수(經隧): 2. <한의> 오장과 육부가 서로 연계되는 대락(大絡).

→ '대락(大絡)'이 없다.

¶경축(驚搐): <한의> 회충병, 뇌척수 질환, 고열 따위로 인하여 어
린아이의 온몸에 경련이 일어나는 증상.

→ '회충병'이 없다.

¶고공^무상^무아(苦空無常無我): <불교> 고제(苦諦)의 경계를 관
찰하여 일어나는 네 가지 지해(智解).

→ '지해(智解)'가 없다.

¶고릴라(gorilla): <동물> (…) 아프리카의 숲에 사는데 서부고릴라
와 동부고릴라 두 종이 있다.

→ ‘서부고릴라’는 표제어에 올렸으나 ‘동부고릴라’는 없다.

¶곤살레스(González, Julio): <인명> (…) 아버지 밑에서 배운 조금
   술(彫金術)과 공장에서 일한 체험을….
→ ‘조금술(彫金術)’이 없다.

¶공려(公厲): <민속> 살벌(殺罰)을 맡아 다스리는 궁중의 작은 신.
   나라에서 가을에 제를 올렸다.
→ ‘살벌(殺罰)’이 없다.

¶구를라만다타산(Gurla Mandhata山): <지명> (…) 성호(聖湖) 마
   나사로와르호의 남쪽에 따로 솟은 봉우리이다.
→ ‘성호(聖湖)’가 없다.

¶관리^포스트(管理post): <경제> (…) 잠정적으로 거래하도록 지정
   한 매매대(賣買臺).
→ ‘매매대(賣買臺)’가 없다.

¶관전(館田): <역사> (…) 관군(館軍)과 관부(館夫) 따위에게 신역
   (身役)의 대가로 지급하던 토지.
→ ‘관부(館夫)’가 없다.

¶규방필독(閨房必讀): <책명> 조선 후기에 송인건(宋寅建)이 지은
   한글체의 계녀서(誡女書).
→ ‘계녀서(誡女書)’가 없다.

국어사전 앞에서는 모든 말이 평등해야 한다.

¶금동^연가^칠년명^여래^입상(金銅延嘉七年銘如來立像): <역사
> (…) 둥근 대좌(臺座) 위에 바로 선 독존상(獨尊像)으로….
→ '독존상(獨尊像)'이 없다.

¶금란(金襴): 금박을 종이에 붙여서 가늘게 자른 평금사(平金絲).
→ '평금사(平金絲)'가 없다.

¶기관차회행선(機關車回行線): <교통> (…) 기관고와 급탄수선(給
炭水線) 사이에서….
→ '급탄수선(給炭水線)'이 없다.

¶기려수필(騎驢隨筆): <책명> (…) 5권 5책의 정고본(整稿本)과 한
묶음의 기록지로….
→ '정고본(整稿本)'이 없다.

¶기성암(氣成巖): <지구> (…) 황토 지대에 널리 퍼져 있는 대부분
의 롬층(loam層)이 그 예이다.
→ '롬층(loam層)'이 없다.

¶기어^커플링(gear coupling): <기계> 치수(齒數)가 서로 같은 외
면 톱니바퀴와 내면 톱니바퀴로 이루어진 커플링.
→ '치수(齒數)'가 없다.

¶기친(朞親/期親): <역사> (…) 중자녀(衆子女), 맏며느리, 장손(長

孫), 장증손(長曾孫), 장현손(長玄孫), 형제자매, 백부, 백모, 숙부, 숙모, 조카, 조카딸 등을 이른다.

→ '중자녀(衆子女)', '장증손(長曾孫)', '장현손(長玄孫)'이 없다.

¶끌그물^어법(—漁法): <수산업> (…) 표층어(表層魚)가 대상인 기선 권현망, 중층어가 대상인 중층 끌그물, 저층어가 대상인 쌍끌이 기선 저인망과 오터 트롤 따위가 있다.

→ '표층어(表層魚)', '권현망', '저층어'가 없고, '중층어'는 『고려대한국어대사전』에만 있다.

¶내장산성(內藏山城): <역사> (…) 조선 태조의 어용(御容)과 왕조실록을 지키기 위하여 쌓은 석성(石城)이다.

→ '어용(御容)'이 없다.

¶농산물^검사(農産物檢査): <법률> 농산물 또는 그 가공품의 종류·명표(銘標)·포장·중량 따위를 확인하고….

→ '명표(銘標)'가 없다.

¶뇌저시수(腦底示數): <의학> 기저점(基底點)에서 치조점(齒槽點)까지의 거리를 머리뼈의 최대 길이로 나누어 100을 곱한 값.

→ '기저점(基底點)'과 '치조점(齒槽點)'이 없다.

¶누에나방과(누에나방科): <동물> 곤충강 나비목의 한 과. 중간 크기의 나방으로 더듬이는 쌍빗살꼴이며, 애벌레는 몸에 털이 없다.

→ '쌍빗살'이나 '쌍빗살꼴'이 없다.

국어사전 앞에서는 모든 말이 평등해야 한다.

¶눈알고둥: <동물> 소랏과의 하나. 껍데기 표면은 녹갈색으로 나륵
(螺肋)이 있고 몸은 낮은 원뿔형이다.
→ '나륵(螺肋)'이 없다.

¶다상(多常): <인명> (…) 일본에 귀화하여 승의(僧醫)가 되어 불도
를 닦으며 많은 환자를 치료하여 이름을 떨쳤다.
→ '승의(僧醫)'가 없다.

¶다이스강(dies鋼): <공업> (…) 텅스텐 따위를 함유하는데 신선(伸
線), 다이스, 트리밍다이스 따위에 쓴다.
→ '신선(伸線)'과 '트리밍다이스'가 없다.

¶단원^측각기(單圓測角器): <광업> (…) 회전축과 정대축(晶帶軸)
이 일치하도록 결정(結晶)을 고정하고, 한 정대에 속하는 면의 각
도를 측정한다.
→ '정대축(晶帶軸)'이 없다.

¶달고기: <동물> (…) 산란기는 4~6월이며 부유란(浮游卵)을 낳는
데, 한국, 일본, 오스트레일리아 등지에 분포한다.
→ '부유란(浮游卵)'이 없다.

¶대각(袋角): <동물> (…) 털이 있는 연피(軟皮)로 덮여 있지만 나중
에 연피가 벗어지면서 뿔이 나타난다.
→ '연피(軟皮)'가 없다.

¶대영서(大盈署): 2. <역사> 조선 초기에, 평양부와 함흥부 부관(府官)의 미곡을 맡아보던 관아.

→ '부관(府官)'이 없다.

¶대지^효과(大地效果): <정보·통신> (…) 안테나가 대지에 가까운 경우 복사파의 일부가 대지면에 반사되어….

→ '복사파'가 없다.

¶도마뱀: <동물> 온몸이 비늘로 덮이고 짧은 네발이 있으며 몸 중앙에는 많은 비늘줄이 있다.

→ '비늘줄'이 없다.

¶동물^사회(動物社會): <동물> (…) 한 종류로만 이루어지는 종사회(種社會), 두 종류 이상으로 이루어지는 종간 사회(種間社會)로 구분되지만 주로 종사회를 이른다.

→ '종사회(種社會)'와 '종간 사회(種間社會)'가 없다.

¶뗏목식^양식(-木式養殖): <수산업> (…) 뗏목을 물에 띄우고, 그 아래에 치패가 붙은 수하연(垂下延)을 매단다.

→ '수하연(垂下延)'이 없다.

¶띠호리병벌(一甁-): <동물> (…) 몸의 길이는 1.5~2cm이며, 검은색이고 가슴등판과 배마디등판에 누런 가로띠가 있다.

→ '가슴등판'과 '배마디등판'이 없다.

국어사전 앞에서는 모든 말이 평등해야 한다.

¶량산포(Liangshanpo[梁山泊]): <지명> (…) 험준한 곳이어서 예
로부터 도적과 모반군의 근거지가 되었다고 한다.
→ '모반군'이 없다.

¶루트^사막(Lut沙漠): <지명> (…) 해발 고도가 가장 낮은 염원(鹽
原) 지대는 뜨거운 기온과….
→ '염원(鹽原)'이 없다.

¶마그네슘 폭탄(magnesium爆彈): <군사> 마그네슘을 연소제로
불을 일으키는 소이탄.
→ '연소제'가 없다.

¶마차꾼자리(馬車꾼자리): <천문> (…) 휘성(輝星)인 카펠라를 하
나의 꼭짓점으로 하여 오각형을 이루며….
→ '휘성(輝星)'이 없다.

¶마카리오스(Makarios): <인명> (…). 이집트의 스케테 사막에 은
수사(隱修士)의 마을을 지었으며….
→ '은수사(隱修士)'가 없다.

¶마하라자(Mahārāja): (…) 인도네시아・말레이시아 등에서 쓰는
토후(土侯), 번후(藩侯)를 이르는 칭호.
→ '번후(藩侯)'가 없으며, '토후(土侯)'와 같은 뜻으로 쓰는 '번왕(藩
王)'은 있다.

¶말미잘: <동물> (…) 몸은 원통 모양이며 구반(口盤), 체벽, 족반
(足盤)의 세 부분으로 이루어져 있다.

→ '구반(口盤)'이 없다.

¶망선문(望仙門): <무용> (…) 봉작선(奉雀扇) 네 사람과 집당(執
幢) 두 사람이 향당 교주에 맞추어 마주 서서 춘다.

→ '집당(執幢)'이 없다.

¶맥각소(麥角素): <약학> 맥각에 들어 있는 극독소(劇毒素).

→ '극독소(劇毒素)'가 없다.

¶먼거리^치료(먼거리治療): <의학> 신체로부터 멀리 선원(線源)을
두고 행하는 방사선 치료법.

→ '선원(線源)'이 없다.

¶모래^주머니: <동물> (…) 근벽(筋壁)을 가지며, 속에 들어 있는
모래알이나 키틴질로 된 이 따위로 식물을 으깨어 부순다.

→ '근벽(筋壁)'이 없다.

¶목표^편차(目標偏差): <군사> 탄착점이나 파열점에서 목표까지
의 거리.

→ '파열점'이 없다.

국어사전 앞에서는 모든 말이 평등해야 한다.

¶목피리재비: 〈음악〉 국악 합주나 무용 반주에서, 으뜸 피리재비.
→ '피리재비'가 없다.

¶무반동총(無反動銃): 제이 차 세계 대전 때 미국에서 개발한 대전
　차ˎ 중진지(重陣地) 공격용 포.
→ '중진지(重陣地)'가 없다.

¶미사일^탐지^위성(missile探知衛星): 〈군사〉 (⋯) 분진(噴進) 단
　계에서 적외선으로 탐지하고 경보를 알리는 인공위성.
→ '분진(噴進)'이 없다.

¶밀라노^성당(Milano聖堂): (⋯) 오랑식(五廊式)인 순백의 대리석
　건축으로 각 기둥 위에 135개의 작은 첨탑이 있다.
→ '오랑식(五廊式)'이 없다.

¶반고(半鼓): 북의 하나. 가죽으로 한쪽만 메우고 모서리를 돌아가
　며 잔구슬을 달았으며, 그다지 크지 않다.
→ '잔구슬'이 없다.

¶밤색하루살잇과(밤色하루살잇科): 〈동물〉 (⋯) 세시맥(細翅脈)이
　많고 뒷날개가 작다. 애벌레는 몸과 더듬이가 길고 미사(尾絲)는
　세 개이며 아가미는 잎 모양이다.
→ '세시맥(細翅脈)'과 '미사(尾絲)'가 없다. 『표준국어대사전』에
　'미사(眉絲)'가 있는데, "곤충의 꼬리에 붙은 실 모양의 부속물"이
　라고 풀이했다. 한자어 '尾絲'를 잘못 표기한 걸로 보인다.

¶방패^비늘(防牌비늘): 〈동물〉 (…) 발생 및 구조가 이빨과 비슷하여 피치(皮齒)라고도 한다.
→ '피치(皮齒)'가 없다.

¶벤질^알코올(benzyl alcohol): 〈화학〉 (…) 약한 황기를 가지고 화정유(花精油) 따위에 천연으로 존재한다.
→ '화정유(花精油)'가 없다.

¶변조금강(遍照金剛): 〈불교〉 대일여래의 밀호(密號). 광명이 두루 비치어 그 본체가 무너지지 않는다는 뜻이다.
→ '밀호(密號)'가 없다.

¶별집(別集): 개인 문집의 원집(原集)이 나온 뒤 따로 시문을 모아 냈을 때에 붙이는 이름.
→ '원집(原集)'이 없다.

¶보람유(寶藍釉): 〈공예〉 경태람의 청색과 자색을 도자기에 응용한 유색(釉色).
→ '유색(釉色)'이 없다.

¶보호^상피(保護上皮): 〈생명〉 상피 세포의 하나. 동물의 체표 또는 체내 강소(腔所)의 내면을 덮고 있다.
→ '강소(腔所)'가 없다.

국어사전 앞에서는 모든 말이 평등해야 한다.

¶복흡반(腹吸盤): 〈동물〉(…) 배의 한가운데 선 위의 구흡반(口吸盤) 뒤에 있고 이것으로 숙주에 흡착한다.
→ '구흡반(口吸盤)'이 없다.

¶봉선화(鳳仙花): 〈식물〉(…) 60cm 정도 되는 고성종(高性種)과 25~40cm로 낮은 왜성종(矮性種)이 있는데….
→ '고성종(高性種)'과 '왜성종(矮性種)'이 없다.

¶북서ᄉ항로(北西航路): 〈책명〉(…) 선박의 완항(完航) 기록이면서, 북극 지역의 정확한 과학적 자료들이 정리되어 있다.
→ '완항(完航)'이 없다.

¶분황제(焚黃祭): 〈역사〉 죽은 자에 대한 임금의 고명문(誥命文)의 부본(副本)을 그 영전에서 불살라 고하던 제사.
→ '고명문(誥命文)'이 없다.

¶붉은줄불나방: 〈동물〉(…) 앞날개의 아기선(亞基線), 내횡선(內橫線), 외횡선과 바깥 가장자리는 붉은색이고….
→ '아기선(亞基線)', '내횡선(內橫線)', '외횡선'이 없다.

¶비자(visa): <법률> (…) 자기 나라 또는 체재국(滯在國)의 대사(大使), 공사(公使), 영사(領事)로부터….
→ '체재국(滯在國)'이 없다.

¶비카네르(Bikaner): 〈지명〉 (…) 대상로가 집중되어 있고, 성벽과 토후궁(土侯宮)이 있다.

→ '토후궁(土侯宮)'이 없다.

¶비행선(飛行線): 〈물리〉 항공도나 지도 위에 나타낸, 비행기나 유도 미사일이 날아가게 될 예정선. 또는 탄도선(彈道線).

→ '탄도선(彈道線)'이 없다.

¶사막칠(沙漠漆): 〈지리〉 취식(吹蝕)에 의하여 형성된….

→ '취식(吹蝕)'이 없다.

¶사방^공학(沙防工學): 〈임업〉 (…) 산림의 이수(理水) 기능을 높이기 위한 공법과 현상을 연구하는 학문. 이수(理水)를 잘못 표기한 걸로 보인다.

→ '이수(理水)'가 없다.

¶사왕의^비(蛇王-碑): 〈역사〉 (…) 매와 제트왕(Zet王)의 신호(神號)를 나타내는 뱀이 부조되어 있다.

→ '신호(神號)'가 없다.

¶사인봉(sign棒): 각을 정밀히 재고, 주어진 각도에 공작물을 설정하기 위하여 쓰는 측각구(測角具).

→ '측각구(測角具)'가 없다. 대신 '측각기(測角器)'는 있다.

국어사전 앞에서는 모든 말이 평등해야 한다.

¶사자관(四子管): 〈음악〉 생황 17관 가운데 중려관(仲呂管)과 유
   빈관(蕤賓管)에 붙인 이름.
→ '중려관(仲呂管)'과 '유빈관(蕤賓管)'이 없다.

¶상대^굴절률(相對屈折率): 〈물리〉 빛이 두 매질의 접촉면에서 굴
   절할 때의 입사각과 굴절각의 정현비(正弦比).
→ '정현비(正弦比)'가 없다.

¶상장^등록(上場登錄): 〈법률〉 증권 거래소가 상장을 위하여 각령
   (各令)에 따라 유가 증권을 등록하는 일.
→ '각령(各令)'이 없다.

¶서장(書狀): 〈불교〉 (…) 중국 대혜(大慧) 대사의 서간문을 모아
   놓은 책으로 요중수선(搖中修禪)을 강조하였다. 2권.
→ '요중수선(搖中修禪)'이 없다.

¶선택^본원(選擇本願): 〈불교〉 (…) 추악한 것은 버리고 선묘(善
   妙)한 것만 골라 정토를 세우겠다고 한 서원(誓願).
→ '선묘(善妙)'와 '선묘하다(善妙하다)'가 없다.

¶설면음(舌面音): 〈언어〉 전설면(前舌面)과 경구개, 후설면(後舌
   面)과 연구개 사이에서 나는 소리.
→ '전설면(前舌面)'과 '후설면(後舌面)'이 없다.

¶섶^자리^고치: 〈농업〉 섶에 붙었던 자리가 나 있는 고치. 섶 자리
 는 실층이 너무 달라붙어 실이 잘 풀리지 않는다.
→ '실층'이 없다.

¶세라티아마르세센스(Serratia marcescens): 〈생명〉 진한 붉은색
 의 색소를 생산하는 잡세균의 하나. (…) 식품에 생기는 그람 음성
 의 단간균(短桿菌)으로….
→ '잡세균'과 '단간균(短桿菌)'이 없다.

¶소매체(小媒體): 〈매체〉 (…) 무가지(無價紙), 우편 광고, 점두(店
 頭) 광고 따위가 이에 속한다.
→ '점두(店頭) 광고'가 없다.

¶소법(消法): 〈한의〉 식체(食滯)나 기혈이 막히고 몰려서 생긴 비
 증(痞症)이나 적취(積聚)를 치료하는 방법.
→ '비증(痞症)'이 없다.

¶속아가미: 〈동물〉 양서류 무미목(無尾目) 유생의 아가미.
→ '무미목(無尾目)'이 없다.

¶수기하다(授記하다): 〈불교〉 부처가 그 제자에게 내생에 성불(成
 佛)하리라는 예언기(豫言記)를 주다.
→ '예언기(豫言記)'가 없다.

¶수묵(水墨): 〈공예〉 유묵(流墨) 무늬가 있는 그릇.
→ '유묵(流墨)'이 없다.

¶스칸디나비아산맥(Scandinavia山脈): 〈지명〉 스칸디나비아반도
　서부에 이어져 있는 고원상(高原狀)의 산지.
→ '고원상(高原狀)'이 없다.

¶스쿨^피겨(school figure): 〈체육〉 피겨 스케이팅에서, 기본이 되
　는 형. 또는 그 형에 따라 하는 활주법.
→ '활주법'이 없다.

¶스톱(stop): 2. 〈음악〉 오르간 따위에서, 각종 음관(音管)으로 들
　어가는 바람의 입구를 여닫는 장치
→ '음관(音管)'이 없다.

¶스핀들유(spindle油): 〈화학〉 점성이 낮고 투명하며 불순물이 없
　는 순광유.
→ '순광유'가 없다.

¶시마(緦麻): 〈복식〉 (…) 종증조, 삼종형제, 중현손(衆玄孫), 외손,
　내외종 따위의 상사(喪事)에 석 달 동안 입는다.
→ '중현손(衆玄孫)'이 없다.

¶시식돌(施食-): 〈불교〉 영혼의 천도식(薦度式)을 마치고 마지막
　으로 문밖에서 잡귀에게 음식을 주며 경문을 읽는 곳.

→ '천도식(薦度式)'이 없다.

¶시악화성(詩樂和聲): 〈책명〉 (…) 규장각에서 편찬한 음악서.
→ '음악서'가 없다.

¶신래침학(新來侵虐): 관아에 임관되어 온 신임자를 고참자가 학대
  하여 참기 어려운 치욕을 주던 일.
→ '신임자'와 '고참자'가 없다.

¶신사전(神祠田): 〈역사〉 조선 전기에, 종묘사직·문묘의 제사와
  잡사(雜祠)의 제사에 드는 비용을 마련하기 위하여 둔 제전(祭田).
→ '잡사(雜祠)'가 없다.

¶심사대장(深沙大將): 〈불교〉 (…) 구제함을 본원으로 하는 착한
  신으로, 질병을 고치고 마사(魔事)를 물리친다고 한다.
→ '마사(魔事)'가 없다.

¶심장^방사도(心臟放射圖): 〈의학〉 심장방사도법을 이용하여 기
  록한 그림.
→ '심장방사도법'과 '심장방사'가 없다.

¶심행소멸(心行消滅): 〈불교〉 (…) 사고 분별이 끊어진 절대 경계
  의 본체심(本體心)이다.
→ '본체심(本體心)'이 없다.

¶십락(十樂): 〈불교〉 서방 정토에 왕생하기를 발원하는 염불자의 열 가지 즐거움.

→ '염불자'가 없다.

¶아이토프^도법(Aitoff圖法): 〈지리〉 (…) 가로 좌표를 두 배로 한 전구도(全球圖)이다.

→ '전구도(全球圖)'가 없다.

¶악상(樂想): 음악의 주제, 구성, 곡풍(曲風) 따위에 관한 작곡상의 착상.

→ '곡풍(曲風)'이 없다.

¶안가시위(安駕侍衛): 〈역사〉 (…) 다른 여러 별감이 따라서 화창(和唱)한다.

→ '화창(和唱)'이 없다.

¶안티몬^공해([독일어]Antimon公害): 〈화학〉 활자 합금, 배터리 전극, 방연(防燃) 가공 따위에 쓰는….

→ '방연(防燃)'이 없다.

¶알전구(알電球): 갓 따위의 가리개가 없는 전구. 또는 전선 끝에 달려 있는 맨전구.

→ '맨전구'가 없다.

¶액상^지반(液狀地盤): 〈지구〉 지하수로 포화되어 있는 느슨한 사층(沙層)으로 된….
→ '사층(沙層)'이 없다.

¶양결(陽結): 〈한의〉 부대(浮大)한 맥상.
→ '부대(浮大)'와 '부대(浮大)하다'가 없다.

¶양수체(兩受體): 〈생명〉 한쪽 끝에 항원 세포와 친화성이 있는 수체(受體)를….
→ '수체(受體)'가 없다.

¶양식^진주(養殖眞珠): 〈공업〉 (…) 은으로 만든 주핵(珠核)을 만들어 넣고 바닷속에서 길러 피복물(被覆物)이 생기면 채취한다.
→ '주핵(珠核)'이 없다.

¶어분^가공선(魚粉加工船): 〈공업〉 어로 조업선에서 어획한 어획물을 넘겨받아 어분을 만드는 큰 배.
→ '조업선'이 없다.

¶어적용사(어적勇士): 〈역사〉 조선 시대에, 본고장으로 내려가서 영진(營鎭)에서 적을 방어하던 갑사.
→ '영진(營鎭)'이 없다.

¶에르비니아속([독일어]Erwinia屬): 〈식물〉 (…) 운동성을 지닌 간형(杆型)으로….

→ '간형(杆型)'이 없다.

¶에어^사이클^시스템^주택(air cycle system住宅): 〈건설〉 주택의 외벽에 통기층을 만들고….
→ '통기층'이 없다.

¶에피라유생([라틴어]ephyra幼生): 〈동물〉 (…) 여덟 개의 연판(緣瓣)이 있으며 그 가운데 입이 있다.
→ '연판(緣瓣)'이 없다.

¶엔필드^총(Enfield銃): 〈군사〉 1852년에 영국 엔필드의 병기창에서 만든 전장식(前裝式) 활강총(滑腔銃).
→ '활강총(滑腔銃)'이 없으며, '전장식(前裝式)'은 <우리말샘>에만 있다.

¶엠보싱(embossing): 철인(鐵印)의 요철 사이에….
→ '철인(鐵印)'이 없다.

¶여의륜(如意輪): 〈불교〉 (…) 머리에 보장엄(寶藏嚴)이 있고….
→ '보장엄(寶藏嚴)'이 없다.

¶연동척(聯動chuck): 〈공업〉 한 개의 핸들을 돌리면 세 개의 조(jaw)가 모두 동시에….
→ '조(jaw)'가 없다.

¶연축(攣縮): 1. 〈생명〉(…) 잠자극기(潛刺戟期), 수축기, 이완기
　로 구분된다.
→ '잠자극기(潛刺戟期)'가 없다.

¶염칙(拈則): 〈불교〉(…) 고칙(古則)을 해석하고 비평하는 일.
→ '고칙(古則)'이 없다.

¶오르골([네덜란드어]orgel): 〈음악〉(…) 회전하며 음계판(音階
　板)에 닿아 음악이 연주된다.
→ '음계판(音階板)'이 없다.

¶오하(誤下): 〈한의〉 설사를 하게 하여 치료하여야 할 병이 아닌데
　설사법을 쓰는 일.
→ '설사법'이 없다.

¶온화구(溫和灸): 〈한의〉 뜸대의 한쪽 끝에 불을 붙여서….
→ '뜸대'가 없다.

¶외향성^증식(外向性增殖): 〈의학〉(…) 강관(腔管) 쪽으로 도드
　라져 나오면서 증식하는 일.
→ '강관(腔管)'이 없다.

¶요문(要門): 〈불교〉(…) 정선(定善)과 산선(散善)의 법문(法門)을
　이르는 말.
→ '정선(定善)'과 '산선(散善)'이 없다.

국어사전 앞에서는 모든 말이 평등해야 한다.

¶운경(韻鏡): 〈책명〉 (…) 성질이 같은 두자음(頭子音)은 세로로….
→ '두자음(頭子音)'이 없다.

¶원의(圓議): 〈역사〉 (…) 배직(拜職)한 사람의 서경(署經)과 같
은….
→ '배직(拜職)'이 없다.

¶원항(鵷行): 〈역사〉 원추새가 줄지어 나는 데서….
→ '원추새'가 없다.

¶위경사(僞傾斜): (…) 진경사(眞傾斜)보다 완만한 갱도의 경사.
→ '진경사(眞傾斜)'가 없다.

¶유도(誘導): 3. 〈수의〉 (…) 다른 배역(胚域)의 영향을 받아 어떤
기관이나 조직으로 분화·결정되는 현상.
→ '배역(胚域)'이 없다.

¶유지(有旨): 〈역사〉 승정원의 담당 승지를 통하여 전달되는 왕명
서(王命書).
→ '왕명서(王命書)'가 없다.

¶유표^분도기(遊標分度器): 〈수학〉 (…) 반원 또는 전원(全圓)의
각도기.
→ '전원(全圓)'이 없다.

¶유황(硫黃): 〈한의〉(…) 잡질(雜質)을 제거한 뒤에 사용한다.
→ '잡질(雜質)'이 없다.

¶윤보(輪寶): 〈불교〉(…) 팔방(八方)에 봉단(鋒端)이 나와 있다.
→ '봉단(鋒端)'이 없다.

¶율법사(律法司): 〈기독교〉(…) 안식일례(安息日禮)의 집행 순서 따위를 정하고 보살피는 일을 하였다.
→ '안식일례(安息日禮)'가 없다.

¶음성^반응(陰性反應): 〈보건 일반〉(…) 피검체가 반응을 보이지 않거나 일정 기준 이하의 반응을 나타내는 일.
→ '피검체'가 없다.

¶이조(離調): 〈물리〉전기 동조 회로가 동조점(同調點)에서 벗어난 상태.
→ '동조점(同調點)'이 없다.

¶이형흡충(異形吸蟲): 〈동물〉(…) 복흡반(腹吸盤)과 생식반(生殖盤)이 비정상적으로 크다.
→ '생식반(生殖盤)'이 없다.

¶일우(一宇): 한 채의 집. 주로 사묘(寺廟), 전당(殿堂) 따위를 이른다.
→ '사묘(寺廟)'가 없다.

국어사전 앞에서는 모든 말이 평등해야 한다.

¶입사(入寺): 1. 〈불교〉 (…) 승려를 양성하는 학교인 단림(檀林)에
  들어가는 일.
→ '단림(檀林)'이 없다.

¶장겹침증(腸-症): 〈의학〉 (…) 발작성 구토와 복통, 점혈변(粘血
  便) 따위가 일어난다.
→ '점혈변(粘血便)'이 없다.

¶장사위(將射位): (…) 사단(射壇)에서 쏠 때는 서계(西階) 앞에 동
  향(東向)하여 설치한다.
→ '사단(射壇)'이 없다.

¶장양수^급제^패지(張良守及第牌旨): 〈역사〉 (…) 병과에 급제한
  장양수에게 내려진 급제첩(及第牒).
→ '급제첩(及第牒)'이 없다.

¶저석회화(低石灰化): 〈의학〉 석회화 조직 가운데 무기질염(無機
  質鹽)의 양이 정상보다 줄어드는 증상.
→ '무기질염(無機質鹽)'이 없다.

¶저항법(抵抗法): 〈동물〉 (…) 어떤 양성 경향(陽性傾向)의 강도를
  음성 작인(陰性作因)의 강도로 측정하거나, 어떤 음성 경향의 강
  도를 양성 작인의 강도로 측정하는 방법.
→ '양성 경향(陽性傾向)', '음성 작인(陰性作因)', '작인(作因)'이 없다.

¶전경법(轉經法): (…) 2월과 8월에 황옥여(黃屋輿)에 부처를 모시고 앞에 번(幡)과 개(蓋)를 늘여 세우고….

→ '황옥여(黃屋輿)'가 없다.

¶전도^언어^상실증(傳導言語喪失症): 〈의학〉 (…) 감각 언어 중추 사이를 잇는 전도로(傳導路)에 생긴 장애가 원인이다.

→ '전도로(傳導路)'가 없다.

¶전사서(典祀署): 〈역사〉 신라 때에, 사묘(祠廟)의 공사를 맡아보던 관아.

→ '사묘(祠廟)'가 없다.

¶전염성^회저성^간염(傳染性壞疽性肝炎): 〈수의〉 비(B)형 노비균에 감염된 결과 발생하는 양의 괴사성 간염.

→ '노비균'이 없다.

¶정상^굴성(正常屈性): 〈식물〉 (…) 자극원(刺戟源)의 방향으로 굽는 것을 양의 굴성….

→ '자극원(刺戟源)'이 없다.

¶정휘(旌麾): 〈역사〉 통수관(統帥官)이 지휘할 때 쓰던 기(旗).
→ '통수관(統帥官)'이 없다.

국어사전 앞에서는 모든 말이 평등해야 한다.

¶제바달다품(提婆達多品): 〈불교〉 제바달다가 삼역죄(三逆罪)를 짓고….
→ '삼역죄(三逆罪)'가 없다.

¶전광^요법(電光療法): <의학> 적외선·자외선·태양선 따위를 비추어 환자를 치료하는 요법.
→ '태양선'이 없다.

¶전기온돌(電氣溫突): 전기 저항에 의하여 발생하는 열을 이용하는 온돌. 방습층, 방열층을 만들고 그 위에 발열선을 깐다.
→ '방열층'이 없고, '발열선'은 <우리말샘>에만 있다.

¶전류^지시약(電流指示藥): 〈화학〉 (…) 산화파나 환원파를 전혀 나타내지 아니할 때 종말점을 판정할 목적으로….
→ '산화파'와 '환원파'가 없다.

¶전파^정류(全波整流): 〈물리〉 교류의 음파(陰波)일 때도 양파(陽波)와 같은 방향의 전류가….
→ '음파(陰波)'와 '양파(陽波)'가 없다.

¶전자^사태(電子沙汰): 〈물리〉 (…)고체 가운데에서는 전자, 양공 쌍(陽孔雙)이 증식한다.
→ '양공쌍(陽孔雙)'이 없다.

¶전자^스펙트럼(電子spectrum): 〈물리〉 (…) 가시부(可視部)에서 자외부(紫外部)에 걸쳐 나타나며….

→ '자외부(紫外部)' 없으며 '가시부(可視部)'는 <우리말샘>에만 있다.

¶정기^증여(定期贈與): 〈법률〉 (…) 수증자(受贈者) 한쪽의 사망으로 효력이 상실된다.

→ '수증자(受贈者)'가 없다. <우리말샘> 표제어에 '수증자(受贈者)'가 있기는 하지만 "타인의 장기를 제공받아 이식 수술을 하는 환자"라는 풀이만 나온다.

¶조직구(組織球): 〈생명〉 (…) 유주성(遊走性)과 포식 작용이 있으며, 세균이나 이물질, 노폐한 세포 따위를 먹는다.

→ '유주성(遊走性)'이 없다.

¶조선^보부상고(朝鮮褓負商考): 〈책명〉 (…) 보부상의 의의, 복장과 지품(持品), 인사법 따위의 30편이 실렸다.

→ '지품(持品)'이 없다.

¶종교^경험(宗敎經驗): 〈종교〉 일반 경외감, 신성 의식, 청정감(淸淨感) 따위의 정서적 특징을 수반하는 정신적인 경험.

→ '청정감(淸淨感)'이 없다.

¶좌병영(左兵營): 〈역사〉 조선 성종 때에, 경상도 울산에 둔 병마절도사의 주영(駐營).

→ '주영(駐營)'이 없다.

국어사전 앞에서는 모든 말이 평등해야 한다.

¶좌승(佐丞): 〈역사〉 고려 초기에, 태봉(泰封)의 관제를 본떠서 정한 문무의 관호(官號).

→ '관호(官號)'가 없다.

¶좌약(佐藥): 〈한의〉 (…) 겸증(兼證)을 치료하거나 독성을 약화하는 약.

→ '겸증(兼證)'이 없다.

¶중교(中膠): 〈수의〉 자포동물의 표피와 위피(胃皮) 사이에 있는 젤 모양의 물질.

→ '위피(胃皮)'가 없다.

¶중국옷(中國옷): (…) 여자는 긴 옷이나 의군(衣裙)을 입는다.

→ '의군(衣裙)'이 없다.

¶중대석(中臺石): 〈건설〉 상대석과 하대석 사이에….

→ '상대석'이 없다.

¶중층^트롤(中層trawl): 〈수산업〉 (…) 부유어(浮遊魚)를 잡는 데 쓰는 끌그물.

→ '부유어(浮遊魚)'가 없다.

¶지중화(地中火): 〈자연 일반〉 마른 지피물층(地被物層)과 이탄층(泥炭層), 부식층(腐植層)에서 일어나는 불.

→ '지피물층(地被物層)'이 없다.

¶직입(直入): 2. 〈불교〉 방편문(方便門)에 기대지 아니하고 곧바로
진실도(眞實道)로 들어감.
→ '방편문(方便門)'과 '진실도(眞實道)'가 없다.

¶진주(眞珠/珍珠): (…) 외투막(外套膜)을 자극하여 분비된 진주질
이 모래알을 에워싸서 생긴다.
→ '진주질'이 없다.

¶진현관(進賢冠): 문관(文官)이나 유생(儒生)이 쓰던 관. 지위(地
位)에 따라서 관량(冠梁)의 수가 달랐다.
→ '관량(冠梁)'이 없다.

¶착색^유당(着色乳糖): 〈생명〉 유당을 부형제(賦形劑)로 하여 배
산(倍散)을 만들 때에….
→ '배산(倍散)'이 없다.

¶찬요리(찬料理): (…) 냉채나 생회(生膾)를 이른다.
→ '생회(生膾)'가 없다.

¶채협총(彩篋冢): 〈역사〉 (…) 두 개의 목실(木室)에는 부장품과 세
개의 칠관(漆棺)이 있다.
→ '목실(木室)'과 '칠관(漆棺)'이 없다.

국어사전 앞에서는 모든 말이 평등해야 한다.

¶천금(天金): 양장책에서, 도련을 친 윗부분에만 칠한 금박.

→ '양장책'이 없다.

¶청진기(聽診器): (…) 집음부(集音部)의 소리를 고무관으로 유도
하여 양쪽 귀로 듣는 것을 많이 쓰며….

→ '집음부(集音部)'가 없다.

¶촬상관(撮像管): 〈전기·전자〉 피사체의 광학상(光學像)을 전기
신호로 바꾸는 특수 전자관.

→ '광학상(光學像)'이 없다.

¶축성^근시(軸性近視): 〈의학〉 (…) 안축(眼軸)이 길어, 눈에 들어
온 평행 광선이 망막의 앞쪽에 상(像)을 맺는 근시.

→ '안축(眼軸)'이 없다.

¶충돌^포집(衝突捕集): 〈공업〉 (…) 증기류(蒸氣流)를 빠른 속도로
방해판(妨害板)에 부딪치게 하여 물방울을 분리·제거하는 방법.

→ '증기류(蒸氣流)'와 '방해판(妨害板)'이 없다.

¶층심도(層深度): 〈해양〉 바닷속 혼합층의 두께.

→ '혼합층'이 없다.

¶크레오소트(creosote): 〈한의〉 너도밤나무를 증류하여 만든 유액
(油液).

→ '유액(油液)'이 없다.

¶크림(cream): (…) 유액상(乳液狀)으로 생겼으며….

→ '유액상(乳液狀)'이 없다.

¶타로([프랑스어]tarot): (…) 본래 22매의 우의화(寓意畫) 카드와 56매의 점수 카드로 되어 있으나….

→ '우의화(寓意畫)'가 없다.

¶태옥(胎獄): 〈불교〉 태생자(胎生者)가 모태 내에 있는 고통을 감옥에 비유하여 이르는 말.

→ '태생자(胎生者)'가 없다.

¶통근^재해(通勤災害): 〈사회 일반〉 근로자가 일상의 통근길에서 입는 재해.

→ '통근길'이 없다.

¶파브리치우스낭(Fabricius囊): 〈수의〉 조류(鳥類)의 총배출강 부근에 있는 림프 기관. 이것을 제거하면 면역이 떨어진다.

→ '총배출강'이 없다.

¶파울^메인: 〈공업〉 석탄 가스를 제조할 때에 봉수관(封水管)과 냉수관(冷水管)을 연결하는 관.

→ '봉수관(封水管)'과 '냉수관(冷水管)'이 없다.

¶편십(篇什): 시가(詩歌)나 시가의 편장(篇章)을 이르는 말.

국어사전 앞에서는 모든 말이 평등해야 한다.

→ '편장(篇章)'이 없다.

¶폰툰(pontoon): 〈교통〉 (…) 기중기·준설 펄프의 대선(臺船)
·부잔교(浮棧橋) 따위로 이용한다.
→ '대선(臺船)'이 없다.

¶필리그란([프랑스어]filigrane): 〈공예〉 (…) 금은을 치선상(緇線
狀)이나 입상(粒狀)으로 만들어 금, 은, 유리 그릇에 융착(融着)시
켜 장식한다.
→ '치선상(緇線狀)'이 없고, '융착(融着)'은 <우리말샘>에만 있다.

¶하데스(Hades): <문학> (…) 암흑의 마관(魔冠)을 쓰면 보이지 않
으며….
→ '마관(魔冠)'이 없다.

¶항공도(航空島): <교통> (…)항 공해에 만든 발착장.
→ '발착장'이 없다.

¶항해^삼각형(航海三角形): 〈천문〉 천구 위에서 여위도(餘緯度)·
천정 거리·극거리를 세 변으로 하는 세모꼴.
→ '여위도(餘緯度)'가 없다.

¶해기(解肌): 〈한의〉 외감증의 초기에 땀이 약간 나는 표증(表症)
을 치료하는 방법.
→ '외감증'이 없다.

¶해안림(海岸林): 〈해양〉 염분이 많은 해안의 모래땅, 암석지(巖石
地) 따위에 발달하는 숲.
→ '암석지(巖石地)'가 없다.

¶현녀(玄女): (…) 황제(黃帝)가 치우(蚩尤)와 싸울 때에 병법을 가
르쳐 주었다는 신녀(神女).
→ '신녀(神女)'가 없다.

¶호조식(戶調式): 〈역사〉 (…) 과전(課田)에 대한 규정과 전객(佃
客), 의식객(衣食客)에 대한 제한을 정하였다.
→ '의식객(衣食客)'이 없다.

¶혼합기(混合器): 〈물리〉 (…) 신호파와 국부 발진파를 혼합하여
필요한 주파수의 출력파로 변환하는 부분.
→ '발진파'와 '출력파'가 없다.

¶화사(畫史): 〈책명〉 중국 북송의 미불이 지은 화서(畫書). 실제로
본 육조 이래의 화적(畫跡)에 관하여 평론을 가하고….
→ '화서(畫書)'와 '화적(畫跡)'이 없다.

¶화살벌레: 〈동물〉 배 가운데에 입이 있고 몸의 표면과 지느러미에
는 촉모반(觸毛斑)이라는 촉각 기관이 있으며….
→ '촉모반(觸毛斑)'이 없다.

국어사전 앞에서는 모든 말이 평등해야 한다.

¶화정(花亭): 〈불교〉 (…) 부처가 탄생한 날에 강생상(降生像)을 안치하기 위하여 만든다.
→ '강생상(降生像)'이 없다.

¶황금칙서(黃金勅書): 〈역사〉 (…) 황제의 황금인(黃金印)을 찍었기 때문에 이렇게 부른다.
→ '황금인(黃金印)'이 없다.

¶황장(黃鸎): 〈음악〉 (…) 당악에 속하는 평조곡으로, 중국 당나라 서융(西戎)의 반란 때….
→ '평조곡'이 없다.

¶후배흡반기(後背吸盤器): 〈동물〉 (…) 입흡반의 후방, 배의 가로 중앙선 위에 있는데, 이것으로 숙주에 흡착한다.
→ '입흡반'이 없다.

¶후빈위어(後賓位語): 〈철학〉 (…) 다섯 가지 빈위어. 대립, 전시(前時), 동시(同時), 변화 또는 운동, 소유의 다섯 가지를 이른다.
→ '빈위어'와 '전시(前時)'가 없다.

¶휼양전(恤養田): 〈역사〉 (…) 전과(田科)에 따라 새로 고치고….
→ '전과(田科)'가 없다.

¶흑예(黑瞖): 〈한의〉 각막에 팥알 크기의 융기물이 생기는 눈병.
→ '융기물'이 없다.

국어사전 앞에서는 모든 말이 평등해야 한다.

equality before the language dictionary

국어사전이 품지 못한 말들

1판 1쇄 발행	2021년 11월 30일
지은이	박일환
발행인	윤미소
발행처	(주)달아실출판사
책임편집	박제영
디자인	전형근
마케팅	배상휘
법률자문	김용진
주소	강원도 춘천시 춘천로 257, 2층
전화	033-241-7661
팩스	033-241-7662
이메일	dalasilmoongo@naver.com
출판등록	2016년 12월 30일 제494호

ⓒ 박일환, 2021
ISBN 979-11-91668-24-7 03810